W0381136

Promise par le roi

TERRI BRISBIN

Promise par le roi

Les Historiques

éditions HARLEQUIN

Collection : LES HISTORIQUES

Titre original : THE CONQUEROR'S LADY

Traduction française de LOUIS DE PIERREFEU

HARLEQUIN®
est une marque déposée par le Groupe Harlequin

LES HISTORIQUES®
est une marque déposée par Harlequin S.A.

Photos de couverture
Sceau : © ROYALTY FREE/FOTOLIA
Femme : © JACOM STEPHENS/ROYALTY FREE/ISTOCKPHOTO

Si vous achetez ce livre privé de tout ou partie de sa couverture, nous vous signalons qu'il est en vente irrégulière. Il est considéré comme « invendu » et l'éditeur comme l'auteur n'ont reçu aucun paiement pour ce livre « détérioré ».

Toute représentation ou reproduction, par quelque procédé que ce soit, constituerait une contrefaçon sanctionnée par les articles 425 et suivants du Code pénal.

© 2009, Theresa S. Brisbin. © 2012, Harlequin S.A.

83-85, boulevard Vincent-Auriol, 75646 PARIS CEDEX 13.
Service Lectrices — Tél. : 01 45 82 47 47
www.harlequin.fr

ISBN **978-2-2802-4402-2** — ISSN 1159-5981

Prologue

Hastings, Angleterre
14 octobre 1066

Guillaume le Bâtard, duc de Normandie, contempla les champs et les forêts qui ondulaient à perte de vue et adressa un hochement de tête approbateur à ses capitaines. Il avait de quoi être satisfait. Dorénavant, toutes les terres qu'il voyait, et bien plus encore, lui appartenaient. Roi d'Angleterre… Il n'était pas encore couronné, mais plus rien ni personne ne pouvait s'opposer à sa marche triomphale vers Londres. Il ne put réprimer un sourire en imaginant la mine des membres du Witan, le Conseil national des Saxons, lorsqu'ils apprendraient qu'il avait battu leur roi et son ost.

Derrière lui, des raclements de gorges lui rappelèrent que tout n'était pas encore gagné. Si la mort de Harold et de plusieurs milliers de ses partisans lui ouvrait la porte de son royaume, il avait encore beaucoup de travail à accomplir pour le soumettre totalement.

Guillaume se retourna et croisa les regards de ses capitaines. Ces hommes et ceux qui avaient combattu sous leurs bannières, chevaliers, archers et coutilliers, attendaient ses ordres. Ils attendaient également les récompenses qu'il leur avait promises si, comme il l'espérait, le dieu de la guerre lui était favorable. Des nuées de pillards étaient déjà en train de s'abattre sur le champ de bataille, bien décidés à dépouiller les morts et les mourants avant que vautours et autres oiseaux de proie ne dépècent les cadavres.

— Il faudra plusieurs jours pour faire disparaître les dernières traces de cette bataille, sire, murmura le père Obert, son secrétaire particulier.

Guillaume considéra les chevaliers normands, bretons, poitevins ou angevins qui avaient accouru à son appel quand il avait décidé de traverser la Manche et de conquérir le royaume que ce félon de Harold, malgré la promesse qu'il lui avait faite, avait voulu garder pour lui.

— Eux, ils ne semblent pas avoir envie d'attendre trop longtemps, Obert.

Posant son gobelet de vin, il saisit le parchemin qu'Obert lui avait préparé. Il s'agissait d'une liste de fiefs et de châteaux anglais avec, en regard de chacun d'eux, le nom des hommes susceptibles de bénéficier de ses largesses sous forme de titres et de terres — dans la mesure où il l'approuverait. Il reconnut plusieurs noms, auxquels il s'attendait, et d'autres qui, assurément, surprendraient ses plus proches conseillers et capitaines.

— Qui me prescrit de distinguer aussi généreusement ces hommes qui n'ont rien pour eux, hormis leur vaillance au combat ?

Obert baissa la tête.

— Comme à son habitude, sire, monseigneur l'Evêque veille sur vos intérêts les plus vitaux.

Odo. Son demi-frère, l'évêque de Bayeux. Il aurait dû reconnaître immédiatement son œuvre.

— Je vois. Ce cher Odo est toujours vigilant, en effet, lorsqu'il s'agit de mes intérêts.

Une pointe de moquerie avait percé dans ses paroles — assez pour alerter son secrétaire. Obert n'ignorait rien des intrigues de la cour en Normandie, et à présent ici, en Angleterre. C'était l'une des raisons qui le rendaient indispensable.

— Ces morceaux de choix accordés à des hommes en récompense de leur seule vaillance vont irriter nombre de seigneurs qui ont œuvré pendant longtemps pour ma cause en risquant leur vie et leur fortune, fit observer le duc. Qu'en penses-tu ?

Trois noms en particulier, sans nul doute, allaient faire froncer les sourcils de ses vassaux. Naturellement, aucun d'entre eux n'oserait émettre d'objection ouvertement. Les pères de ces hommes eux-mêmes seraient furieux, car ils estimeraient que ces fiefs auraient dû être attribués à leurs enfants légitimes et non à leurs bâtards. Son sourire dut avoir quelque chose d'inquiétant, car Obert fit un pas en arrière et attendit sans dire un mot. Une attitude qui ne lui ressemblait guère, surtout quand le duc l'invitait à donner son opinion.

— Tu dois bien avoir un conseil à me donner ? Insista-t-il.

C'était plus qu'un encouragement, presque un ordre.

— Il faudra sans doute batailler dur, sire, pour se rendre maître de ces fiefs. Ils sont situés dans une région où votre autorité n'est pas encore établie, et les héritiers de leurs anciens maîtres ne renonceront pas aisément à leurs droits. Les chevaliers qui iront les conquérir en votre nom le feront au péril de leur vie. Dans ces conditions, même vos plus loyaux sujets hésiteront à jeter leurs enfants légitimes dans une aventure aussi dangereuse.

Guillaume opina et se redressa de toute sa hauteur.

— Voilà un argument qui devrait suffire à faire taire

les protestations, Obert, dit-il en faisant un pas hors de la tente. Pour le moment, du moins.

— Je le pense aussi, sire, dit Obert avec un sourire plein de finesse, tandis que les plus puissants vassaux du duc approchaient. Pourquoi ces nobles seigneurs iraient-ils risquer de perdre un héritier légitime, alors qu'un simple bâtard peut faire le travail ?

Un autre homme aurait été tué sur-le-champ s'il avait osé proférer de tels mots devant Guillaume le Bâtard. Mais Obert était un bâtard, lui aussi, et entre bâtards ce genre d'ironie ne portait pas à conséquence. Ils avaient, l'un et l'autre, subi maintes avanies à cause de leur naissance illégitime et avaient dû se battre sans cesse pour parvenir où ils étaient.

Guillaume embrassa de nouveau du regard le champ de bataille. Ses hommes avaient déjà appelé l'endroit Senlac, le lac de sang. Et beaucoup plus de sang encore serait versé avant que l'Angleterre tout entière accepte sa domination.

Le sol sous ses pieds se moquait de savoir si le sang qui l'imprégnait était noble ou roturier. Et il se moquait également de savoir si la cause du duc de Normandie était bonne ou mauvaise.

Guillaume le Bâtard, et maintenant le Conquérant, s'en moquait, lui aussi. A la guerre, il fallait vaincre. Tout le reste n'avait aucune importance.

Il croisa les bras sur son torse et fit un signe de tête à son secrétaire.

Obert prit le parchemin et commença à lire.

Chapitre 1

— Dites les mots fatidiques et vous serez veuve avant d'avoir été mariée, jeta Giles d'une voix rauque.

Bâtard d'une noble famille bretonne, Giles Fitzhenry était l'un de ces chevaliers plein de force et de courage sans lesquels Guillaume le Conquérant n'aurait jamais réussi à vaincre Harold à la bataille de Hastings.

Le sang de l'estafilade au-dessus de son œil coulait sur sa joue et tombait goutte à goutte sur l'épaule de la damoiselle, mais il continuait de maintenir la pression de son bras. Il lui suffirait d'un mouvement sec pour lui briser le cou, et il jura à haute voix qu'il le ferait si elle achevait de prononcer la promesse sacramentelle.

Se retournant vers la foule qui remplissait la petite chapelle, une foule maintenant silencieuse, il montra la dague pointée sur les côtes de sa captive, afin que nul n'ignore qu'elle mourrait si quelqu'un essayait d'intervenir.

Lady Fayth de Taerford lui saisit le poignet, comme si elle se croyait capable de l'empêcher de la tuer. Elle aurait dû penser aux conséquences de ses actes avant son arrivée — avant que ses hommes et les hommes de Giles s'entre-tuent pour la possession du château. Une prise de guerre. Elle faisait partie du butin, comme tous les biens qui avaient appartenus à sa famille.

Giles fit un signe de tête à Roger, l'un de ses coutilliers.

Celui-ci fit un pas en avant et pointa sa dague sur le cou d'Edmund, l'homme qu'elle avait été sur le point d'épouser.

— Ce château et les terres qui l'entourent m'appartiennent à présent, damoiselle, comme vous m'appartenez. Les mots que vous direz scelleront son destin, une mort lente ou une mort rapide. A vous de choisir.

La jeune femme échangea un regard avec l'homme que Roger tenait en respect, et Giles sentit son corps se détendre avant qu'elle ne consente à s'avouer vaincue. Tout en s'efforçant d'ignorer les courbes douces et féminines de sa captive, il diminua la pression de son bras et abaissa sa dague.

— Alors, êtes-vous toujours décidée à le prendre comme mari à ma place ?

— Non, murmura-t-elle dans le silence mortel qui avait envahi le lieu saint.

Elle avait enfin capitulé. Les hommes de Giles entourèrent ses gens et commencèrent à les faire sortir de la chapelle. Sans lâcher sa prise, Giles désigna Edmund d'un mouvement du menton.

— Tuez-le, ordonna-t-il.

Le prêtre protesta à voix haute, mais les hommes de Giles ignorèrent le vieil homme et s'apprêtèrent à obéir à leur chef. Ce fut la voix douce et calme de Fayth qui arrêta leurs bras.

— Non, messire…

Il la tenait solidement ; néanmoins, elle essaya de se retourner pour lui faire face. Un mouvement qui fit saigner l'estafilade de Giles et tacha davantage encore sa cape de laine. Il desserra son étreinte et elle put poursuivre son plaidoyer.

— Je vous en prie, épargnez-le. Ayez merci, messire. Il n'a rien fait de mal. Je suis la seule coupable.

Elle pencha la tête en arrière, s'offrant en sacrifice à sa fureur.

— Si vous devez tuer quelqu'un, que ce soit moi.

Il devait se dire plus tard que c'était son désir de mettre fin aux effusions de sang qui l'avait incité à céder. Que jamais il n'avait eu l'intention de tuer l'homme que sa fiancée avait cajolé ou ensorcelé pour l'entraîner dans cette folle entreprise destinée à le priver de ses droits sur elle et sur le fief qu'il avait reçu en récompense pour sa vaillance sur le champ de bataille de Hastings. Mais, sur le moment, après avoir croisé son regard, Giles avait su qu'il était prêt à lui accorder tout ce qu'elle lui demanderait. Il poussa un soupir et hocha la tête.

— Conduisez-les, lui et ses hommes, à la limite de mes terres, et rendez-leur la liberté. Mais s'ils osent revenir sur mes terres ou essayer d'entrer en contact avec ma femme, tuez-les sans pitié et sans la moindre hésitation.

Lorsque Roger eut emmené son prisonnier hors de la chapelle, Giles relâcha son étreinte sur Fayth. La jeune femme tâcha de reprendre sa respiration tandis qu'il la poussait vers un autre de ses hommes. Il y avait encore beaucoup à faire et il n'avait pas besoin de l'avoir dans ses jambes.

— Emmène cette damoiselle et trouve-lui un endroit à l'abri.

Levant la main pour la poser sur sa gorge, elle se retourna, comme si elle voulait parler, mais, finalement, ne dit rien. La marque sanglante de la main de Giles maculait son cou et il savait que son gantelet de fer laisserait des bleus sur sa peau blanche et tendre ; cependant, la compassion qu'il commençait à éprouver pour elle s'évanouit quand il vit deux de ses hommes gisant au milieu d'une flaque de sang sur les dalles de pierre de la chapelle.

Il y avait eu beaucoup trop de morts…

Giles croisa de nouveau le regard de Fayth, et la haine qui brillait dans ses yeux verts lui en dit plus que toutes les harangues. Il sourit sombrement, acceptant tacitement le défi qu'elle lui lançait.

— Rien ne doit lui arriver, sauf par mon ordre ou par ma main, ajouta-t-il. Je te tiendrai responsable de sa sécurité.

— Bien, messire, dit le coutillier en entraînant Fayth.

Après avoir fait le tour de la chapelle et s'être assuré que l'on s'occupait des morts et des blessés, Giles se dirigea à grands pas vers le logis seigneurial afin de voir à quoi ressemblait sa nouvelle demeure.

Fayth sentait l'odeur métallique du sang de Giles sur elle, et sa peau était poisseuse là où son gantelet de fer l'avait agrippée. C'était comme s'il avait imprimé sa marque sur elle, afin que tous puissent voir qu'elle lui appartenait, corps et âme. Sa gorge la brûlait et sa poitrine lui faisait mal, tellement il l'avait serrée fort. Tandis que le soudard la traînait à travers la cour du château, elle aperçut Edmund et ses hommes, enchaînés les uns aux autres, comme du bétail. Craignant qu'on ne la châtie si elle essayait de parler à Edmund, elle les regarda, le cœur serré, sortir de la cour la tête basse, encadrés par leurs gardiens.

Reverrait-elle jamais Edmund ? Son nouveau seigneur et maître les relâcherait-il comme il l'avait promis ? Non sans peine, elle ravala ses larmes en suivant des yeux son ami d'enfance. Elle avait au moins réussi à obtenir qu'il ait la vie sauve, mais maintenant que tous ceux qui l'avaient protégée n'étaient plus là, elle était seule pour faire face à ces Normands qui avaient envahi le château et les terres de sa famille.

Soudain, des clameurs attirèrent son attention, et elle vit avec horreur ses gens, les domestiques et les vilains qui habitaient au château, poussés sans ménagement vers la cour des chevaux. Hommes, femmes et enfants. Les soldats de sire Giles allaient d'une maison à l'autre et faisaient sortir toutes les personnes qui s'y trouvaient.

Avaient-ils l'intention de les tuer ? Ils l'appelèrent d'une voix suppliante, blêmes de terreur et les yeux hagards. Que pouvait-elle faire pour les aider, alors qu'elle était elle-même une prisonnière ?

Quand l'un des Normands poussa brutalement la fille de la cuisinière et la fit tomber par terre, elle ne put s'empêcher de réagir. Avec une force qu'elle ne se connaissait pas, elle se dégagea de la poigne de son gardien et, bousculant le Normand qui l'avait fait choir, courut au secours de la jeune Ardith. Aidant la jeune fille à se remettre sur ses pieds, elle eut encore le temps de lui crier de s'enfuir avant que son gardien ne la rattrape. De son côté, l'agresseur d'Ardith achevait de se redresser.

En jurant grossièrement dans son patois normand, un patois que Fayth ne comprenait qu'imparfaitement, l'homme la saisit par le devant de son manteau et la tira vers lui avec une telle violence qu'elle fut soulevée de terre. Ses yeux étincelaient de fureur. Il leva son poing ganté de fer et frappa. Elle rejeta la tête en arrière, mais il la tenait trop solidement pour qu'elle réussisse à éviter le coup.

Une douleur fulgurante lui traversa le crâne, puis elle sombra dans le néant.

Depuis les fenêtres à meneaux de ce qui était désormais sa chambre, Giles Fitzhenry jetait de temps à autre un coup d'œil sur le chaos qui régnait dans la cour d'honneur. Décorée de tentures et meublée rustiquement, la vaste chambre était nantie d'un coin toilette et d'une grande cheminée en pierre et en brique. Conformément à ses ordres, ses hommes rassemblaient les vilains et les domestiques du château ; d'autres soldats contrôlaient les entrées et les routes menant à Taerford.

A la tête de sa troupe, il s'était frayé depuis Hastings un chemin jusqu'à Londres, puis vers l'ouest, à travers des territoires qui, pour la plupart, n'avaient pas encore accepté la défaite de Harold. Guillaume avait commandé à ses capitaines d'avancer à marche forcée, afin de couper l'herbe sous le pied aux rescapés du massacre qui tentaient de s'organiser pour leur résister. D'escarmouche en escarmouche, il lui avait fallu deux semaines pour parvenir au fief qui lui avait été dévolu par le nouveau souverain du royaume d'Angleterre.

Il avait envoyé un messager à Taerford pour annoncer son arrivée ; malgré cela, la fille de l'ancien lord avait conspiré pour le déposséder de ses droits. Il avait pris d'assaut le château juste à temps pour empêcher son mariage — un mariage qui lui aurait compliqué la tâche en sapant son autorité sur les serfs et les vilains de son fief.

Il eut un sourire satisfait.

A présent, Taerford lui appartenait.

Le logis seigneurial n'était pas très grand, mais il lui suffisait. Ses trois étages distribuaient chacun plusieurs pièces. Outre ce logis, le château comportait des cuisines séparées, des communs, des écuries et divers ateliers et bâtiments. S'il n'était en rien comparable aux puissantes forteresses normandes, il lui plaisait et lui assurerait une certaine sécurité en attendant de remplacer la palissade qui l'entourait par une muraille en pierre, comme l'avait ordonné Guillaume.

Repoussant en arrière son haubert, il chercha un linge pour arrêter le saignement de sa blessure et trouva un carré de tissu sur le lit. Tout en le pressant sur son estafilade, il revint vers la fenêtre afin de s'assurer que ses ordres étaient convenablement exécutés.

Ce qu'il vit le mit en fureur.

Un soldat qu'il avait récemment engagé dans son ost avait saisi une jeune fille par le bras. Bien qu'il se trouvât à une certaine distance, il ne pouvait avoir aucun doute sur ses intentions.

Giles jura. Il avait clairement dit à ses hommes que de tels comportements étaient inacceptables, mais, apparemment, ce soldat, Stephen, laissant libre cours à ses instincts brutaux, avait jeté son dévolu sur cette pauvre fille — presque une enfant !

Il dévala l'escalier et parvint dans la cour juste au moment ou Fayth intervenait pour protéger la jeune fille.

Avant que Giles ait eu le temps de crier un ordre, Stephen saisit Fayth par le devant de son manteau, la souleva de terre et leva son poing. Giles lui cria d'arrêter, mais le bruit qui régnait dans la cour l'empêcha de l'entendre. Alors qu'il courait vers lui, le poing de Stephen s'abattit et Fayth s'effondra sur le sol, inanimée. Rouge de fureur, Giles fonça sur Stephen, le fit tomber par terre et se mit à le bourrer de coups de poing et de coups de pied, sans se préoccuper des manants et des soldats qui regardaient la scène, bouche bée.

Puis, se redressant, il se tourna vers ses hommes. Le sang s'était remis à couler de sa blessure.

— André, prends la damoiselle dans tes bras et emporte-la dans mes appartements. Toi, Henri, va chercher sa suivante ou un guérisseur et veille à ce qu'elle soit convenablement soignée. Et surtout, reste auprès d'elle.

Lorsque les deux hommes eurent obéi, il baissa les yeux vers Stephen qui gisait à ses pieds, à demi assommé.

— Quant à toi, ton manque de discipline et ta brutalité ont toujours été ta faiblesse. Je t'ai déjà prévenu plusieurs fois, mais tu n'as pas tenu compte de mes avertissements. Tu connais le tarif, dix coups de fouet.

Deux soldats, sur son ordre, attachèrent Stephen à un piquet après lui avoir ôté sa cotte de mailles et sa tunique. Un silence de mort s'était abattu sur la cour. Tous les manants et les soldats avaient les yeux fixés sur le nouveau maître de Taerford. Giles aurait préféré ne pas être obligé de recourir à ce genre de châtiment, mais tout manquement à la discipline devait être châtié sur-le-champ, surtout en temps de guerre. Retirant son gantelet, il prit le fouet que lui tendait Thierry, son capitaine d'armes. Ayant lui-même senti sur sa peau la morsure de la lanière de cuir, il n'usait jamais du fouet sans une bonne raison ; mais la leçon lui avait été salutaire et, grâce à ce traitement, il avait rarement enfreint la discipline imposée par ses chefs.

— Pour tout refus d'obéissance à mes ordres, la punition est de dix coups de fouet, dit-il à la cantonade. Compte-les, Thierry.

Il fit claquer en l'air la lanière, et ce son fit grimacer nombre de visages autour de lui. Puis, se plaçant à bonne distance de Stephen, il administra la punition qu'il avait décrétée. Thierry compta les coups à haute voix, afin que chacun puisse l'entendre. A chaque coup, Stephen émit un grognement de douleur, mais il serra les dents et s'abstint de crier ou de protester. A dix, Giles fit une pause et respira profondément.

— Et dix de plus pour avoir osé porter la main sur lady Fayth.

Ses paroles surprirent tous ceux qui regardaient la scène, et plusieurs exclamations jaillirent.

Il leva de nouveau le bras, et le fouet s'abattit sur le dos du puni. Stephen avait perdu sa maîtrise de soi et, maintenant, il gémissait de douleur à chaque coup. Pendant toute la durée du châtiment, personne ne dit un mot ou ne fit un geste.

— Qu'on le détache, dit Giles quand il eut rendu le fouet à son capitaine d'armes. Quand nous aurons fini le travail que nous avons à faire, quelqu'un pourra soigner ses plaies.

Avant s'éloigner, il jeta un regard sévère sur ses hommes. Deux d'entre eux emmenèrent Stephen, tandis que les autres retournaient aux tâches qu'il leur avait assignées.

Giles leva les yeux vers le ciel. Le soleil n'était pas encore au zénith. Le sang continuait de couler de sa blessure et, se mêlant à la sueur, s'insinuait sous sa tunique. Il avait combattu depuis l'aube et il se sentait fatigué. Dès qu'il fut certain que ses hommes maîtrisaient la situation dans la cour, il fit signe à Thierry de le suivre dans le logis seigneurial.

La marche forcée et les combats qu'il avait livrés depuis Hastings à travers l'Angleterre avaient usé ses forces et il n'avait plus envie que d'un bain chaud, d'un repas et d'un bon lit, à l'abri des dangers et des intempéries. Mais s'il en jugeait par le désordre et l'agitation qui régnaient dans le château, ce n'était pas encore aujourd'hui que ses vœux seraient exaucés.

Et il lui fallait encore parvenir à un *modus vivendi* avec sa future épouse… ce qui n'était pas gagné. Loin de là.

*
* *

Quelqu'un allait et venait dans la chambre. Fayth voulut ouvrir les yeux, mais une douleur fulgurante lui traversa le crâne. Elle attendit que celle-ci s'estompe et fit une nouvelle tentative. En vain : les élancements étaient insupportables.

— Madame ?

La voix lui était familière, mais, sur le moment, elle ne parvint pas à la reconnaître.

Elle était incapable de parler. Elle avait l'impression que sa tête allait éclater.

— Il faut vous réveiller, Madame. Il arrive.

Soulevant péniblement sa main, Fayth la passa sur son front et sur son crâne, jusqu'à ce qu'elle ait trouvé la bosse. Ainsi c'était la source de la douleur qui lui transperçait la tête… Protégeant ses yeux avec son bras, afin de ne pas être éblouie par la lumière, elle fit un nouvel effort pour ouvrir les paupières.

Ardith était penchée sur elle, le visage maculé de larmes. Elle tourna la tête vers la porte, puis se retourna vers Fayth, l'air complètement terrorisée. Quand la porte s'ouvrit, elle se leva d'un bond et recula jusqu'à ce que son dos rencontre le mur de la chambre. Fayth s'efforça de garder les yeux ouverts, mais, très vite, tout se mit à tourner autour d'elle et elle dut les refermer.

— Ne vous a-t-on pas dit de vous occuper de sa blessure ? Pourquoi est-elle encore couverte de sang ?

Les mots, prononcés dans un saxon hésitant, résonnèrent dans la pièce. L'estomac de Fayth se noua. Terrifiée, Ardith ne put répondre autrement que par un sanglot étouffé. Fayth devait intervenir, mais la douleur qui lui vrillait le crâne rendait la tâche presque impossible. Malgré tout, elle réussit à ouvrir la bouche.

— Elle n'a pas l'habitude de ce travail, murmura-t-elle, en espérant que cet effort suffirait.

Un effort qui lui retourna l'estomac.

Heureusement, Ardith se rendit compte de ce qui allait arriver. Elle saisit un seau et se précipita vers le lit juste au moment où sa maîtresse commençait à vomir. Quand Fayth eut terminé, elle n'eut pas la force de relever la tête du seau, et elle serait restée dans cette position humiliante si une paire de mains solides ne l'avait pas redressée et aidée à s'allonger sur son lit.

— Débarrassez-moi de ça, maintenant ! tonna la voix masculine.

Un ordre qui n'eut pas l'effet souhaité, car Ardith alla se recroqueviller dans un coin de la chambre.

Le chevalier se dirigea vers la jeune fille et l'injuria dans son patois normand. Puis il y eut un bruit de pas dans le couloir et Emma entra, les bras chargés de linge.

— Vous lui faites peur, Messire, dit-elle en ébauchant une révérence.

Puis elle contourna le chevalier et tendit la main à Ardith.

— Comme vos hommes, ajouta-t-elle.

La vieille servante posa le linge qu'elle avait apporté sur une table, prit le seau et retraversa la chambre en passant devant le chevalier éberlué. Rouvrant la porte, elle tendit le seau à l'un des soldats qui montaient la garde dans le couloir et lui ordonna de l'emporter. Ce fut seulement lorsque le chevalier éclata de rire que l'homme consentit à obéir.

— Tu n'as pas peur, toi, la vieille. Comment t'appelles-tu ?

— Emma est âgée, messire, murmura Fayth. Je vous en prie…

Elle essaya de relever la tête afin d'arrêter l'accès de fureur qui, sans nul doute, allait suivre.

— Oui, je suis vieille, rétorqua Emma sans hésitation. J'aurais pu vous torcher le derrière quand vous étiez encore au berceau !

Pire, elle mit ses mains sur ses hanches et redressa la tête, comme si elle le mettait au défi de prendre des mesures à son encontre. Seigneur Dieu ! Il allait la tuer pour une pareille insolence ! Or, pour la plus grande surprise de Fayth, il laissa échapper un nouvel éclat de rire.

— C'est bien possible, étant donné ton âge et le mien.

Riant toujours, il se tourna vers l'un de ses hommes qui était entré dans la chambre, la main sur la poignée de son épée. Il lui dit deux phrases en normand, trop vite pour que Fayth en puisse comprendre le sens, puis son visage redevint grave.

— Si j'ai ri, cela ne t'autorise pas à continuer tes insolences, femme. Ma tolérance a des limites.

Cette fois, Emma recula et baissa les yeux. Bien qu'elle fût habituée aux manières de sa servante, tout était différent maintenant, et Fayth n'avait aucun moyen de savoir quels mots ou gestes, aussi innocents soient-ils, seraient considérés comme des manques de respect.

— Lady Fayth, vous me rejoindrez dans la grande salle dès que vous serez en état de vous lever, dit-il en saxon, en dardant sur elle un regard impérieux. Nous avons des affaires à régler et elles doivent l'être le plus rapidement possible.

— Mais, Messire…, tenta de protester Emma.

Un geste de la main et un regard noir suffirent à arrêter ses protestations.

— Dans la grande salle. Arrangez-vous pour qu'elle soit prête.

Sagement, Emma opina. Quand la porte se fut refermée

sur Giles Fitzhenry, elle se pencha sur Fayth et fit signe à Ardith de se rapprocher.

— J'ai cru qu'il allait te passer son épée en travers du corps, Emma, dit Fayth. Il ne faut plus que tu le mettes en colère.

La vieille servante secoua la tête.

— Ce nouveau maître, Madame, ne respecte que la force. Si on se montre faible avec lui, on est perdu.

Après avoir nettoyé son visage avec de l'eau fraîche et massé sa bosse au moyen d'un baume apaisant, elle glissa son bras sous ses épaules.

— Montrez-lui que vous êtes forte, vous aussi. Soyez la fille que votre père a toujours su que vous serez.

Fayth aurait aimé avoir l'assurance et la confiance d'Emma, mais la violence des événements de la journée l'avait profondément bouleversée ; et les propos de Giles lui laissaient supposer qu'il allait y avoir des changements dramatiques dans sa vie et dans la vie de ses gens. Edmund avait-il vraiment eu la vie sauve ? Pourrait-il rameuter les hommes qui lui étaient encore fidèles, comme il l'avait prétendu, et reprendre le contrôle de l'Angleterre ?

Ses pensées l'accaparaient tant qu'elle fut surprise lorsque Emma la força à s'asseoir. Une douleur atroce lui traversa le crâne et elle perdit de nouveau connaissance. Ce ne fut que plusieurs heures plus tard qu'elle fut en état de gagner la grande salle. Ses jambes tremblaient tellement qu'Emma dut appeler deux gardes pour l'aider à descendre l'escalier. C'était humiliant, mais la vieille servante lui fit remarquer qu'il valait mieux accepter leur aide plutôt que rouler au bas des marches.

Les yeux baissés, ne songeant qu'à mettre un pied devant l'autre, Fayth ne vit Giles que lorsqu'elle se trouva devant lui. Il la dominait, les sourcils froncés. Les deux hommes qui la soutenaient la lâchèrent et firent un pas en arrière. Comme elle vacillait, ses yeux furent attirés par un objet brillant attaché à une chaîne autour du cou du chevalier normand. La bague qui avait servi de sceau à son père. Une bague dont son père ne se séparait jamais.

Fayth leva la tête et croisa le regard de Giles. La mine satisfaite du Normand lui confirma, si besoin était, qu'il était conscient de ses droits et de son pouvoir.

Son père était bel et bien mort et cet homme possédait tout ce qui lui avait appartenu.

Une réalité qu'elle ne pouvait pas accepter. Elle voulut lui arracher le sceau, mais il emprisonna sa main avant qu'elle ait réussi à le toucher.

— Il est à moi maintenant. Comme ce château, ses terres et ses gens, vous y compris. Le duc Guillaume m'a nommé baron de Taerford, avec autorité sur tous les biens qui furent ceux de votre père.

A cet instant et malgré la promesse qu'elle avait faite à Emma, Fayth perdit tout courage.

Son père était mort. A la douleur physique s'ajoutait une terrible douleur morale et, le cœur brisé, elle s'effondra sur les dalles.

Chapitre 2

Trois jours s'écoulèrent avant que Fayth reprenne entièrement connaissance, trois jours pendant lesquels elle ne vit pas le nouveau maître de Taerford, quoique le souvenir confus d'une voix grave cherchant à plusieurs reprises à l'arracher à son sommeil lui fît penser le contraire. Elle se souvenait vaguement, également, avoir entendu Emma dire qu'un guérisseur préconisait de ne pas la laisser dormir trop longtemps, car autrement ses facultés mentales pourraient être à jamais détériorées. La clarté de son esprit lui assura qu'il n'en était rien, même si elle avait encore atrocement mal à la tête.

Néanmoins, sa crainte d'être traînée dans la grande salle à n'importe quel moment et d'être mariée de force au chevalier normand l'encourageait à feindre de n'être pas encore complètement remise. Un chevalier qui n'était pas normand, d'ailleurs, même s'il avait combattu dans l'ost de Guillaume le Bâtard : il était originaire de Bretagne, ainsi que les hommes qu'il commandait, comme Emma le lui avait appris. Du reste, le duc de Normandie avait enrôlé des mercenaires de toutes les provinces de France et même d'Europe pour conquérir son pays par la force et contrairement à la volonté de son peuple — de la même façon que ce chevalier avait conquis le château et les terres qui avaient appartenu depuis des siècles à sa famille.

Un usurpateur qui occupait sa chambre et l'avait reléguée dans la chambre de son père. Chaque fois qu'elle avait essayé d'en sortir, un garde l'en avait empêchée. Emma, elle, était libre d'aller et venir dans le château. Quant à Ardith, elle restait le plus possible auprès de sa maîtresse, car elle avait peur de rencontrer le soldat qui l'avait agressée trois jours auparavant. D'après ce qu'Emma avait pu apprendre, ce Giles le Breton tenait la maison d'une main de fer. Il avait remplacé les soldats de son père par les siens, et ses hommes surveillaient les serfs et les vilains travaillant au château et sur les terres de Taerford. Une prise de pouvoir totale, sans le moindre égard pour l'ancienne châtelaine.

Fayth cligna des yeux. La douleur lancinante qui lui vrillait le crâne l'empêchait de se concentrer sur son aiguille. Jetant la robe qu'elle ravaudait dans la panière à ses pieds, elle pencha la tête d'un côté, puis de l'autre, dans un vain effort pour apaiser la douleur.

— Approche, Ardith, dit-elle à la jeune servante. Pourrais-tu défaire mes tresses ? Elles me tirent horriblement.

Elle pivota sur sa chaise, afin qu'Ardith puisse œuvrer plus commodément. Lorsque la jeune servante eut rempli son office, Fayth poussa un soupir de soulagement. Fermant les yeux, elle se détendit, le menton posé sur sa poitrine. Maintenant que ses cheveux flottaient librement sur ses épaules, la douleur commençait peu à peu à s'estomper.

Elle resta ainsi plusieurs minutes, jusqu'à ce que Ardith se racle la gorge nerveusement. Redressant la tête, Fayth rencontra le regard de Giles. Il la dévisageait, debout sur le seuil de la porte. D'évidence, il était là depuis un moment déjà.

— Je ne vous avais pas entendu entrer, messire, dit-elle

en se levant, dans un refus marqué de lui donner le titre qu'il revendiquait.

D'un mouvement de la tête, elle intima à Ardith de lui refaire ses tresses. Elle avait beau être dans sa chambre, il n'était pas convenable qu'elle soit décoiffée en présence d'un homme. La jeune servante se hâta d'obéir et Fayth grimaça de douleur. Enfin, Ardith remit en place son voile, à la mode saxonne. Dès qu'elle fut de nouveau « présentable », Fayth se tourna vers Giles.

— Oui, messire ?

— Vous allez mieux, madame ? s'enquit-il d'une voix grave, avec un fort accent breton.

— A part mes…

Elle ne finit pas sa phrase. Elle ne pouvait guère se plaindre, si elle comparait son sort à celui de ses gens.

— Votre tête ? insista-t-il. Vous avez toujours aussi mal ?

Après avoir tendu son heaume à l'un de ses hommes, il s'avança vers elle.

— J'ai encore mal, mais c'est supportable.

Les paroles d'Emma ne la quittaient pas. Il fallait qu'elle se montre forte, qu'elle fasse front, même s'il la terrorisait. Elle était la seule à pouvoir protéger les siens. Ils devaient passer avant tout le reste.

Elle était leur dernier rempart, à présent que son père n'était plus là.

Levant les yeux, elle vit le sceau de son père. Giles l'arborait ostensiblement.

S'avisant qu'elle fixait la bague, il fronça les sourcils. Une lueur dure brilla dans son regard et ses mâchoires se contractèrent. La tension grandit dans la pièce. Puis l'un de ses hommes vint lui murmurer deux ou trois mots en breton. Giles acquiesça, comme s'il lui avait rappelé une tâche urgente à effectuer.

— Maintenant qu'il n'y a plus de danger à aller et venir dans le château et dans le village, j'ai pensé que vous aimeriez sortir un peu de votre chambre, dit-il d'une voix qui n'était en rien aimable ou réconfortante.

Le soldat lui murmura de nouveau quelque chose à l'oreille.

— Je sais que vous vous inquiétez pour vos gens, reprit-il, *nos* gens, et je désire vous rassurer sur leur condition.

Malgré sa défiance instinctive, Fayth opina.

— Volontiers, messire.

Il fit signe de sortir aux hommes qui l'accompagnaient, puis tendit le bras à Fayth. En cotte de mailles et armé de pied en cap, il ne se sentait visiblement pas encore en sécurité. Une constatation qui fit sourire Fayth pour la première fois depuis de nombreux jours. Lorsqu'elle posa la main sur son bras, elle éprouva un sentiment de satisfaction qu'elle n'avait pas connu depuis qu'elle avait appris la mort de son père.

Même si ce chevalier était en possession du sceau de Bertram de Taerford, elle n'avait aucun moyen de savoir la part qu'il avait prise dans la mort de ce dernier. Cependant, eu égard au fait qu'il avait pris possession de son fief avec la permission de son duc, il y avait des chances qu'il n'y ait pas été étranger… Mais la page était tournée. Leurs destins étaient liés à jamais et il lui fallait trouver sa place dans ce monde nouveau créé par l'arrivée de Guillaume le Bâtard sur le sol de l'Angleterre.

Ils s'arrêtèrent sur le seuil de la chambre et Giles se retourna pour lui parler d'Emma et d'Ardith.

— Vos servantes, la jeune comme la vieille, sont libres désormais de circuler dans le château comme dans le village. Elles ne doivent plus s'inquiéter pour leur sécurité.

Sans le dire ouvertement, c'était une façon de lui faire

comprendre que l'homme qui l'avait frappée et qui avait essayé d'abuser d'Ardith était hors d'état de nuire. Avait-il été exécuté ? Elle savait qu'en temps de guerre, la moindre désobéissance pouvait être punie de mort. Ce chevalier était-il un chef impitoyable ? Elle lui fit face.

— Pourquoi ? Qu'est-il advenu de l'homme qui a agressé Ardith ? Est-il mort ?

— Non, il n'est pas mort, répondit-il d'une voix glaciale. Mais il sait maintenant ce qu'il en coûte de contrevenir à mes ordres.

Fayth ne put s'empêcher de frissonner. Y avait-il une menace voilée dans ces paroles ?

Ils descendirent l'escalier, traversèrent la grande salle et sortirent au grand air. Là, Fayth prit quelques instants pour reprendre son souffle.

Même complètement guérie, elle aurait eu de la peine à suivre ses longues enjambées. Elle respira avec délice l'air encore humide de la pluie tombée la veille et les senteurs de la terre fraîchement labourée. Les moissons avaient été faites pendant que son père chevauchait derrière son roi du nord au sud de l'Angleterre — des moissons bien maigres laissant présager un hiver et un printemps de disette.

Emma et Ardith les avaient suivis, ainsi que trois hommes d'armes. Giles la conduisit dans la cour. L'enclos avait recouvré son usage ancien, même si les moutons et les vaches qui y étaient parqués étaient moins nombreux qu'auparavant.

Fayth mit sa main en visière pour protéger ses yeux du soleil et parcourut du regard la palissade, au long de laquelle allaient et venaient des soldats. Tout au fond de la cour, d'autres soldats, aidés des serfs et des vilains du château, transportaient et débitaient des troncs d'arbres pour réparer l'enceinte et les bâtiments endommagés lors de l'assaut.

— Une partie de la chaumière du forgeron a brûlé, expliqua Giles en montrant du doigt la petite maison adossée à la forge. Mes hommes et *nos* gens ont entrepris de la remettre en état.

Partout où elle regardait, le spectacle était le même. Ses gens n'étaient guère nombreux, car tous ceux qui le pouvaient avaient fui dès l'apparition de l'ost ennemi, mais ils n'étaient pas traités en prisonniers. Leurs pieds n'étaient pas entravés et la plupart semblaient accomplir leurs tâches habituelles, comme s'ils avaient déjà accepté l'autorité de Fitzhenry. Brusquement, tous les regards se tournèrent vers elle et ils cessèrent de travailler. Avant qu'elle ait eu le temps de comprendre ce qui se passait, Giles serra sa main dans la sienne et leva bien haut le bras.

— Comme je vous l'ai dit, votre dame est vivante et en bonne santé, déclara-t-il d'une voix assez forte pour être entendu jusque dans les points les plus reculés de la cour.

Fayth rougit de plaisir malgré elle comme ses gens criaient son nom et l'acclamaient, réchauffant son cœur et le remplissant de fierté à la pensée qu'ils se souciaient d'elle et de son bien-être.

— Vous avez fait cela pour leur montrer que vous ne m'aviez pas tuée ? s'enquit-elle.

Un sourire amusé passa sur les lèvres du chevalier. Ses yeux — d'un bleu intense — brillaient.

— Je ne vous ai pas *encore* tuée, gente damoiselle, répondit-il à voix basse, afin de n'être entendu que par elle. Mais si je venais à découvrir que vous cherchez à me trahir, cela pourrait arriver.

Ses paroles et la rudesse de son ton la firent frissonner. Elle aurait voulu croire qu'il plaisantait, mais la résolution froide et impitoyable qu'elle lisait dans ses traits ne lui laissait aucun doute : sa vie serait en grand danger si elle ne se pliait pas à sa volonté. Ne réussissant pas à libérer sa main, elle se redressa et soutint son regard.

— Vous n'aurez pas la tâche facile, messire, répliqua-t-elle sèchement.

Puis, elle attendit sa réponse, le menton pointé avec arrogance.

Il dit quelque chose dans son dialecte à l'homme qui se trouvait auprès de lui, puis se retourna vers elle en souriant.

— Ah, gente damoiselle, vous avez raison. Ce ne sera pas facile.

Il rit et la relâcha. Elle croisa les mains devant elle et attendit, les yeux baissés.

— Venez par ici, s'il vous plaît, ordonna-t-il.

Elle le laissa prendre un peu d'avance et profita de l'écart qui s'était creusé entre eux pour l'examiner. Il était grand, plus de six pieds, et solidement bâti. Malgré sa cotte de mailles et les plaques de métal qui protégeaient ses bras, ses jambes et son torse, elle ne doutait pas qu'il était aussi musclé qu'il le paraissait sous cet harnachement guerrier.

Ses cheveux châtain clair étaient plus longs que chez les Normands, mais plus courts qu'il n'était d'usage chez les Saxons. Comme il n'avait pas laissé poussé sa barbe, rien ne dissimulait son menton carré et les traits rudes de son visage. Un visage de chef, d'homme habitué à commander. Ses yeux bleus s'assombrissaient facilement quand il était contrarié, mais ils étaient clairs lorsque rien ne venait troubler son humeur. Fayth n'aurait pas dit qu'il était beau, mais la force virile qui émanait de tout son être n'était pas dépourvue d'un certain charme.

Il s'arrêta et attendit qu'elle le rejoigne. Elle remarqua alors qu'ils étaient arrivés devant la porte de la chapelle.

Elle avait été trop occupée à l'observer pour prêter attention à la direction qu'ils avaient prise.

Le petit édifice en pierre avait été la scène du combat meurtrier qui s'était terminé par sa capture et la défaite d'Edmund — une défaite où il avait bien failli perdre la vie. Giles Fitzhenry ouvrit la porte de bois massif et s'effaça pour lui permettre d'entrer.

Il lui fallut un effort surhumain pour en franchir le seuil, car elle imaginait entendre encore les cris des blessés et sentir l'odeur du sang répandu sur le sol. Son propre cou la brûlait à l'endroit où il l'avait prise à la gorge avec son gantelet de fer, l'étouffant à demi et la menaçant de mort, la pointe de sa dague dans ses reins.

— Venez, fit Giles.

Lui prenant la main — il avait retiré son gantelet —, il l'entraîna sans un mot de plus le long de l'allée centrale. De chaque côté, les bancs avaient été remis en place et il n'y avait plus aucune trace de sang nulle part.

Emma la suivit en silence. Deux hommes d'armes étaient restés de part et d'autre de la porte et surveillaient la scène à travers la fente de leurs heaumes, tandis que les serfs et les vilains entraient et prenaient place le long des bancs.

Lorsqu'elle vit le père Henry — qui n'avait manifestement pas plus envie qu'elle d'être là — debout derrière l'autel, dans ses habits sacerdotaux, Fayth comprit brusquement pourquoi Giles l'avait conduite à la chapelle. Elle se figea, hébétée, comme frappée par la foudre. Ils allaient se marier, ici et maintenant.

Non, ce n'était pas possible…

Elle leva les yeux vers son compagnon et, à l'intensité de son regard, elle sut que telle était son intention et que rien ni personne ne pourrait s'opposer à leur union.

— Mademoiselle, je ne célébrerai pas cette cérémonie,

sauf si vous me donnez votre consentement librement et sans contrainte, déclara le père Henry avec un courage dont elle ne l'aurait pas cru capable.

Venait-il de lui donner une échappatoire, un moyen de se soustraire à ce mariage imposé par un duc que son père avait combattu ? Si elle le repoussait, Giles Fitzhenry devrait-il renoncer à ses droits sur ses terres et sur sa personne ? Sans lever les yeux vers ce dernier, elle ouvrit la bouche pour refuser son consentement, mais il lui serra la main avec une telle force qu'elle faillit laisser échapper un cri de douleur. D'un signe de tête, il lui fit signe de regarder derrière elle.

Entourés par les soldats de Giles armés de pied en cap, ses serfs et ses vilains avaient les yeux fixés sur elle. Poussés à l'intérieur de la chapelle comme du bétail, ils se serraient les uns contre les autres, captivés par le drame qui se jouait devant eux. Ils ne pouvaient pas voir ce qu'elle voyait, les épées pointées vers eux et prêtes à les massacrer sans pitié si elle ne se pliait pas aux exigences du nouveau maître de Taerford. Redressant la tête, elle scruta le visage de son compagnon, cherchant à deviner ses intentions.

— Vous seriez donc prêts à faire du mal à ces pauvres gens ? s'enquit-elle d'une voix blanche.

— Non, madame. Leur sécurité dépend de vous. Uniquement de vous. Faites votre devoir et tout ira bien.

— Que se passera-t-il dans le cas contraire ?

Elle retint sa respiration et attendit sa réponse. Une réponse sur laquelle elle ne se faisait aucune illusion.

— Je continuerai de tenir ce fief au nom de mon duc, mais il me faudra trouver une autre femme.

Elle aurait voulu croire qu'il plaisantait, mais l'expression de son visage lui fit comprendre qu'il n'en était rien.

— Mon seigneur et maître, le duc de Normandie, a mandé à ses hommes de prendre pour femmes les filles ou les veuves des anciens seigneurs des fiefs qu'il leur a donnés. S'il n'y en a pas, nous sommes autorisés à chercher une épouse ailleurs, à notre convenance.

— Ainsi, messire, vous me trancheriez la gorge ici, dans la maison de Notre-Seigneur ? Vous commettriez cet acte meurtrier devant mes gens, afin de les impressionner peut-être ? Pour bien leur montrer que vous êtes le maître et que la moindre incartade de leur part sera punie de mort ?

Elle dégagea sa main et croisa ses bras sur sa poitrine, dans une attitude pleine de défi.

Il se pencha sur elle, si près qu'elle sentit son souffle sur son cou. La proximité de son corps la fit frissonner, un frisson qui ne devait rien à la peur, et elle sentit une vague de chaleur monter subitement dans ses reins.

— Vous trancher la gorge ? Quelle idée ! Une femme aussi adorable peut avoir moult autres usages. Il m'en vient plusieurs à l'esprit en ce moment même…

Il lui prit le menton afin de l'obliger à croiser son regard. Les traits de son visage s'étaient animés et, en voyant la lueur de désir qui brillait dans ses yeux, elle sut qu'elle n'aimerait pas ce qu'il allait lui dire.

— Je pourrais, par exemple, vous démettre de votre statut de châtelaine et vous garder auprès de moi pour satisfaire mes besoins charnels, à l'instar d'une vulgaire ribaude, en attendant de trouver une femme qui consente à m'épouser.

S'il avait essayé de lui faire peur, il y était parvenu, car elle ne voyait aucun moyen d'échapper au sort qu'il lui destinait si elle ne cédait pas à sa volonté. Pour réussir la mission qu'elle s'était donnée, protéger ses gens jusqu'au moment où l'Angleterre pourrait être libérée du joug normand, elle avait besoin de rester en vie et de conserver son autorité de châtelaine. Une maîtresse n'aurait aucun poids sur son amant et, en outre, elle se heurterait à coup sûr à l'hostilité de la femme légitime qu'il choisirait.

Derrière elle, Emma la supplia tout bas.

— Je vous en prie, Madame, faites ce qu'il vous demande, sinon ils vont tous nous tuer ou, pire encore, nous chasser dans les bois où nous mourrons de faim et de froid.

— Alors, gente damoiselle, allez-vous, oui ou non, donner votre consentement ? s'enquit Giles d'une voix douce et suave. Le père Henry vous a demandé si vous acceptiez de m'épouser librement et sans contrainte.

Il fit un pas de côté et répéta sa question bien fort.

— Voulez-vous de moi pour époux, lady Fayth ?

Un silence de mort envahit la chapelle. Tous les regards convergeaient vers elle. Le temps semblait s'être arrêté.

Fayth remarqua l'ombre d'un sourire au coin des lèvres de Giles. Elle l'aurait volontiers giflé si les inévitables conséquences d'un tel geste n'avaient pas été funestes.

Tout ce pour quoi elle avait vécu jusqu'ici était en jeu en cet instant fatidique. Avec Edmund, il y avait eu au moins une affection mutuelle et une cause commune à défendre. Aujourd'hui, c'était avec un étranger qu'elle allait devoir se marier, un ennemi de son peuple. Ses gens subiraient le joug d'un seigneur qui avait participé à la conquête de leur pays, un homme de guerre qui avait fait son chemin à la pointe de son épée, qui ignorait tout de leurs coutumes et n'avait qu'une connaissance imparfaite de leur langue.

Edmund, s'il était encore vivant, devait errer dans la forêt avec une poignée de partisans — une troupe sûrement pas assez nombreuse pour la secourir. Quant aux amis et alliés de son père, ils étaient presque tous morts, soit dans le Nord à la bataille de Stamford Bridge où Harold avait réussi à vaincre l'ost de Harald, le roi de Norvège, soit dans le Sud, à Hastings. Personne ne pouvait plus lui venir en aide.

Ayant inspiré profondément, elle fit la seule chose qu'elle pouvait faire : elle mit sa main dans la main de Giles et parcourut les derniers mètres qui la séparaient de l'autel.

Après cela, plus rien n'eut d'importance, ni les mots, ni les gestes, ni les acclamations de ses gens et des soldats de Giles, ni la sollicitude que lui témoigna son nouveau mari quand, après le repas, il la ramena au logis seigneurial.

Elle s'était assise à côté de lui à la table d'honneur et se souvenait vaguement avoir partagé avec lui la tranche de pain épaisse qui servait d'assiette et avoir bu dans le même gobelet que lui, conformément à la coutume. Elle n'aurait pu dire si elle avait répondu à ses questions ou même seulement prononcé un seul mot. Tout ce qu'elle savait, c'était que sa vie ne lui appartenait plus. Elle appartenait désormais à un homme qui avait été peut-être le meurtrier de son père.

Ce fut seulement lorsque la porte de sa chambre se referma derrière elle, la laissant seule, pour la première fois de son existence, avec un homme qui n'était pas de sa famille, qu'elle se rendit compte à quel point sa vie allait être transformée. Elle resta figée sur place, sans savoir ce qu'elle devait dire ou faire.

Son mari. Giles Fitzhenry était son mari, un mari auquel elle avait juré obéissance devant Dieu et devant les hommes.

Il posa son heaume et se tourna vers elle.

— Je ne voulais pas risquer de répandre du sang aujourd'hui, au cas où vos gens essayeraient de vous défendre contre moi. C'est pourquoi j'ai usé de ce stratagème pour vous conduire à la chapelle.

Il avait parlé d'une voix calme et posée, mais la lueur qui brillait dans ses yeux ne pouvait laisser aucun doute sur l'ardeur de ses désirs charnels.

— Ainsi vous me prenez comme maîtresse… ? s'enquit-elle, à la fois confuse et surprise devant un pareil aveu.

Elle le suivit des yeux pendant qu'il traversait la chambre et versait du vin dans deux gobelets en étain. Il lui en apporta un et attendit qu'elle ait bu une gorgée avant de poursuivre.

— C'était uniquement de la provocation, pour parvenir à mes fins.

Il sourit. Un sourire qui lui parut sincère.

— Apparemment, j'ai réussi. Au-delà de ce que j'espérais.

Elle regarda l'alliance à son annulaire, preuve tangible de son statut d'épouse, et hocha la tête. Un frisson nerveux lui parcourut l'échine à la pensée qu'elle était désormais complètement à sa merci…

Or elle était bien placée pour savoir qu'elle ne pouvait attendre aucune merci d'un homme qui s'était emparé de son château par la force et qui avait usé de son pouvoir pour la contraindre à l'épouser. Elle porta le gobelet à ses lèvres et le finit d'un trait.

— Il y a des moyens moins brutaux pour me circonvenir, messire, murmura-t-elle d'une voix blanche.

Elle avait encore de la peine à l'admettre, mais le consentement qu'il lui avait arraché donnait une base légale à ses prétentions. Vis-à-vis de ses gens, il était désormais le baron de Taerford, car, selon la loi saxonne, elle avait hérité les droits de son père et les lui avait transmis en l'épousant. En pensant à la mort tragique de son père, une nouvelle vague de chagrin l'envahit, si violente qu'elle eut de la peine à respirer. Elle détourna les yeux afin de ne pas voir la lueur de triomphe qui, sans nul doute, devait briller dans le regard de Giles Fitzhenry, maintenant qu'il avait réussi par la ruse à acquérir un titre aussi ancien et honorable.

Néanmoins, elle était toujours la fille de Bertram de Taerford et elle endurerait son destin sans se plaindre afin de protéger ses gens pendant les années dc troubles et de violence qui les attendaient. Au bout de quelques instants, elle réussit à maîtriser ses émotions et à regarder en face son nouveau « seigneur et maître ».

— J'essaierai de m'en souvenir à l'avenir, répondit-il, le visage impassible.

Il but son gobelet de vin et le posa sur la table. Le moment était-il arrivé de… consommer leur union ?

Fayth fixa son gobelet vide. Elle en aurait volontiers bu un second. Le vin lui donnerait peut-être assez de courage pour supporter… Des images se bousculèrent dans son esprit. Des images par trop vivaces qui enflammèrent son front et ses joues.

Il allait la prendre dans ses bras, la jeter sur le lit… Elle s'efforça de calmer son appréhension et de ne plus penser à l'intimité forcée qu'ils allaient partager.

Giles s'avança vers elle et prit le gobelet de ses doigts tremblants. Fayth leva les yeux vers lui. Il était si près qu'elle pouvait sentir la chaleur de son corps. Le moment fatal était arrivé. Elle attendit, refusant de faire le premier pas.

Il effleura ses lèvres, une fois, deux fois. Une caresse qui la surprit par sa douceur et sa gentillesse. Puis il s'empara de sa bouche avec fermeté, mais sans aucune brutalité. Et, contrairement à ce qu'elle avait imaginé, il ne la prit pas dans ses bras. Seules leurs bouches étaient jointes l'une à l'autre. Elle ferma les yeux et se prépara à l'assaut qui, sans nul doute, allait suivre.

Derechef, il la surprit.

Au lieu de la jeter sur le lit, il détacha ses lèvres des siennes et se dirigea vers la porte. La main sur la poignée, il se retourna vers elle.

— Je vous souhaite une bonne nuit, madame, dit-il en inclinant légèrement la tête.

Fayth rouvrit les yeux et battit des cils, ne sachant que dire. Machinalement, elle leva la main et effleura ses lèvres encore vibrantes du baiser qu'il lui avait donné. Un baiser qui l'avait laissée sans force et les jambes flageolantes, même si la perspective de se donner à ce guerrier brutal continuait à la terrifier.

Elle le regarda sans comprendre.

— Messire, n'allez-vous pas… ?

Elle ne finit pas sa phrase et rougit de nouveau jusqu'à la racine de ses cheveux.

— Non, répondit-il. Tant que je ne serai pas certain que vous ne portez pas l'enfant de votre amant, nous ne ferons pas…

Lui non plus n'acheva pas sa phrase.

Fayth en resta bouche bée. Ils n'allaient pas… Il n'avait pas l'intention de…

La terreur qui avait failli la submerger quelques instants auparavant s'évanouit, remplacée par un brusque accès de colère.

— Je n'attends aucun enfant !

— Alors, vous avouez au moins qu'il a été votre amant ?

Elle traversa la chambre et soutint son regard, les yeux étincelants de fureur.

— Je suis une femme honorable, messire ! Comment osez-vous m'insulter ainsi ?

Elle leva la main pour le gifler, mais il l'en empêcha en lui saisissant le poignet.

Elle attendit, persuadée qu'il allait la frapper pour la punir d'avoir osé un geste aussi insolent. Mais le nouveau baron de Taerford resta parfaitement calme et maître de soi.

Il lui lâcha le poignet et croisa les bras sur son torse.

— Un homme ne risque pas sa vie pour le seul plaisir de chevaucher une femme. Quelles promesses avez-vous faites à Edmund en échange de son consentement à vous épouser ?

— Vous m'insultez encore, messire. Je ne lui ai fait aucune promesse.

Edmund avait eu — et avait peut-être encore — des projets très ambitieux, mais il était hors de question qu'elle les lui dévoile.

— Il m'avait promis de nous protéger, moi et mes gens, si j'acceptais de l'épouser, rien de plus. Mais votre arrivée l'en a empêché.

Il ne fallait pas que son mari découvre qui était réellement Edmund, car alors, sa vie serait en grand danger.

— Tant que je ne saurai pas avec certitude que vos paroles et vos actes sont sincères et conformes à la vérité, répliqua Giles, je ne consommerai pas notre union, madame. Si je viens à apprendre…

Il en resta là, mais la menace induite par ses paroles la fit frissonner.

Un silence pesant les enveloppa. Pendant quelques instants, ils restèrent ainsi, se défiant l'un l'autre, puis Giles fit un pas en arrière. Quand il ouvrit la porte pour se retirer, elle décida que la coupe était pleine. Elle avait subi assez d'avanies pour une journée. Conquérant, mari, seigneur ou maître, elle n'en avait cure ! Saisissant le bord de la porte, elle repoussa le battant de toutes ses forces.

Surpris par la vivacité de son geste, Giles trébucha en arrière dans le couloir.

— Bonne nuit alors, mon mari ! s'exclama-t-elle en rabattant le loquet et en mettant la barre qui avait été laissée par inadvertance à côté de la porte.

Elle ne se faisait aucune illusion. S'il le voulait, il n'aurait aucune peine à rentrer dans la chambre. Quelques coups d'épaule suffiraient et, s'il n'y parvenait pas lui-même, ses hommes se feraient un plaisir de l'aider.

Mais, encore une fois, sa réaction ne fut pas ce qu'elle attendait.

Au lieu de se mettre en colère et de tempêter, il éclata de rire. Des éclats de rire qui résonnèrent dans le couloir et dans l'escalier. Puis le bruit de ses pas s'éloigna.

Désappointée, Fayth fit le tour de la chambre pour éteindre les chandelles et monta dans son lit. Après avoir défait ses cheveux, elle s'allongea, le cœur battant et l'oreille aux aguets, s'attendant, à chaque instant, à entendre Giles revenir dans le couloir.

Il était peut-être seulement allé chercher du renfort…

Quelques instants plus tard, ses paupières s'alourdirent. Oubliant ses peurs, elle cessa de lutter et s'abandonna au sommeil qui envahissait son corps et son esprit.

Chapitre 3

Giles n'avait pu s'empêcher d'être impressionné par la façon dont Fayth lui avait tenu tête, aussi bien dans ses propos que dans ses gestes. La plupart des femmes qu'il connaissait auraient été complètement terrorisées lors de l'assaut du château. Non seulement Fayth ne l'avait pas été, mais, en plus, elle s'était dressée courageusement pour protéger la petite Ardith, et si elle avait accepté de l'épouser, ce n'était pas parce qu'elle tremblait de peur pour elle-même, mais par devoir, pour être en mesure de défendre ses gens.

Elle le craignait, certes, mais elle avait conscience de son rang et n'avait pas hésité à se mettre en colère quand elle s'était sentie insultée. Une colère qui avait enflammé ses joues et fait étinceler ses yeux. Elle avait même osé lui claquer la porte au visage ! Un autre homme n'aurait pas supporté une telle insolence. Un coup d'épaule aurait suffi à enfoncer la porte, il le savait ; mais pourquoi se donner ce mal et ensuite devoir faire réparer la porte, ou même la changer, alors qu'il connaissait le moyen de la faire s'ouvrir sans provoquer aucun dommage ? Il n'utilisait toujours la force qu'en dernier recours, surtout contre un adversaire plus faible. C'était par trop contraire à ses idées chevaleresques. Maintenant qu'il était le maître de Taerford, il voulait asseoir son autorité en se montrant magnanime envers ses nouveaux sujets et conquérir sa femme par la douceur et la persuasion. Si elle le voulait bien… Fayth était fière et farouche. S'il se montrait brutal avec elle, elle serait à jamais rebelle et s'ingénierait à faire de sa vie un enfer.

Giles savait que ses hommes avaient assisté à la scène, pas seulement le garde qu'il avait posté dans le couloir, mais également ceux qui l'avaient accompagné à la chambre nuptiale. Etant donné sa force de caractère, il n'aurait pas dû être surpris par la réaction de Fayth. S'il avait choisi de rire, c'était intentionnellement, afin de montrer à ses hommes qu'il restait maître de soi et de la situation.

— Ce n'est pas tout à fait la douce et fragile rose anglaise que vous espériez cueillir, n'est-ce pas ? lui dit Roger alors qu'ils descendaient l'escalier conduisant à la grande salle.

— Une rose pourvue d'épines, ajouta Brice en s'esclaffant. Qui s'y frotte s'y pique et, tout baron que tu es, il va falloir que tu mettes des gants avec elle.

Ses hommes rirent et il rit avec eux. Cueillir une fleur aussi belle n'aurait pas été très difficile et, considérant les charmes féminins dont elle était abondamment pourvue, il n'aurait éprouvé aucun dégoût à la mettre dans son lit. S'il s'était laissé emporter par le brasier qui le dévorait intérieurement chaque fois qu'il croisait ses grands yeux vert émeraude, il l'aurait prise dans ses bras, jetée sur le lit et se serait perdu avec délice dans les courbes de son corps jeune et souple. Mais la peur du rôle qu'elle avait joué et qu'elle jouait peut-être encore dans les plans de ses ennemis pour le déposséder de son fief l'en avait dissuadé.

Il ne s'était ouvert qu'à Brice de ses inquiétudes et de son intention de ne pas consommer son mariage tant qu'il ne serait pas certain qu'elle n'attendait pas un enfant. Epouser une femme qui n'avait plus sa virginité serait déjà un inconvénient majeur, mais il préférerait être damné plutôt que d'accepter un enfant conçu par un autre homme — un ennemi, de surcroît.

— Peut-être, répondit-il, mais nous sommes bretons. Et comme chacun sait, les Bretons savent s'y prendre avec les femmes — beaucoup mieux en tout cas que les Saxons.

Il donna une bourrade à son ami.

— Toi aussi, il te faudra bientôt faire preuve de diplomatie. Quand tu auras conquis ton fief de Thaxted à la pointe de ton épée, il te restera encore une tâche à accomplir. La plus difficile. Dompter la pucelle saxonne que notre duc t'a ordonné d'épouser. Je te souhaite qu'elle soit aussi belle et fière que la mienne.

Brice resta silencieux. Dès que Giles aurait la situation en main à Taerford, il reprendrait la route pour aller s'emparer du château et de la femme qui lui avaient été dévolus.

Son silence incita Giles à réfléchir à sa propre situation. Parviendrait-il un jour à conquérir le cœur de sa femme ? La posséder, il n'en doutait pas, mais il voulait plus. Il voulait qu'un jour elle soit réellement sa femme, corps et âme.

Bâtard de naissance, fils d'un noble breton et d'une femme du peuple, une jeune et belle lavandière séduite par son maître, il n'aurait jamais dû posséder un jour un fief et un château. Oh, il en avait rêvé et priait souvent pour que son rêve se réalise. Mais, sauf dans les contes de fées, un homme d'aussi basse extraction n'avait aucune chance d'épouser la fille d'un haut et puissant seigneur. Du fait de sa naissance illégitime, il aurait dû rester un serviteur dans la maison de son père. S'il était maintenant un baron, il le devait au duc Guillaume qui avait eu besoin d'hommes de guerre pour faire valoir ses droits sur la couronne d'Angleterre et à sa vaillance sur tous les champs de bataille où il avait combattu.

La guerre, comme aimait à le dire Simon, un autre de ses amis, était la meilleure opportunité pour avancer dans la vie quand on n'avait pas eu la chance de naître avec une cuillère en argent dans la bouche. La lance ou la masse d'armes à la main, il n'y avait plus qu'une seule chose qui comptait, la force physique et le courage. Giles sourit au souvenir des nombreuses conversations qu'il avait eues au printemps avec Simon, lors de son mariage avec Elise. C'était lui qui lui avait conseillé de s'engager dans l'ost que le duc de Normandie constituait pour envahir l'Angleterre.

Néanmoins, le fait d'avoir conquis à la pointe de son épée le fief de Taerford et la fille de l'ancien seigneur ne parvenait pas à effacer les doutes qui l'assaillaient chaque fois qu'il s'entendait appelé « messire ». Il lui faudrait du temps pour s'y habituer et pour se faire à l'idée que la femme fière et insoumise qu'il avait épousée, conformément aux ordres du nouveau maître de l'Angleterre, était réellement sa femme. Et encore plus de temps pour se convaincre qu'il était digne des honneurs qui lui avaient été conférés.

Ils arrivèrent dans la grande salle où les convives continuaient à boire et à ripailler. Ces réjouissances n'avaient rien de comparable avec les banquets de noces auxquels il avait participé en Bretagne. Celui de Simon avait duré une journée entière et celui de son demi-frère, le fils légitime de son père, s'était poursuivi pendant trois jours, avec une succession de gibiers, de volailles, de poissons et de desserts qui lui donnaient encore l'eau à la bouche lorsqu'il y pensait.

Mais ni son père, ni Simon, ni les pères des mariées

n'avaient eu à subir les ravages de la guerre dans leurs champs et dans leurs greniers à grains. Ils n'avaient pas eu non plus à se demander combien de leurs gens survivraient aux rigueurs de l'hiver — sans parler des maraudeurs qui infestaient le pays et rançonnaient les paysans, quand ils ne les tuaient pas, après leur avoir fait subir mille tortures.

Il soupira et, décidant d'oublier pour un moment ses soucis, il gravit les marches de bois de l'estrade sur laquelle était dressée la table d'honneur et s'assit à sa place — la place réservée au nouveau seigneur et maître de Taerford. Brice, Roger et quelques autres prirent place à ses côtés.

Coupant un morceau de viande baignant dans une sauce insipide, il le porta à sa bouche et le mâcha consciencieusement. Même ainsi, il lui fallut boire une gorgée de bière pour qu'il ne reste pas en travers de sa gorge.

Ce fut alors qu'il s'en rendit compte.

Le silence.

Un silence étrange, inquiétant, avait envahi la grande salle. Il semblait s'être répandu d'abord le long des tables occupées par les villageois, puis ses hommes l'avaient remarqué et s'étaient tus également. Tous les regards étaient fixés sur lui. L'espace d'un instant, Giles se demanda pourquoi il était l'objet d'une pareille attention. Etait-ce sa tenue, avait-il oublié…

Se penchant vers Brice, assis à sa droite, il le questionna à voix basse.

— Que se passe-t-il ? Pourquoi ce silence, brusquement ?

Brice lui répondit dans leur patois breton.

— Ayant déjà participé à des banquets de noces auparavant, tu devrais comprendre facilement ce qui se passe. Non, tu ne vois vraiment pas ?

Giles parcourut des yeux les visages des serfs et des vilains. Ils exprimaient de la surprise, de l'inquiétude, voire, pour certains, de la colère. Ces gens avaient mangé, bu et festoyé joyeusement. Ils devraient être repus et avoir seulement envie d'aller retrouver leur couche. Or leur mécontentement était manifeste. Il y en avait même qui grommelaient entre leurs dents dans leur baragouin fruste et rocailleux.

Giles comprit alors son erreur.

— Ils se demandent pour quelle raison le marié est revenu aussi vite à la table du festin.

Brice se pencha un peu plus vers lui, afin que personne d'autre ne l'entende.

— Ils ne savent rien de tes inquiétudes au sujet de l'*état* de leur châtelaine. Ils savent seulement que tu l'as épousée et que tu as quitté la chambre nuptiale quelques minutes à peine après y être entré.

Giles jura entre ses dents, vida sa chope de bière d'un trait et fit signe à l'échanson de la remplir. Il n'avait même pas imaginé que ses actes pourraient être commentés et encore moins critiqués par les serfs et les vilains de Taerford. Quand il était un simple bâtard, taillable et corvéable à merci, ses actes n'avaient suscité aucun commentaire, de quelque nature que ce soit, sauf quand ils contrariaient les désirs, les besoins ou les ordres de son maître. Maintenant, c'était lui le maître. On l'observait, on l'écoutait, on jugeait chacun de ses actes. Il devait en tenir compte s'il voulait être respecté et obéi.

Il soupira et but lentement sa seconde chope de bière, afin de se donner le temps de réfléchir. Il avait fait en sorte que son mariage avec Fayth soit célébré au vu et au su de ses gens afin de faire cesser les rumeurs qui circulaient au village et dans le château au sujet de la santé de la châtelaine. Ces rumeurs s'étaient répandues le lendemain de son arrivée, l'absence de Fayth ayant fait craindre qu'elle ait été tuée ou gravement blessée. Heureusement ses domestiques avaient assuré qu'elle était vivante, ce qui avait notablement réduit la tension.

Maintenant, il lui fallait faire face à cette nouvelle tension.

— C'est une affaire privée entre ma femme et moi.

Brice secoua la tête.

— Tu te trompes. Dans les heures qui viennent, peut-être même avant, tous les manants de la région sauront qu'il y a un problème entre leur châtelaine et leur seigneur et que tu n'as pas consommé ton mariage.

Giles parcourut de nouveau du regard les visages des villageois. Pas un seul d'entre eux n'oserait jamais dire un seul mot contre lui, mais leur réprobation était évidente. Il ne coucherait cependant pas avec Fayth pour leur faire plaisir. On ne lui forcerait pas la main dans une affaire aussi primordiale pour son honneur.

Il jura derechef, à voix haute, cette fois.

— Je suis le maître de ce château et il est hors de question que je me justifie devant ces manants, dit-il, les dents serrées.

Ces gens ne connaissaient rien, hormis ce qui se passait ici, entre les murs de ce château ou au village. Ils ne savaient rien de ses combats pour s'arracher au destin funeste et médiocre auquel sa naissance l'avait condamné, de sa vaillance dans les tournois et les champs de bataille — laquelle lui avait valu de recevoir le fief de Taerford et le titre envié de baron, haut et bas justicier sur ses terres. Ils ne connaissaient rien, hormis leur châtelaine, leur ancien seigneur, leur bétail et leurs champs.

L'insulter elle ou la mémoire de son père pendant que les rebelles se rassemblaient dans toute l'Angleterre pour lutter contre les envahisseurs normands n'était pas la chose la plus intelligente à faire. Révéler ses doutes quant à la virginité de leur châtelaine ou quant au rôle qu'elle avait joué et qu'elle comptait peut-être encore jouer dans les plans de ceux qui cherchaient à lui arracher son fief avait peut-être un certain attrait, mais il savait qu'en agissant ainsi il s'aliénerait ses nouveaux sujets et les pousserait à la rébellion.

Pour l'heure, il devait se montrer diplomate, ne rien brusquer, peser ses mots et ses gestes et, oui, prendre en compte la façon dont ses gens réagissaient à chacun de ses actes.

— Tu comprends ma décision, Brice. Que me suggères-tu ?

Son ami et compagnon d'armes parcourut la salle du regard.

— Sur ce point, il est trop tard pour revenir en arrière, mais essaie de ne pas aggraver encore la situation. Ils comprennent ta situation mieux que tu pourrais le supposer. Ils savent où se cachent ceux des leurs qui cherchent à te chasser d'ici. Ce ne sont que des vilains et des serfs, mais ils ne parlent pas notre langue et pour eux, pendant longtemps encore, nous resterons des envahisseurs.

Brice lui adressa un regard entendu. Ainsi, lui aussi soupçonnait que les bannis et les rebelles n'avaient pas rompu leurs liens avec les villageois de Taerford. Ils se cachaient dans la forêt, prêts à profiter de la première occasion pour reprendre pied dans le château et dans le village.

— Continue.

— Tu sais ce que tu dois faire, Giles. Pense aux conseils que t'a prodigués messire Gauthier… Il faut te faire accepter par tes gens, établir un climat de confiance avec eux. Tu y parviendras en traitant ton épouse avec respect. Mets-la dans ton lit le plus tôt possible et efforce-toi de gagner son cœur. Jusqu'à présent tu étais un simple chevalier…

un homme de guerre libre et insouciant. Maintenant, tu es un baron, un seigneur de ce royaume. Tes nouvelles responsabilités vont t'obliger à faire face à des défis que tu n'as encore jamais rencontrés, comme il me faudra y faire face bientôt, quand je me serai rendu maître de Thaxted.

Giles opina.

Fils bâtard d'un noble breton, il n'avait jamais eu à commander des gens — sauf ses hommes, à l'entraînement et sur les champs de bataille.

Désormais, il régnait sur un vaste territoire, avec plusieurs centaines de serfs et de vilains ; il avait épousé la fille d'un haut et puissant seigneur saxon.

— Et toi ? s'enquit-il. Tu as l'intention de suivre tous ces sages conseils ?

Brice leva sa chope de bière et hocha gravement la tête.

— Je vois clairement ce que tu dois faire pour assurer ton autorité à Taerford. Quant à moi, j'espère que j'aurai la même clairvoyance le moment venu. Pour l'instant, rien ne m'est acquis et il me faudra braver bien des dangers avant de pouvoir seulement me poser la question.

Giles vida sa chope et la posa sur la table devant lui. Tous les bons conseils de son ami ne résolvaient pas le problème qui se posait à lui dans l'immédiat : où allait-il dormir cette nuit ? Il n'avait jamais eu l'intention de donner un tel retentissement à sa décision de ne pas consommer son mariage. Mais en retombant, la barre qui lui avait fermé la porte de sa chambre avait fait assez de bruit pour que nul dans le château n'ignore le message que Fayth.

— Tu l'as laissée se rebiffer et te claquer la porte au nez, maintenant, c'est à toi de faire preuve d'autorité, reprit Brice. Montre que tu restes le maître. Si tu ne le fais pas, tout le village le saura et cela incitera nos ennemis à nous attaquer. Et si je peux te donner un conseil, enlève ton haubert et ta cotte de mailles avant d'entrer dans ta chambre. Un chevalier n'a pas besoin d'être armé de pied en cap quand il rend visite à son épouse.

Giles s'esclaffa.

— Tu n'as pas vu son regard. Sans ma cotte de mailles, je pourrais bien ne pas voir la lumière du jour demain matin.

Il était tellement habitué à sa tunique de fer qu'il ne l'avait pas enlevée pour son mariage. Or, s'il en jugeait à la lueur meurtrière qui avait brillé dans les yeux de Fayth quand il avait mis en doute sa virginité, il doutait que sa cotte suffise à garantir sa sécurité pendant qu'il dormirait auprès d'elle.

— Merci pour tes sages conseils, Brice.

Se levant, il s'éloigna de la table et fit signe aux deux gardes qui avaient commencé à le suivre qu'il n'avait pas besoin de leur protection. D'un geste de la main, il appela simplement Martin, son jeune écuyer, afin qu'il l'accompagne aux cuisines. A son entrée dans la grande salle basse où se préparaient les repas du château, une bouffée de chaleur l'accueillit, car les feux n'avaient pas encore été recouverts de cendres. Au bout de quelques instants, les cuisiniers et les marmitons remarquèrent sa présence et s'arrêtèrent de parler et de travailler, comme hypnotisés. C'était l'un des endroits du château qui n'avait pas encore reçu sa visite et il était temps qu'il y affirme son autorité.

Après avoir demandé une bassine et des seaux d'eau chaude, il se laissa conduire par une jeune fille nommée Gytha dans une petite pièce contiguë dans la cuisine. Il avait envisagé seulement de faire une toilette sommaire, mais la vue de la vapeur qui montait des seaux l'incita à prendre un vrai bain, d'autant plus que la bassine de bois était assez grande pour qu'il puisse s'y asseoir. Ayant posé son épée à terre, il entreprit d'enlever sa cotte de mailles avec l'aide de son écuyer. Puis, quand il n'eut plus que sa tunique sur lui, il renvoya Martin, avec l'ordre de nettoyer et d'huiler sa cotte, et referma la porte afin de disposer d'un peu d'intimité.

Lorsque le reste de ses vêtements eut rejoint son épée, il s'étira longuement et soupira d'aise. Quel bonheur c'était d'être débarrassé du poids de tout son attirail de guerre ! Il y avait trop longtemps qu'il ne s'était pas accordé le plaisir d'un bain, ne serait-ce que dans une rivière ou dans un lac. Un bon bain chaud devrait apaiser quelque peu la tension qu'il sentait monter en lui à la perspective de sa prochaine rencontre avec sa jeune épouse.

S'asseyant dans la bassine, il se frotta les membres et le torse, puis il ferma les yeux, profitant pleinement de l'instant présent. Il dut alors s'endormir, car, quand il rouvrit les yeux, l'eau était presque froide. Furetant autour de lui, il découvrit des serviettes et des vêtements propres posés sur un banc à côté de la porte et deux autres seaux d'eau chaude à portée de sa main. C'était la première fois qu'il cédait à la fatigue depuis de longs mois — des mois pendant lesquels il n'avait eu guère le temps de prendre un bain chaud ni de partager ensuite sa couche avec une femme jeune et avenante. Il avait encore des mois, sinon des années, de lutte acharnée pour faire valoir ses droits sur Taerford, mais il pouvait déjà s'estimer content d'avoir réussi à conquérir le château — et sa châtelaine. Si Dieu le voulait, il aurait bientôt un vrai foyer, avec des enfants. Mais, d'abord, il devait consacrer toute son attention à sa femme.

A contrecœur, il se mit debout, acheva de se frotter et de se laver les cheveux, puis se rinça à l'eau chaude et sortit de la bassine. Tout en se séchant, il s'étira derechef avec délice, puis il se mit à s'habiller. Le tissu de la chemise était léger et soyeux. Il lui fallut un moment pour réaliser d'où elle provenait — elle avait sans doute appartenu à l'ancien maître des lieux, Bertram de Taerford... Tout comme les braies et la tunique. Le vieux comte avait eu un torse et des épaules plus larges que les siens, mais, pour le moment, il n'avait pas d'autres vêtements à mettre, car ceux qu'il avait apportés avec lui étaient rangés dans un coffre, dans la chambre de Fayth. Il aurait dû y penser avant de venir prendre son bain.

Il soupira et secoua la tête. Comment avait-il pu être aussi imprévoyant ? Enfin, cela n'avait pas une grande importance.

Une fois bouclé son ceinturon, il y accrocha son épée de manière à pouvoir la tirer commodément, puis il enfila ses bottes, sortit de la petite pièce et monta à l'étage en utilisant un petit escalier en colimaçon qui, d'ordinaire, était réservé aux domestiques. Les deux gardes étaient toujours en faction devant la porte de Fayth.

A sa vue, ils lui tendirent les gonds en métal, hilares.

— Un présent de Brice, messire.

Giles accepta le présent et sourit. Il reconnaissait bien là son ami. Aucune serrure, aucune porte ne pouvait lui résister. Débarrassée de ses gonds, la porte pouvait coulisser aisément sous la barre. Il la souleva avec l'aide des deux gardes et s'introduisit sans bruit dans la chambre. Avant de se diriger vers le lit, il attendit que le battant ait été remis en place.

Fayth dormait, les traits de son visage complètement détendus. Un abandon plein de charme et délicieusement attirant, bien qu'elle n'eût pas pris la peine de se déshabiller pour se coucher.

Elle reposait à moitié sur le côté, à moitié sur le dos, un bras le long de son corps et l'autre en travers de son front. Elle avait les jambes écartées sous sa robe et son jupon, et Giles dut lutter contre une brusque envie de glisser sa main sous sa jupe et de lui caresser les jambes et l'entrecuisse. Il s'approcha, tous les muscles tendus, et vit qu'elle avait défait ses cheveux. Ils formaient une auréole souple et bouclée autour de sa tête et la rendaient encore plus séduisante. La chambre n'étant éclairée que par les braises qui rougeoyaient dans la cheminée, ils avaient l'air plus foncés qu'à la lueur du jour, quand ils chatoyaient de mille feux sous les rayons du soleil. Ses doigts frémirent. Il avait tellement envie de les toucher, de les sentir, d'y enfouir son visage lorsqu'ils feraient l'amour !

Il s'efforça de maîtriser la vague de désir qui montait dans ses reins et menaçait de le submerger. Il n'était plus un puceau depuis longtemps et ne comprenait pas pourquoi son corps réagissait aussi violemment. Cette femme n'avait pas essayé de le séduire et encore moins de l'émoustiller. Au contraire. Elle avait opposé une fin de non-recevoir à toutes ses tentatives pour l'amadouer. Sans parler de ce complot qu'elle avait manigancé — et qui avait failli réussir — pour lui dénier ses droits sur Taerford.

Ce n'était vraiment pas le genre de partenaire dont lui et ses compagnons, les « bâtards bretons », avaient l'habitude.

Il se pencha sur elle et, cédant à l'envie de la toucher, lui caressa le menton et la joue du bout des doigts. Elle murmura dans son sommeil et tourna la tête vers lui, comme pour l'inciter à poursuivre ses caresses.

Retenant sa respiration, il s'assit sur le bord du lit. Lorsqu'elle écarta son bras de son front et le posa sur les genoux de Giles, touchant presque son membre viril, il sut qu'il était perdu.

Elle était toujours endormie.

Il en vint presque à regretter sa décision de ne pas avoir de relations avec elle tant qu'il ne saurait pas avec certitude qu'elle n'attendait pas un enfant. Presque. Il faillit de nouveau céder à la tentation quand elle se tourna légèrement et qu'il vit ses seins pointer à travers le tissu de son corsage.

Emu jusqu'au plus profond de lui-même par l'innocence et la douceur qui irradiaient dc son visage, il la contempla en silence, craignant à chaque instant qu'elle ne se réveille et rompe le charme. Il s'enhardit à caresser ses lèvres du bout de son pouce. Des lèvres sensuelles et bien dessinées, faites pour être embrassées. Il imagina leur contact sur les siennes. Tâchant d'apaiser les envies qui le dévoraient, il détourna les yeux de sa bouche.

A cet instant, elle ouvrit les paupières et leurs regards se rencontrèrent.

Lady Fayth s'était réveillée.

Chapitre 4

L'espace d'un instant, Fayth resta immobile, comme si son esprit était encore ensommeillé, puis, tout d'un coup, elle parut se souvenir où elle était et réaliser qui la touchait d'une façon aussi intime. Elle eut un haut-le-corps et s'écarta de lui si vite qu'il n'eut pas le temps de réagir. Agenouillée à l'autre bout du lit, le dos contre le mur, elle le dévisagea, prête à se défendre, toutes griffes dehors. Une lionne acculée. Il ne lui manquait qu'une dague dans la main pour compléter le tableau.

— Vous dormez tout habillée ? s'enquit-il d'une voix douce, afin de ne pas l'effaroucher.

— Comment êtes-vous entré ici ? répliqua-t-elle sans répondre à sa question.

— Une fois les gonds enlevés, il a suffi de faire coulisser la porte. Un jeu d'enfant.

Il se leva et lui fit face, le visage grave et sévère.

— Dorénavant, ne me barrez plus jamais votre porte.

Etait-ce à cause de ses paroles ou du ton qu'il avait employé ? Fayth pâlit et l'angoisse se lut dans son regard.

D'un geste nerveux, elle repoussa ses longs cheveux de son visage et ils retombèrent en cascade sur ses épaules.

— Venez, dit-il en lui tendant la main. Mettez-vous à votre aise. Avec ou sans porte, vous êtes en sécurité ici.

A présent, le doute se mêlait à la peur dans ses yeux.

Elle lorgna vers la porte, puis tourna de nouveau la tête vers lui. Son réveil avait été brusque. Il fit trois pas en arrière, s'assit sur une chaise et attendit qu'elle reprenne ses esprits.

— Vous m'aviez dit que vous ne…

Elle baissa la voix afin que les hommes en faction dans le couloir ne puissent pas l'entendre.

— Je croyais que vous n'aviez pas l'intention de revenir.

— Vous m'avez poussé hors de votre chambre. Vis-à-vis de mes hommes et de vos gens, je ne pouvais pas laisser passer une pareille insulte sans réagir.

La peur réapparut dans les yeux de Fayth, et Giles se rendit compte que cela ne lui plaisait pas. La colère faisait étinceler le vert émeraude de ses prunelles ; la peur le ternissait.

— Est-ce la perspective de notre union qui vous fait peur, ou autre chose ?

Les joues de Fayth s'enflammèrent et elle détourna la tête. Un langage aussi direct l'embarrassait-il ? Elle n'avait pas l'air disposée à lui répondre. S'était-elle donnée à Edmund ou bien avait-elle rougi par pudeur, parce qu'elle était encore vierge et innocente ?

— Je vous ai dit que je ne consommerai pas notre union avant de savoir si vous attendez l'enfant d'un autre homme, alors couchez-vous tranquillement. Je ne vous toucherai pas.

— Pourquoi m'insultez-vous ainsi ? demanda-t-elle en descendant du lit et en tirant sur les plis de sa robe.

Ce faisant, elle attira son attention sur ses formes. Un tableau par trop séduisant, qui fit de nouveau monter une vague de chaleur dans les reins de Giles.

— Pensez-vous que j'aie aussi peu de respect pour mon honneur et pour l'honneur de mon père ? Je ne suis pas l'une de ces ribaudes qui ne savent pas maîtriser les désirs de leur chair et s'offrent au premier venu, au mépris des préceptes de nos lois et de notre Sainte Eglise.

En un instant, il se leva de sa chaise et s'approcha d'elle, si près qu'il la vit vaciller et faillir perdre l'équilibre. Pour autant elle ne recula pas et soutint fièrement son regard.

Il plongea ses yeux dans les siens. Il la dominait de la tête et des épaules.

Les prunelles de Fayth s'élargirent et sa respiration se fit plus courte et saccadée tandis qu'il se tenait ainsi au-dessus d'elle, sans bouger et sans la toucher, en retenant son souffle.

Ne pas succomber aux désirs de la chair ?

A voir la peur qui brillait dans ses yeux, les tremblements de ses membres et la pâleur de ses traits, il la soupçonnait de n'avoir jamais connu les feux de la passion qui dévorent un homme et une femme quand ils ont envie l'un de l'autre. Cela ne signifiait pas qu'elle n'avait pas perdu sa virginité, mais il pouvait lui montrer et lui apprendre beaucoup de choses sur ces désirs charnels qu'elle prétendait pouvoir si bien dompter.

Pour le moment, cependant, une petite leçon devrait suffire. En allant trop loin, il risquerait de ne pas pouvoir contrôler ses propres désirs, et cela il ne pouvait pas se le permettre… pas encore.

Il se pencha lentement vers elle en la forçant à lever son visage vers lui. Lorsqu'il sentit son souffle sur sa peau, il s'arrêta.

— Vous avez parlé des désirs de la chair, madame, dit-il d'une voix suave. J'admire votre assurance, mais êtes-vous vraiment sûre d'être capable de les maîtriser ?

*
* *

Fayth ouvrait la bouche pour expliquer ce qu'elle avait voulu dire quand celle de Giles — déjà si près de la sienne — effleura ses lèvres. La chaleur qui émanait de son corps s'intensifia et l'envahit avec violence. La langue de Giles s'insinua entre ses lèvres, dure et conquérante. Surprise et ne sachant comment réagir, elle attendit, en luttant contre l'envie stupéfiante, incroyable… de l'attirer contre elle et de mettre ses bras autour de son cou.

Elle n'aurait su dire d'où lui venait ce désir mais, alors que sa langue frôlait la sienne, une pulsion puissante ravagea son corps. Giles y prenait un plaisir évident, lui aussi, car son baiser, peu à peu, s'approfondit, devint plus possessif. Elle commençait à y répondre timidement lorsque, soudain, il redressa la tête et changea de tactique.

Maintenant, ses lèvres couraient sur son menton, sur son cou, sur sa gorge… Si son premier baiser lui avait donné simplement envie de continuer, ceux-là l'embrasèrent littéralement. A chaque contact de ses lèvres sur sa peau, un désir aussi violent qu'irrépressible montait dans le creux de ses reins. Ses jambes tremblaient et son corps, de lui-même, se cambrait, jusqu'au moment où elle sentit qu'elle ne pouvait plus résister à…

Quand, très doucement, il écarta ses cheveux de son cou et de ses épaules, elle se raccrocha instinctivement à sa tunique. Elle avait la tête légère, légère… c'était comme une sorte de vertige. Elle retint sa respiration, tandis qu'il poursuivait ses caresses. Le lobe de l'oreille, le cou, la nuque ; ses lèvres étaient partout à la fois. Elle l'entendit vaguement murmurer quelque chose, mais, à vrai dire, elle était trop absorbée par la magie des sensations qu'il faisait naître en elle pour y prêter attention.

Lorsque, d'une main, il commença à dénouer le haut de son corsage, elle tenta de protester, mais sa bouche s'empara de la sienne pour un baiser qui, de nouveau, la laissa hors d'haleine et incapable de réagir. Puis ses lèvres descendirent plus bas, dans l'ouverture qu'il avait pratiquée.

Grâce à Dieu, elle s'accrochait encore à sa tunique, car sinon elle aurait défailli, quand ses lèvres puis sa langue s'insinuèrent entre ses seins. Tout son corps palpitait de désir, une palpitation qu'elle ne pouvait ni comprendre ni ignorer. Elle essaya d'inspirer profondément mais, lorsqu'il prit le bout de l'un de ses seins entre ses lèvres, elle ne put réprimer un long frémissement. Il se mit à le sucer, à le mordiller… C'était trop bon ! Elle ferma les yeux et s'abandonna avec délice au torrent qui l'emportait. Jamais elle n'aurait cru ressentir un jour d'aussi ineffables plaisirs.

Lâchant sa tunique, elle mit ses mains autour de son cou pour l'attirer vers elle, mais son geste eut un effet inattendu. Au lieu de la prendre dans ses bras, il se redressa et la repoussa, comme si elle lui faisait horreur. Encore toute vibrante de désir, elle trébucha en arrière et tomba assise sur le bord du lit. La fraîcheur de l'air sur sa gorge et sur ses seins nus la surprit, la rappelant brutalement à la réalité et à la… décence. Comment avait-elle pu se laisser aller ainsi ? Quelle honte ! Elle s'était conduite comme une ribaude !

Une lueur moqueuse brillait dans les yeux de Giles. Elle comprit alors qu'elle était tombée dans un piège. Il n'avait que trop bien fonctionné, car son corps tout entier avait envie de ses caresses, de ses baisers et du contact ô combien intime de sa langue sur sa peau. Puis elle se rendit compte que ses caresses n'avaient eu qu'un seul but : lui donner une leçon. N'avait-elle pas prétendu être capable de maîtriser les désirs de la chair ?

— Alors, madame, votre corps est-il satisfait ou bien a-t-il envie d'autre chose ? N'y a-t-il pas au creux de vos reins un endroit que vous ne sauriez nommer mais qui aspire à des caresses encore plus audacieuses ?

Il s'interrompit et elle crut un instant qu'il allait de nouveau s'approcher d'elle, mais il n'en fit rien.

— Si je glissais ma main entre vos cuisses, ne trouverais-je pas cet endroit moite et tiède, palpitant de désir ?

Fayth fut choquée à la fois par la crudité et par la vérité de ces paroles. Nier ne servirait à rien. Ils le savaient aussi bien l'un que l'autre.

— Bien, fit-il en se dirigeant vers la table sur laquelle étaient posés la carafe de vin et les gobelets. Et encore, nous avons seulement échangé un baiser…

Il se versa et but deux verres de vin à la suite. Il avait été profondément troublé lui aussi, cela se voyait, bien qu'il lui tournât le dos, à la façon dont ses muscles frémissaient sous l'étoffe de sa tunique.

Avant qu'il se retourne, elle referma son corsage et en noua le cordon au ras du cou. Puis, repoussant ses cheveux en arrière, elle réfléchit à ce qu'elle allait dire.

Devait-elle admettre son inexpérience ? Les quelques baisers qu'elle avait échangés avec Edmund avaient été très différents — des bises amicales et affectueuses entre vieilles connaissances. Deux ans auparavant, elle s'était imaginé être amoureuse d'un cousin venu leur rendre visite, mais Gareth n'avait rien su de ses sentiments et, naturellement, ils n'avaient jamais eu l'opportunité de s'embrasser. Du moins, pas de cette façon. Le baiser sur la joue qu'il lui avait donné à son départ l'avait fait rougir, mais ne l'avait pas mise en émoi.

Giles lui avait-il donné seulement un baiser ? Oh non, il avait fait beaucoup plus que l'embrasser ce soir. Il lui avait montré une vulnérabilité qu'elle ne soupçonnait pas.

Mais le pire était que son corps avait réagi aux caresses

d'un étranger, d'un homme qui avait très bien pu tuer son père sur le champ de bataille d'Hastings. Avec ses baisers et ses caresses, il avait ridiculisé ses protestations pour défendre son honneur. Honteuse et pleine de remords, elle baissa la tête et ferma les yeux. Comment avait-elle pu s'abandonner ainsi ? Jamais elle n'aurait cru avoir si peu d'empire sur les désirs de son propre corps.

Quand elle redressa la tête, Giles se tenait devant elle, un gobelet à la main. Depuis combien de temps ? Elle n'aurait su le dire, elle avait été perdue dans ses pensées.

Elle accepta le gobelet et but en espérant que le vin lui dénouerait la gorge. Puis elle se leva et alla poser son gobelet sur la table, manière de ne pas croiser son regard et d'y lire la lueur de triomphe qui, sans nul doute, brillait dans ses yeux.

Giles vit sa honte dans la façon dont elle marchait, la tête et les épaules basses. Il la reconnut sans peine, car sa mère avait marché ainsi pendant toute sa vie ou presque. Comment avait-il pu se comporter aussi stupidement ? Il jura entre ses dents. Un juron qui fit frissonner Fayth.

— Madame, j'ai seulement voulu vous montrer quelle est la puissance des désirs charnels, même chez quelqu'un qui pense être capable d'y résister.

— Et votre leçon a été retenue, messire.

Elle se retourna et leva la tête vers lui. A la pâleur de son visage et à son regard morne et abattu, il sut qu'ils ne parlaient pas de la même leçon.

Giles ne répondit rien, car tous les mots qui lui venaient à l'esprit ne pourraient que l'embarrasser davantage.

— Reposez-vous, madame. La journée a été longue et fatigante, et la journée de demain le sera également.

Elle passa devant lui et s'arrêta au bord du lit.

En trois enjambées, il la rejoignit et souleva les draps et les fourrures qui recouvraient le lit, offrant une couche chaude et confortable pour combattre la froidure des longues nuits d'automne. Il ne lui demanda pas d'enlever son surcot et sa cotte, ou même ses bas, car la peur qui émanait de tout son être était par trop tangible.

Fayth ôta ses souliers et les glissa sous le lit. Puis elle souleva le bord de sa cotte, se glissa sous les draps et réarrangea sa cotte quand elle fut parvenue tout contre le mur. Giles rabattit le drap et les fourrures et, lorsqu'il la jugea installée, fit le tour de la chambre pour moucher les chandelles et recouvrir le feu de cendres.

— Où allez-vous dormir ? s'enquit-elle à voix basse.

— A côté de vous, madame.

Il attendit qu'elle proteste et, comme elle ne disait rien, il se sentit obligé de la rassurer.

— Si j'avais voulu vous violenter comme le barbare que vous pensez que je suis, je l'aurais fait après la bataille, quand la chaleur du combat brûlait encore dans mes veines — dans le feu de l'action, il est difficile de maîtriser ses instincts. J'aurais pu le faire aussi la nuit dernière et la précédente, quand vous gisiez dans votre lit, inconsciente et sans défense. Quand je déciderai de consommer notre union, je ne vous donnerai aucune raison de vous inquiéter… au contraire, je ferai tout pour que vous ayez envie de moi, comme vous en avez eu envie tout à l'heure.

Il souffla la dernière chandelle et commença à enlever sa tunique et sa chemise. Puis il s'assit sur le bord du lit, retira ses bottes, défit son ceinturon et fit glisser par terre ses braies. Enfin, il s'allongea, entre le drap du dessus et les couvertures, laissant ainsi une double barrière de tissu entre lui et Fayth.

Couché dans le noir à côté d'elle, il écouta sa respiration rauque et saccadée. Bien d'autres barrières les séparaient, des barrières qu'il ne parviendrait pas facilement à franchir.

Tandis que son corps vibrait de désir au souvenir des baisers et des caresses qu'il lui avait prodigués, il essaya de se souvenir de la raison pour laquelle il avait trouvé bon de lui donner une leçon qui les avait autant troublés l'un que l'autre. S'il en jugeait par le torrent de lave qui coulait encore dans ses veines et à la tension presque douloureuse de son membre viril, il était tombé la tête la première dans le piège qu'il lui avait tendu.

Et il se serait volontiers épargné cette leçon.

Fayth était persuadée qu'elle n'avait pas dormi une seule seconde de la nuit, avec ce chevalier normand couché tout nu à côté d'elle. Pourtant, lorsque, au petit jour, elle découvrit qu'il n'était plus là, elle dut convenir qu'elle avait dû s'endormir à un moment ou à un autre, puisqu'elle ne l'avait pas entendu partir.

Ayant passé toute la nuit contre le mur, le plus loin possible de ce corps chaud et viril qui occupait la moitié de son lit, elle avait le dos raide et douloureux. La façon dont il avait sombré immédiatement dans les bras de Morphée laissait supposer qu'il n'avait guère été troublé par ce qui s'était passé entre eux.

Tout en se frottant les yeux, elle bâilla et s'assit sur le bord du lit. Elle venait de tirer sur les plis de sa cotte et de son corsage, afin de les défroisser et les remettre en place, lorsque la porte de la chambre s'ouvrit.

Son cœur s'arrêta de battre. Giles ? Elle poussa un soupir de soulagement en voyant entrer Emma, sa femme de chambre.

En quelques minutes, une grande bassine et des seaux d'eau chaude furent apportés dans la chambre et le feu ranimé dans la cheminée.

Le seul fait de voir Emma donner des ordres et s'activer suffit à chasser les dernières inquiétudes de Fayth. Tout était de nouveau rentré dans l'ordre. Elle était dans sa chambre, seule, et elle allait pouvoir vaquer à sa toilette et à ses occupations sans la présence si dérangeante de cet homme qui, désormais, était son mari, que cela lui plaise ou non.

Quand la porte eut été refermée, Emma se tourna vers elle et fronça les sourcils en remarquant qu'elle était encore tout habillée.

— Oh, Madame, permettez que je vous aide…

Avec son efficacité habituelle, Emma lui enleva son surcot et délaça les manches et le corsage de sa cotte, avant de faire passer celle-ci par-dessus sa tête. Comme la vieille servante tressaillait et restait bouche bée, les yeux fixés sur sa poitrine, Fayth baissa les yeux machinalement.

Il y avait une marque sur le haut de son sein droit, comme une sorte de bleu… S'était-elle cognée ? Avait-elle reçu un coup ? Elle posa ses doigts dessus. La peau était chaude, mais elle ne ressentit aucune douleur.

— Vous a-t-il fait mal ? murmura Emma tout en finissant de l'aider à enlever le reste de ses vêtements.

Fayth s'empourpra. Non, Giles ne l'avait pas battue…

Puis, brusquement, elle comprit que c'étaient ses baisers passionnés, quand il lui avait sucé et mordillé le sein, qui avaient laissé cette marque.

Au souvenir du plaisir que ses caresses et ses baisers avaient fait naître dans son corps, elle devint tout à fait écarlate.

— Il… Je…, bredouilla-t-elle, sans trop savoir ce qu'elle pouvait dire ou ne pas dire à sa vieille servante.

— Laissez, Madame. L'eau chaude vous apaisera, dit Emma en la guidant vers la bassine et en l'aidant à monter dedans.

Fayth ne lui en dirait pas davantage ce qui s'était passé entre elle et Giles. C'était trop intime, trop personnel. S'asseyant dans le bain, elle baissa la tête afin de ne pas croiser le regard d'Emma. L'eau était parfumée au moyen d'huiles et d'herbes odorantes. Elle inhala leur fragrance avec délice et serait parvenue à oublier ses peurs si Emma n'avait pas remis le sujet sur le tapis.

— Tout de même, comment a-t-il pu vous faire une chose pareille ? grommela-t-elle. Quelle brute ! Quel sauvage ! Je ne pensais pas qu'il s'abaisserait à commettre une pareille vilenie ! Brutaliser une jeune femme pure et innocente !

— Il… il ne croit pas que je suis vierge, balbutia Fayth.

— Pas vierge, Madame ? Je serais prête à jurer sur la tombe de ma mère — que son âme repose en paix — que vous êtes aussi pure que le jour de votre naissance !

Pour avoir été sa nourrice, puis sa femme de chambre et, depuis la mort de la mère de Fayth, sa confidente, Emma était bien placée pour le savoir.

— Le nouveau maître de Taerford ne te croirait pas non plus, Emma. Il m'a accusée de m'être donnée à Edmund et de porter ses œuvres.

La vieille servante stupéfaite laissa échapper dans la bassine le gant de toilette qu'elle tenait à la main. Faisant un pas en arrière, elle secoua la tête, puis sa stupeur se changea en fureur. Elle jeta un coup d'œil derrière elle afin de s'assurer que personne n'était entré avant de se pencher de nouveau vers sa maîtresse.

— Comment a-t-il pu ne pas se rendre compte que

vous disiez la vérité ? s'enquit-elle à voix basse. Il n'est pas stupide, et quand il a couché avec vous, il a bien dû…

Fayth grimaça et posa impulsivement la main sur celle de sa vieille servante.

— N'ayez pas peur, Madame, la rassura aussitôt Emma. Je n'ai jamais trahi et je ne trahirai jamais vos secrets.

Fayth avait résolu de ne pas parler de ce qui s'était passé entre elle et Giles, même à Emma, mais sa mine inquiète et la compassion qui émanait de son regard la fit fléchir. D'autant plus qu'elle savait qu'elle pouvait compter totalement sur sa discrétion.

— Il n'a pas couché avec moi — du moins pas au sens où tu l'entends. Il m'a dit qu'il ne consommerait pas notre union tant qu'il ne serait pas certain que je n'attends pas un enfant.

Son aveu l'emplit de tristesse. Nul n'avait jamais osé mettre en doute la parole et l'honneur de la fille et héritière du baron Bertram de Taerford avant l'arrivée de ce maudit chevalier normand.

Entourant ses jambes de ses bras, elle posa son visage contre ses genoux, tandis qu'Emma lui frottait le dos et commençait à lui laver les cheveux.

— Calmez-vous, Madame. Tout ira bien. Au moins, il ne vous a pas prise brutalement ou contre votre volonté.

Au lieu de l'apaiser, les paroles d'Emma ajoutèrent encore à son trouble.

— Emma, comment pourrais-je coucher avec cet homme sans que ce soit contre ma volonté ? Il a attaqué mes gens, pris d'assaut mon château, s'est approprié mes terres et m'a forcée à l'épouser. Je ne veux pas de lui et je le soupçonne de ne pas vouloir de moi non plus.

Les mains d'Emma se figèrent,et Fayth aurait pu jurer qu'elle avait réprimé un éclat de rire.

— Je sais qu'il convoite ce que je peux lui apporter, Emma. Je ne suis pas stupide à cet égard. Mais je ne veux pas plus de lui qu'il ne veut de moi.

Des larmes envahirent ses yeux, et sa gorge se serra au souvenir de la façon dont elle avait réagi à ses caresses et à ses baisers.

— Je ne peux pas avoir envie de lui, dit-elle à voix basse.

Emma ne tenta pas d'en savoir plus et Fayth lui en fut reconnaissante. Elle avait encore trop honte de sa conduite de la veille.

La vieille servante acheva de la frotter en silence, puis la fit se lever pour lui rincer les cheveux.

Les yeux fermés, Fayth laissait l'eau savonneuse couler sur son visage et sur son corps lorsque des éclats de voix furieux résonnèrent dans le couloir.

Puis, tout à coup, la porte s'ouvrit violemment et claqua contre le mur.

— Je vous avais dit de ne pas…

La voix forte de Giles s'arrêta net quand il vit Fayth toute nue dans son bain.

— … me barrer votre porte, acheva-t-il dans un piteux murmure.

Chapitre 5

Fayth se figea, comme paralysée. Seules la haute taille et les larges épaules de son mari barraient le passage — et la vue — aux hommes qui se tenaient derrière lui dans le couloir. Elle entendit Emma retenir sa respiration, tandis que le regard de Giles glissait sur son corps nu.

Sa peau frissonna à chaque endroit où se posaient ses yeux — d'abord son visage et son cou, puis ses seins. Ils s'arrêtèrent sur la petite marque rouge et une lueur brilla dans leurs prunelles. Puis ils descendirent sur son ventre, ses cuisses, le triangle de poils bouclés sous lequel se dissimulait sa féminité. Devant la hardiesse de son regard, elle sentit les pointes de ses seins durcir, et une vague de chaleur monta dans ses reins. Puis, tout d'un coup, elle reprit ses esprits et tenta de dissimuler tant bien que mal sa nudité avec ses bras.

Le premier moment de surprise passé, Emma se précipita pour aller chercher une descente de bain, mais elle était tellement fébrile qu'elle la laissa échapper et dut se pencher pour la ramasser.

Finalement, elle la tendit à Fayth, qui s'en enveloppa. Pour une raison ou pour une autre, la vieille servante ne fit rien pour l'aider et elle dut se débrouiller seule.

Ce fut alors qu'Emma lui murmura à l'orcille :

— Je ne crois pas que vous ayez besoin de vous inquiéter, Madame. Il a envie de vous, je puis vous l'assurer…

Fayth se retourna et fit face à son mari. En lui la colère avait cédé la place à la concupiscence. Il la dévorait des yeux. Il serra et desserra ses poings plusieurs fois, avant de laisser retomber ses bras le long de son corps. Il était de nouveau en cotte de mailles, coiffé de son haubert et l'épée au côté, comme s'il était prêt à partir au combat.

S'avisant qu'elle était toujours debout dans la bassine, Fayth se pencha et posa la main sur le rebord, afin de pouvoir l'enjamber. Avant qu'elle y soit parvenu, Giles renvoya ses hommes et traversa la chambre en trois enjambées. La soulevant hors de l'eau, il la tint contre son torse et la reposa sur ses pieds à côté du lit. Alors qu'elle songeait à le remercier, Fayth se rendit compte avec horreur qu'elle avait mis ses bras autour de son cou.

Quand elle eut desserré son étreinte, il fit un pas en arrière. Etant plus grand qu'elle, il avait une vue plongeante sur sa poitrine, et son regard s'attarda dans l'échancrure de sa descente de bain. Malgré elle, elle rougit et serra les pans de cette dernière, tout en le remerciant.

— Je ne vous avais pas barré la porte, messire.

Il ne manquait pas d'impudence, de cela elle était sûre, car il sourit, et une lueur moqueuse brilla dans ses yeux.

— C'est ce que j'ai vu, madame… aucune porte, même.

Puis il redevint grave et s'excusa.

— Pardonnez-moi cette intrusion dans votre intimité. Ce n'était pas volontaire. Je venais vous demander si vous me feriez l'honneur de vous joindre à moi pour le repas de midi dans la grande salle ?

Il avait parlé en saxon et sa voix grave, un peu chantante, avait rendu la langue des paysans de Taerford moins rocailleuse, presque agréable à l'oreille, même quand il trébuchait sur un mot. Si la plupart des membres de la noblesse du pays parlaient une forme ou une autre du français — normand, picard ou poitevin —, sur le continent personne ou presque ne connaissait la langue en usage en Angleterre. Pourtant, il essayait de l'apprendre et d'en user.

— Oui, je vais vous rejoindre.

Il s'inclina et sortit en toute hâte de sa chambre. Une fois dans le couloir, il donna des ordres à ses hommes dans son dialecte breton. Fayth écouta ses pas s'éloigner avant de s'asseoir sur le bord du lit.

Comment avait-elle pu rester nue devant lui, sans réagir immédiatement ? Sa paralysie n'avait duré que quelques secondes... quelques secondes de trop. Et pourquoi Emma ne lui avait-elle pas passé immédiatement une serviette ?

Une autre question la taraudait. Pourquoi était-elle aussi troublée dès que Giles apparaissait ? Oh, certes, c'était assez normal qu'elle réagisse ainsi, car il était le nouveau maître de Taerford et, de surcroît, son mari, même si elle l'avait épousé sous la contrainte, mais il y avait autre chose. Autre chose qui lui échappait

Sa voix et ses caresses faisaient naître en elle une excitation et des envies irrationnelles, alors qu'il ne devrait lui inspirer que de la peur et de la haine. Elle avait l'impression de perdre la tête, que toutes ses certitudes s'écroulaient autour d'elle — à l'instar de sa vie et de son monde quand les Normands et leur chef, ce Giles qui était maintenant son mari, avaient investi son château et tué ou chassé ses défenseurs.

En deux petits mois, sa vie avait été bouleversée, au point qu'elle ne savait plus qui elle était et encore moins ce qu'elle devait faire.

La fille adorée qu'elle avait été s'était métamorphosée en prise de guerre. Une fiancée pure en femme dédaignée et insultée. Une Saxonne loyale à son roi contrainte d'épouser un ennemi de son peuple. Il n'était guère étonnant dans ces conditions qu'elle ne sache plus comment agir, penser ou même sentir !

Elle représentait la dernière et unique barrière entre ses gens et les conquérants de l'Angleterre, et il était temps qu'elle se souvienne qu'elle était la fille de Bertram, baron de Taerford, l'héritière d'une longue et fière lignée d'ancêtres danois et saxons.

Malgré le travail de force qu'il s'était imposé — tailler à la hache les arbres abattus et les tirer sur l'entrepôt de stockage, à côté des écuries —, un torrent de lave continuait de couler dans les veines de Giles. Il se mit torse nu et espéra que la fraîcheur de l'air parviendrait peu à peu à refroidir son corps enfiévré.

La première heure, il s'était démené comme un diable, tout habillé et en cotte de mailles, le haubert sur la tête. Puis, quand il avait été en sueur, il avait ralenti le rythme et retiré une partie de ses vêtements. Il avait continué ainsi pendant deux heures, sachant que seule la fatigue parviendrait à l'empêcher de remonter en courant dans la chambre de Fayth, de la déshabiller et de ravager son corps — ce corps qui s'était offert à sa vue dans sa splendide nudité et qui l'avait rendu fou de désir.

La vision de ses petits seins blancs et des courbes ô combien féminines de ses hanches avait mis le feu dans ses reins et, même après trois heures d'un labeur acharné, elle continuait de le hanter. Bien qu'estompées, les marques que son gantelet avait laissées sur son cou l'avaient fait quelque peu hésiter, mais celle qu'il avait imprimée avec ses lèvres la veille au soir sur sa poitrine avait ravivé par trop le souvenir des baisers et des caresses qu'il lui avait prodigués. A la seule pensée de la prendre dans ses bras et de sentir de nouveau sa peau contre la sienne, il sentait son membre viril se tendre douloureusement.

Il jura entre ses dents.

Il s'était rendu dans sa chambre pour lui demander son aide, et quand il l'avait vue nue, debout dans cette bassine, il avait eu le sentiment d'être frappé par la foudre et avait été incapable de dire un mot. Puis, il s'était ressaisi, juste assez pour lui demander de bien vouloir descendre déjeuner en sa compagnie, avant de s'enfuir…

S'essuyant le front avec son bras, il examina l'état d'avancement des travaux. La palissade et les bâtiments qui y étaient adossés, suffisamment consolidés, pouvaient soutenir une attaque surprise — mais pas un siège en règle, naturellement. Le château de Taerford ne ressemblait en rien aux forteresses normandes et bretonnes qu'il avait connues. La pierre y était rare, sauf dans le logis seigneurial. Si, en temps de paix, ce n'était pas un problème, en temps de guerre, le bois était un inconvénient majeur. Avec des flèches enduites de poix et enflammées, des assaillants s'ouvriraient aisément partout des brèches béantes.

Il n'avait encore aucune idée du nombre de villageois qui étaient restés ni de ceux qui avaient suivi Edmund et ses hommes dans la forêt. Il fallait qu'il le sache, au plus vite. Il avait besoin également de faire un inventaire complet des provisions et du bétail dont il pouvait disposer, afin de les mettre en lieu sûr et les faire garder. S'ils venaient à être pillés ou si les hommes d'Edmund faisaient un coup de main pour s'en emparer, ce serait catastrophique. Le mois de novembre était déjà bien avancé ; bientôt le vent du nord soufflerait et le froid figerait la campagne autour de Taerford. Survivre, renforcer les palissades, repousser les attaques et tenir jusqu'au printemps : cela devrait être ses seuls buts et il devrait y consacrer toute son énergie.

Au lieu de cela, il avait l'esprit et le corps accaparés par des futilités ! L'amour… Conquérir le cœur de la belle Fayth de Taerford. C'était absurde ! Il avait trop de choses plus importantes à faire. Un jour ou l'autre, elle lui appartiendrait, mais il ne devait à aucun prix céder à la tentation avant de connaître la vérité sur son état.

La nuit dernière, il y avait eu un moment où il s'était demandé s'il n'avait pas eu tort de mettre en doute sa parole. Il avait vu qu'il l'avait blessée profondément et il avait eu envie de la croire. Ce serait tellement plus simple… Non. Il devait résister à la virulence de son désir. Garder l'esprit libre. Ne pas s'abandonner au charme que Fayth exerçait sur ses sens. Les délices de Capoue… Dans l'Antiquité déjà, des soldats avaient appris à leurs dépens ce que cela pouvait coûter. S'il lui faisait trop confiance et baissait sa garde, c'était sa vie et la vie de ses hommes qu'il mettrait en danger.

Il en était là de ses pensées quand un gamin d'une huitaine d'années courut vers lui avec un seau d'eau fraîche et le lui tendit. Après en avoir bu une gorgée, il versa le reste sur sa tête et sur son torse. Puis il se rendit compte que le gamin allait devoir le remplir de nouveau pour abreuver les hommes qui avaient soif. Il en rit, plus pour lui-même que pour le gamin, car aucun seigneur, anglais ou normand, n'y aurait attaché la moindre importance.

Mais en voyant l'air désemparé du gamin, il se souvint de lui-même au même âge, car il avait été souvent de corvée d'eau dans le château de son père. Maintes fois, il avait dû courir au puits, tirer de l'eau et l'apporter aux hommes d'armes qui s'entraînaient ou qui montaient la garde. Pour un petit garçon, c'était un travail épuisant. Tirer sur la chaîne, porter le seau plein, retourner au puits... Il avait eu mal aux bras, mal aux jambes et supporté en plus les quolibets des hommes et des gamins plus grands et plus forts que lui. Personne ne pouvait comprendre aussi bien que lui la difficulté d'un pareil travail pour un enfant de huit ans.

Lui reprenant le seau des mains, il dit au gamin de le suivre. Il avait utilisé le mot qui convenait en saxon ; néanmoins, le gamin ne bougea pas. Il le répéta et fit un geste de la main en direction du puits. Finalement, le gamin consentit à le suivre, mais en restant un peu en arrière, comme s'il avait peur de quelque chose.

Quand Giles fut proche du puits, qui se trouvait contre le mur de la forge, il s'aperçut qu'un homme accompagnait le gamin, la tête et les yeux baissés, mais le surveillant par en dessous. Il remarqua également que tous les regards ou presque étaient fixés sur lui. Personne ne disait rien, mais tous s'étaient arrêtés de travailler.

Il s'assura que le seau était bien attaché, puis il le fit descendre et, se retournant, s'adressa à l'homme qui avait suivi l'enfant.

— Comment t'appelles-tu ?

— Hallam, Messire, répondit l'homme en baissant encore un peu plus la tête.

— C'est ton fils, n'est-ce pas ?

— Oui, Messire. Son nom est Durwyn.

Il fit un pas vers le gamin, comme s'il voulait le protéger.

— A-t-il fait quelque chose pour vous déplaire, Messire ?

Giles sentit que le père et le fils étaient nerveux, mal à l'aise, tout comme les autres gens du château, qui regardaient la scène avec une appréhension par trop visible.

— Durwyn n'a rien fait de mal, Hallam. Je suis seulement venu remplir son seau.

Il se pencha, s'assura que le seau était plein et entreprit de le remonter. Dès qu'il apparut au-dessus de la margelle, il s'en empara et le tendit au gamin.

— Voilà, Durwyn, dit-il en souriant. Pour compenser toute l'eau que j'ai utilisée.

Hallam poussa son fils en avant. Durwyn saisit le seau et courut le distribuer, en s'efforçant de ne pas le renverser.

— Merci, Messire, pour avoir aidé mon fils, dit Hallam en s'inclinant en reculant.

Ce ne fut que lorsque Hallam fut retourné à son travail que Giles se rendit compte du faux pas qu'il venait de faire.

Il était le maître ici. Il n'était plus un gamin ou un domestique corvéable à merci par le seigneur du château. Le maître… Il n'était pas facile de chasser les souvenirs de son passé.

Nombre d'années durant, il s'était brisé le dos à effectuer des tâches serviles. Tant de souvenirs lui rappelaient qu'il n'était pas digne d'autre chose ! Il avait passé trop de temps à regarder et à envier ceux qui avaient eu la chance de naître avec un nom.

Seul le père de Simon, qui avait recueilli chez lui, outre Giles, deux autres bâtards de nobles bretons, Brice et Soren, avait vu que ses capacités physiques et mentales pouvaient lui permettre de s'élever au-dessus du sort que sa condition lui réservait. Il avait élevé et formé les trois garçons aux arts de la guerre, comme il avait élevé et formé son propre fils, et leur avait inculqué ses idéaux de justice et de loyauté. Cette éducation leur avait fait prendre conscience de leurs dons et les avaient préparés aux défis qu'ils auraient à relever tout au long de leur vie.

S'habituer à son nouveau statut, tout en sauvegardant son honneur et ses idéaux, en était un de taille. Jour après jour, il allait devoir tenir compte des lignes qui séparaient les différentes classes de la société, voir quand il pourrait les franchir et quand il devrait les respecter. C'était son autorité qui était en jeu. Trop de faiblesse et de compassion pouvait s'avérer aussi dangereux que trop de fermeté. En regardant le père et le fils s'éloigner, il sut qu'il allait devoir se battre continuellement contre lui-même.

Manier la hache exigeait de la force et de l'adresse, des qualités indispensables à un guerrier. Il pouvait donc aider ses hommes sans risquer de perdre leur estime et le respect de ses nouveaux sujets. Mais aider un gamin à tirer de l'eau d'un puits était un travail de domestique. Néanmoins, pouvait-on lui reprocher d'avoir aidé Durwyn ? C'était ridicule !

Baron de Taerford…

Il regarda sa hache et soupira. Un haut et puissant seigneur devait savoir rester à sa place, ne pas s'abaisser à des travaux manuels indignes de lui…

Non. Il devait travailler avec ses hommes. Il y avait trop à faire pour mettre le château en état de se défendre contre un retour éventuel d'Edmund et de ses hommes. Il ne pouvait pas se contenter de donner des ordres.

Avant qu'il puisse vraiment se conduire en baron, il lui fallait attendre que leur survie soit assurée.

Posant sa hache, il fit le tour de la cour et réfléchit aux autres problèmes qu'il avait à résoudre. Ceux-ci exigeaient l'implication de Fayth, et il craignait d'avoir beaucoup de mal à l'obtenir.

Fayth allait et venait dans le château, s'enquérant de ses gens, de leur santé et de leurs conditions de travail, et cherchant à avoir des nouvelles des absents — les morts et ceux qui étaient partis avec Edmund. En apprenant les noms des soldats de son père qui avaient été tués pendant l'attaque ou qui étaient morts des suites de leurs blessures, son cœur s'emplit de chagrin. Pire, de nombreux villageois, qui n'étaient pour rien dans cette guerre et tâchaient seulement de survivre, avaient été blessés ou avaient vu leurs chaumières et leurs champs brûlés par les troupes des envahisseurs.

Elle avait connu depuis toujours ou presque la plupart des hommes qui avaient suivi Edmund dans son exil, et leurs bras et leur expérience auraient manqué déjà en temps de paix et de prospérité ; ils manqueraient bien plus encore pendant ces temps troublés et incertains.

La seule chose qui lui donnait un peu d'espoir était que le nouveau seigneur de Taerford avait l'air de traiter ses gens avec justice et sans brutalité. Il avait parlé à la cuisinière au sujet de l'homme qui avait attaqué sa fille et lui avait donné sa parole que Ardith, dorénavant, ne serait plus importunée. Il avait également fait venir les villageois au château, où il leur avait assuré protection, abri et nourriture. Aucun homme libre n'avait perdu sa liberté et il leur avait garanti qu'il ne les réduirait pas en servage. En échange, il leur avait seulement demandé un serment d'allégeance.

Aucune des mesures qu'il avait prises ne confirmait les rumeurs qui avaient circulé dans les campagnes après l'invasion et la défaite de Harold à Hastings. Des rumeurs de pillages et de viols, tandis que l'ost du duc de Normandie remontait dans le pays pour en prendre le contrôle. Certes, les combats n'étaient pas encore terminés et il y aurait encore de nombreux morts avant qu'un roi ou un autre soit solidement établi sur le trône…

Fayth soupira. Tous ces morts et toutes ces destructions à cause de la soif des hommes pour la terre et le pouvoir !

Et ceux qui n'étaient pas encore morts allaient devoir affronter la famine et la maladie pendant les froidures de l'hiver qui, maintenant, approchait à grands pas. D'une façon ou d'une autre, elle allait devoir trouver un *modus vivendi* avec le nouveau maître de Taerford, si elle voulait aider ses gens à survivre. Elle se tourna, prit son manteau des mains d'Emma, le mit sur ses épaules et quitta les cuisines pour sortir dans la cour.

Une rafale de vent la fit vaciller, mais elle respira l'air frais avec un plaisir indicible. Elle était restée confinée pendant des semaines dans le logis seigneurial et ce confinement lui avait plus pesé. Emma s'approcha d'elle pour rentrer sous le col de son manteau les bords de son voile, la marque de son nouveau statut de femme mariée.

La dernière fois où elle était sortie dans la cour, c'était le jour où Giles l'avait conduite à la chapelle. Cette fois-ci, elle était seule pour offrir son visage aux rayons du soleil et respirer les odeurs de l'automne. Il n'y aurait plus beaucoup de jours ensoleillés et bientôt les brumes de l'hiver envelopperaient le château et les terres environnantes. Elle devait profiter de ce beau temps pour continuer de s'enquérir de ses gens et déterminer ce qu'il fallait faire pour leur permettre de supporter les rigueurs de la saison.

Une heure passa, puis une autre. De nouveau, elle se sentait utile. C'était comme si elle revivait. Depuis que Taerford avait été pris d'assaut, elle avait eu l'impression de n'être plus qu'un objet ballotté au gré des humeurs des nouveaux maîtres. Bien qu'elle n'en ait pas demandé la permission à son mari, elle prit note des besoins de ses gens et des provisions dont ils pouvaient encore disposer. Ayant fait office d'intendante pour son père au cours des deux années précédentes, elle était capable d'apprécier la situation de chacun objectivement et d'écarter toutes les demandes qui pourraient être superflues.

Alors qu'elle approchait de la chaumière du forgeron, qui venait tout juste d'être rebâtie, elle vit Giles se diriger vers le puits, suivi par Durwyn. Ne sachant pas ce qu'il voulait faire, elle fit signe à Emma de se taire et de s'éloigner, puis elle se fondit dans l'ombre d'un mur, tout en suivant du regard le chevalier et le gamin.

Elle était trop loin pour entendre ce qu'il disait, mais elle vit le père de Durwyn lui parler et comprit aux regards qu'ils jetaient au garçon qu'il était le centre de la discussion. Si Giles n'avait pas l'air menaçant ou en colère, tous les hommes présents dans la cour s'étaient arrêtés de travailler et regardaient la scène en silence. Bientôt, Durwyn s'éloigna, un seau d'eau fraîche à la main, et Giles retourna à son ouvrage.

Torse nu.

Alors qu'il passait près d'elle, elle s'enfonça un peu plus dans l'ombre afin de ne pas être vue. Son labeur l'avait laissé en sueur et il avait ôté sa tunique et sa chemise, ne gardant que ses braies. Celles-ci, trempées, lui collaient à la peau. Malgré la fraîcheur de l'air, il ne semblait pas avoir froid. A chacun de ses mouvements, ses muscles se contractaient, tandis qu'il traversait la cour à longues enjambées pour aller rejoindre ses hommes, lesquels débitaient les troncs d'arbres abattus dans la forêt.

C'était la première fois qu'elle le voyait aussi peu vêtu à la lumière du jour et elle ne put s'empêcher d'éprouver une curiosité malsaine pour l'homme qui avait partagé son lit. Il dit quelque chose à haute voix à l'un de ses hommes, à propos, apparemment, du temps où il était enfant et habitait dans le château de son père, et ils rirent tous les deux ; puis il reprit sa hache et se remit au travail avec vigueur.

Giles Fitzhenry était toujours autant une énigme pour elle — plus encore même, peut-être, que lorsqu'elle avait reçu la missive l'informant qu'il était en route pour prendre possession de son fief... et d'elle, accessoirement.

Sortant de l'ombre, elle gagna l'endroit où se tenait Emma, occupée à bavarder avec deux autres femmes âgées du village. Elle les écouta parler et échanger des confidences, mais sans pouvoir détacher son regard de son mari.

Ses épaules étaient larges, ses bras robustes, ses jambes musclées. Bien qu'il ne fût pas aussi massif que l'avait été son père, il était plus grand que ses hommes, à l'exception d'un seul, celui qu'ils appelaient Brice. Les deux hommes étaient torses nus et rivalisaient d'énergie avec leur hache, comme s'ils s'étaient lancé un défi, au point que leurs hommes commençaient à encourager l'un ou l'autre, au gré de leurs affinités.

Quand Giles se retourna pour répondre à une remarque, elle put admirer son torse, tout aussi musclé que son dos. Une toison de poils bruns descendait en triangle sous la ceinture de ses braies.

Etaient-ils aussi soyeux qu'elle se l'imaginait ? Soudain, elle eut envie de les sentir sous ses doigts. Une envie absurde, irrationnelle.

Les muscles de son ventre et de son torse frémirent lorsqu'il leva de nouveau sa hache, frappant coup après coup, au même rythme que son ami.

Fayth avait de la peine à respirer. Une vague de chaleur l'envahit. Ouvrant son manteau, elle desserra son voile et inspira une bouffée d'air frais.

Emma acheva de lui enlever son manteau et le posa sur son bras.

— Est-ce mieux ainsi, Madame ? Vous avez le visage en feu…

Elle lui toucha le front.

— Dieu soit loué, ce n'est pas de la fièvre. Vous avez seulement un peu trop chaud. Vous devriez…

Elle ne finit pas sa phrase et Fayth se rendit compte qu'Emma et les deux commères avaient suivi la direction de son regard et vu ce qu'elle regardait ou plutôt, *qui* elle regardait. Elles échangèrent un regard de connivence, puis hochèrent la tête.

— Ne vous inquiétez pas, madame, dit en souriant Alfrida, la femme du forgeron. Cela passera, avec le temps.

— Ou ne passera pas, ajouta Riletta, la femme du tanneur, avec une expression énigmatique.

Elles la regardèrent toutes les trois, puis éclatèrent de rire. Si fort que Giles s'arrêta et se retourna vers elles.

Le visage de Fayth était écarlate, maintenant, et elle pouvait seulement espérer qu'il était trop loin pour voir son émoi et en deviner la cause. Non sans mal, elle résista à une brusque envie de s'enfuir ou, au moins, de dissimuler son visage derrière son voile.

Ce n'était pas comme si elle n'avait jamais entendu les femmes du château évoquer entre elles leurs ébats amoureux avec leurs maris. Elles en parlaient avec un langage très cru et très libre, mais, par le passé, elle n'y avait guère prêté attention, car son propre mariage n'avait été qu'un rêve lointain et une jeune fille n'avait aucune raison d'écouter de tels commérages. Puis, quand son père lui avait annoncé qu'elle allait peut-être être fiancée à un lointain cousin d'Ecosse, elle avait commencé à s'y intéresser et les avait écoutés plus qu'elle n'aurait dû le faire.

A présent, face à un mari dont les besoins physiques étaient parfois par trop évidents et parfois un mystère, les sous-entendus des trois commères la troublaient et l'excitaient. Sa bouche devint sèche au souvenir des baisers que Giles lui avait prodigués — souvenir ravivé par la vision de son torse puissant et ô combien viril. Mais, avant qu'elle ait eu le temps de prononcer un mot ou de faire un geste qui aurait pu trahir son trouble et l'embarrasser, un coup de sifflet strident résonna à travers la cour.

Il provenait d'un guetteur posté tout en haut de la tour du logis seigneurial. Giles et ses hommes lâchèrent leurs outils et coururent s'équiper et prendre leurs armes.

Fayth se figea, ne sachant pas que faire, ni où aller.

Au bout de quelques instants, l'un des hommes de Giles, un certain Roger, s'approcha d'elle et lui prit le bras.

— Venez, Madame. Messire Giles m'a chargé de vous mettre en sécurité, vous et les autres femmes.

Il les entraîna, elle, Emma et ses amies, vers l'entrée du logis seigneurial. Fayth jeta un dernier regard par-dessus son épaule et vit son mari enfiler à la hâte sa cotte de mailles, sa cuirasse et ses gantelets, aidé par son écuyer.

— Que se passe-t-il ? s'enquit-elle en entrant dans la grande salle.

Les enfants et les femmes y étaient déjà rassemblés.

— Des cavaliers approchent du château et messire Giles n'est pas certain de leur identité, répondit Roger. Ici, vous ne risquez rien, ajouta-t-il tout en la poussant vers le fond de la salle.

Puis, aidé par cinq autres soldats, il bâtit un rempart de fortune devant la porte avec les coffres, les tréteaux et les planches qui se trouvaient là. Ils mirent également des planches devant les fenêtres hautes et étroites — une protection efficace contre des flèches, mais qui arrêta avant tout les rayons du soleil.

En voyant la pénombre envahir la pièce, Fayth ne put s'empêcher de soupirer.

Et dire qu'elle s'était réjouie de pouvoir profiter de l'une des dernières journées ensoleillées…

Chapitre 6

Fayth prit dans ses bras une petite fille et essaya de la calmer, pendant que sa mère faisait la même chose avec ses autres enfants. S'ils ne pouvaient pas comprendre ce qui se passait, les tout-petits avaient senti le danger et s'étaient mis à pleurer ou à crier quand la salle s'était assombrie. Malgré elle, Fayth se souvint du jour où Giles et ses hommes avaient attaqué Taerford, quelques semaines auparavant. Son cœur battait à se rompre dans sa poitrine et elle se mit à marcher de long en large, tout en serrant contre elle la petite fille et en lui parlant à voix basse.

Etait-ce Edmund qui venait à son secours ? Avait-il pu rassembler un ost assez nombreux pour chasser ces diables bretons et normands de ses terres et de son château ? Les Saxons restés loyaux aux héritiers de Harold s'étaient-ils réunis pour bouter le duc Guillaume hors de l'Angleterre ? D'autres batailles sanglantes feraient-elles rage ? Combien d'hommes allaient encore périr par le fer et par le feu ? Mille questions se bousculaient dans son esprit et elle pouvait seulement prier pour que cette folie s'arrête et que plus personne ne meure.

Des cris résonnant au-dehors, Roger ordonna aux femmes et aux enfants de s'accroupir et de rester le plus en arrière possible. Assise dans un coin, Fayth continua de murmurer des paroles apaisantes à l'oreille de la petite fille, des paroles auxquelles elle ne parvenait pas à croire.

L'épée à la main, Roger répartit ses hommes autour du barrage improvisé et leur donna des ordres qu'elle ne comprit pas, car ils s'exprimaient dans son dialecte breton. Les secondes puis les minutes s'écoulèrent dans un silence angoissé.

Aucun cri ni aucun bruit de bataille ne provenant de l'extérieur, Fayth commença à reprendre espoir. Ce n'était peut-être qu'une fausse alerte…

Puis des pas retentirent dans la cour. Tous les regards se dirigèrent vers la porte et la tension monta. Roger et ses hommes continuaient d'être sur leurs gardes, l'épée à la main, prêts à se battre et à repousser les assaillants.

Soudain, il y eut un nouveau coup de sifflet. Aussitôt, Roger et ses hommes se détendirent, comme s'il s'agissait d'un signal convenu d'avance.

Après quelques instants, la porte s'ouvrit et Giles entra, suivi de quatre de ses hommes. Il avait remis l'épée au fourreau et tenait son heaume sous le bras, signe qu'il n'y avait plus de danger.

Roger aida Fayth à se relever, mais lui enjoignit de rester auprès de lui, tandis que Giles s'arrêtait pour parler à ses hommes. Apparemment, il leur rendait compte de la situation, mais il parlait trop bas pour qu'elle puisse comprendre ce qu'il disait.

De temps à autre, il jetait un coup d'œil de son côté — des coups d'œil dont elle ne parvenait pas à déchiffrer la signification. Elle fut tentée de contourner le rempart et de monter dans sa chambre, mais elle espérait pouvoir saisir quelques bribes de phrases et glaner ainsi des informations au sujet d'Edmund — si c'était de lui qu'il s'agissait — ou des Normands qui avaient investi les autres châteaux de la région.

Las, ils parlaient vraiment trop bas et elle n'obtint aucun renseignement sur l'identité des cavaliers que le guetteur avait aperçus.

Finalement, comme les soldats remettaient en place les coffres, les planches et les tréteaux, Giles s'avança vers le groupe de femmes et d'enfants. Sur un signe de tête à Roger, il tendit la main à Fayth et l'entraîna à l'écart.

— C'est bien, madame, vous avez obéi à mes ordres, dit-il alors qu'ils parvenaient à la porte qui donnait sur la cour d'honneur.

— Je ne pense guère avoir eu le choix, fit-elle observer. Qui étaient ces cavaliers ?

Elle retira sa main de la sienne. Le contact de son gantelet de fer lui avait rappelé leur première rencontre dans la chapelle et c'était un souvenir pénible.

— La guerre est la source de nombreux malheurs, répondit-il de façon énigmatique.

Avant de poursuivre, il se retourna et donna d'autres ordres à ses hommes. Elle remarqua qu'ils lui obéissaient tous sans hésitation, comme s'ils avaient œuvré et combattu depuis longtemps ensemble.

— Les hommes qui ont soutenu le duc de Normandie ne sont pas tous désireux d'attendre son bon vouloir pour recevoir la part du butin à laquelle ils estiment avoir droit. Ces cavaliers appartenaient à cette catégorie. Des soudards qui cherchaient des terres ou d'autres biens à s'approprier à la pointe de leurs épées.

— Cela vous surprend-il qu'il n'y ait aucun honneur chez les voleurs ?

Les mots lui avaient échappé. La réaction de Giles

fut immédiate. Il lui prit le bras sans ménagement et la conduisit au pied de l'escalier.

— Allez dans votre chambre et restez-y jusqu'à ce que je vous appelle, jeta-t-il sèchement.

Il appela Roger.

— Accompagne lady Fayth dans sa chambre, fais mettre un garde devant sa porte et reviens me voir.

Fayth avait blêmi.

— Messire…

Elle aurait dû avoir assez de bon sens pour ne pas le provoquer, surtout après qu'il avait dû faire face à une situation aussi dangereuse, mais son attente dans l'obscurité et la menace d'une nouvelle attaque avaient mis ses nerfs à vif. A présent, elle ne trouvait pas les mots qu'il fallait pour réparer sa réplique malheureuse ; en outre, elle répugnait à l'idée de s'excuser auprès d'un homme qui lui avait tout pris et l'avait obligée à l'épouser sous la contrainte. Cependant, il était le maître de Taerford et, que cela lui plaise ou non, il lui fallait montrer une certaine humilité si elle ne voulait pas se retrouver prisonnière dans sa chambre.

Il secoua la tête et pivota sur ses talons, mais elle le retint en posant impulsivement sa main sur son bras.

— J'ai été terrifiée, messire, et je crains de m'être affolée. Pardonnez mes paroles, je les ai dites sans réfléchir.

Elle n'avait l'air ni terrifié, ni affolé, mais Giles hésita à la traiter de menteuse, même si elle lui avait dit implicitement qu'il était un voleur. Une lueur de fierté brillait dans ses yeux et autre chose également, quelque chose qu'il ne parvint pas complètement à identifier. Comme si elle lui lançait un défi.

Or il n'avait pas de temps à perdre à tâcher de discerner le fond de ses pensées et de ses motivations. Le surgissement de ces cavaliers avait souligné les faiblesses de ses plans de défense du château, que ce soit dans le positionnement de ses hommes ou dans la tactique à adopter en cas d'attaque. Il y avait beaucoup à faire avant la nuit pour mettre Taerford à l'abri de toute surprise ; en l'occurrence, ils avaient eu la chance que les cavaliers fussent des alliés et non des ennemis, mais un guerrier ne pouvait pas s'en remettre à la chance.

— Très bien, madame. Je veux bien accepter vos excuses. Veillez à faire remettre tout en ordre et à renvoyer les femmes aux tâches qui leur ont été dévolues.

Elle hocha la tête et lui tourna le dos pour aller accomplir la mission dont il l'avait chargée. Il n'avait pas manqué de remarquer le sourire qui avait effleuré ses lèvres — des lèvres par trop adorables et attirantes. C'était bien ce qu'il avait soupçonné. Il n'y avait eu aucune humilité dans ses paroles ou dans ses actes. Si elle s'était excusée, c'était seulement pour garder sa liberté et agir à sa guise.

D'un côté, il avait envie de la châtier pour son insolence, mais d'un autre il avait trop besoin d'elle et de son soutien. Il devait parvenir en quelque façon à un *modus vivendi* avec elle, sinon ses gens se retourneraient contre lui et, en cas d'attaque, sa situation et celle de ses hommes deviendraient vite périlleuses. Si ses gens venaient à apprendre qu'il avait puni leur maîtresse pour un motif aussi futile, ils le verraient d'un très mauvais œil.

Il la laissa donc vaquer à ses occupations et sortit dans la cour d'honneur. Ses lieutenants, Roger, Lucien et Mathieu, savaient ce qu'il attendait d'eux, et il trouva donc son cheval sellé et six hommes armés de pied en cap prêts à le suivre.

Il se mit en selle, prit le bouclier que lui tendait Martin et franchit avec ses hommes les portes du château qui, aussitôt, se refermèrent derrière sa petite troupe.

Il allait devoir chevaucher de longues heures sur ses terres, afin de chercher des signes de la présence de bandes armées. Comme si cela ne suffisait de craindre l'attaque des rebelles chassés de chez eux par l'arrivée des envahisseurs du continent, il lui fallait maintenant s'inquiéter des Normands dispersés après la victoire de Hastings et qui ravageaient le pays pour leur propre compte — des déserteurs avides de pillages et de viols.

La nuit était tombée depuis longtemps quand Giles revint au château. Heureusement, la lune était pleine et le ciel sans nuages : sans sa clarté il aurait eu de la peine à retrouver son chemin à travers les collines et les vallées de son nouveau domaine. Il siffla, un sifflement convenu d'avance, et les portes s'ouvrirent devant lui. La petite troupe entra dans la cour d'honneur, tandis que les gardes refermaient les portes et descendaient la herse.

A l'écurie, les palefreniers les attendaient. Dès que Giles eut mis pied à terre, ils emmenèrent son cheval. Giles se dirigea alors vers le logis seigneurial, suivi par Martin, son écuyer. Au passage, il donna quartier libre aux hommes qui l'avaient accompagné. Ils avaient bien besoin d'un repas chaud et de repos, après la longue et dure journée qu'ils avaient eue. Giles sentit lui-même son estomac gargouiller lorsque, en entrant dans la grande salle, il sentit une odeur de viande grillée et de pain frais.

Lorsque Martin l'eut débarrassé de ses armes, de sa cuirasse et de sa cotte de mailles, il se fit servir à dîner — un morceau de sanglier rôti, du pain et du fromage. Brice,

Roger et ses autres lieutenants l'avaient rejoint et, tout en mangeant, il leur fit part de ce qu'il avait trouvé.

Une petite bande avait trouvé refuge dans la forêt, à l'ouest du château. Avec ses hommes, il avait repéré des traces de feux de camps et d'abris rudimentaires. Ils n'avaient rien dérangé, afin, s'ils revenaient, de pouvoir découvrir qui et combien ils étaient. Dès le lendemain, il enverrait un homme déguisé en paysan pour épier leurs allées et venues éventuelles.

Son repas terminé, il continua de faire des plans avec Brice et ses lieutenants, tandis que les vilains et les serfs du village s'installaient dans la grande salle pour la nuit.

Avec tous ces dangers pouvant venir de n'importe quelle direction, Giles savait qu'il avait besoin que ses hommes soient constamment sur le qui-vive. C'était la condition de leur survie. Le moindre relâchement pourrait leur être fatal.

En apprenant par Roger que lady Fayth avait pris en main les domestiques et s'était enquise des besoins de toutes les personnes vivant au château, il sentit monter en lui un espoir nouveau. Ce serait tellement plus facile si elle décidait réellement de l'aider…

Il venait de finir son gobelet de vin quand l'un des domestiques vint lui dire que de l'eau chaude l'attendait pour sa toilette. Il se leva, souhaita bonne nuit à ses compagnons, et, après un dernier tour du château pour s'assurer que les gardes étaient à leurs postes, il se lava rapidement et gravit les marches de l'escalier pour monter à sa chambre — à *leur* chambre.

En souriant, il souleva le loquet et poussa la porte. Elle ne résista pas. Cette fois, Fayth lui avait obéi et n'avait pas mis la barre.

Giles avait déjà vu plusieurs aspects de son épouse, mais la vision qui l'accueillit était nouvelle. Il s'était attendu à la trouver tout habillée dans le lit, le dos contre le mur. Au lieu de cela, elle était assise sur une chaise à dossier, enveloppée dans une couverture et profondément endormie. Ses cheveux dénoués tombaient librement sur ses épaules, donnant à son visage une apparence encore plus jeune, presque enfantine.

Elle soupira, remua sur sa chaise et un coin de sa couverture tomba par terre. Ses lèvres s'entrouvrirent et elle marmonna des mots sans suite dans sa langue. Elle rêvait. Etait-ce un rêve agréable ? Ses traits n'exprimaient aucune angoisse. Giles l'observa quelques minutes encore avant de se préparer pour la nuit.

Il traversa la chambre, ôta sa tunique qu'il posa sur un coffre, puis il se dit qu'il serait préférable d'avoir la conversation qu'il avait besoin d'avoir avec Fayth ici, en privé, loin des oreilles de ses hommes et de ses gens. Si elle accédait à sa demande, tout irait bien, sinon ce serait un mauvais présage pour leur avenir.

S'accroupissant devant elle, il lui toucha la joue et l'appela doucement. Au troisième appel, ses paupières s'entrouvrirent.

Elle battit des cils, apeurée. Une terreur irrépressible l'envahissait à chacune de leur rencontre, et cette terreur, il commençait à la détester. Elle essaya de reculer. Or, assise comme elle l'était, c'était impossible. Il lui fallut plusieurs secondes pour s'arracher complètement au sommeil.

— J'ai supposé, madame, que vous n'aviez pas l'intention de passer toute la nuit sur cette chaise, lui dit-il, cherchant à l'apaiser. Elle n'offre guère de confort et, demain matin, vous seriez aussi fatiguée que si vous n'aviez pas dormi.

Il se redressa et fit un pas en arrière, afin d'achever de la rassurer.

— Vous serez sûrement beaucoup mieux dans votre lit, non ?

Fayth leva la main et se frotta les yeux. Elle avait attendu de longues heures dans sa chambre, en faisant d'abord les cent pas, afin de rester éveillée, puis elle s'était assise et avait prié pour le repos des âmes de ceux qui avaient été tués pour la défendre et tous les malheureux qui avaient subi les ravages de la guerre. Quand elle n'avait plus été capable de trouver ses mots, elle avait fermé les yeux en pensant ne s'assoupir qu'un instant. Si elle en jugeait par l'amenuisement des chandelles, elle avait dormi beaucoup plus longtemps. Elle remarqua alors que Giles fixait le chapelet posé sur ses genoux.

— Y a-t-il longtemps que le père Henry veille sur votre âme et sur les âmes de vos gens ? s'enquit-il.

— Depuis maintes années, répondit-elle en rassemblant les grains du chapelet et en le posant sur la table à côté d'elle.

— A-t-il servi de secrétaire à votre père ou bien est-ce quelqu'un d'autre qui a exercé cette fonction ?

C'était la première fois qu'il la questionnait sur son père directement. Quelle en était la raison ? Elle s'efforça de ne pas montrer la douleur qu'elle ressentait dans son cœur chaque fois qu'elle pensait à son père et à sa mort tragique à la bataille de Hastings.

— Le père Henry est un saint homme, messire. Il a toujours pris sa tâche très à cœur et, oui, il a servi de secrétaire à mon père. On m'a dit qu'ils avaient grandi ensemble et que l'un et l'autre avaient été très heureux quand l'évêque nous l'a envoyé pour nous servir de chapelain.

Malgré elle, une larme roula sur sa joue au souvenir de

toutes les années pendant lesquelles le père Henry et son père avaient vécu paisiblement, administrant ensemble les terres et les gens de Taerford. Un temps béni à jamais disparu.

Elle soupira et avala la boule qui s'était formée au fond de sa gorge avant de poursuivre.

— Pourquoi me demandez-vous cela, messire ? Avez-vous besoin d'un nouveau secrétaire ?

Il détourna les yeux et se mit à marcher de long en large. Puis il s'arrêta à deux ou trois pas d'elle et hocha la tête.

— Oui, j'ai besoin d'un secrétaire. Mais également de moult gens de métier — un meunier, un cirier, un brasseur, des gardes forestiers et même, si possible, des musiciens. Ce serait bien si nous avions un joueur de harpe pour égayer nos soirées. Et, bien entendu, quelques vilains supplémentaires pour entretenir les terres de mon domaine.

— Un joueur de harpe… Il n'y en a jamais eu à Taerford.

Il sourit, un sourire qui incurva ses lèvres d'une façon fort attirante et qui troubla grandement Fayth.

— Comme c'est dommage ! J'ai toujours aimé la musique, la harpe surtout. Ses sonorités sont si apaisantes, si plaisantes à l'oreille. Les Bretons y excellent. Ils pratiquent bien d'autres instruments encore, le biniou, la bombarde…

Visiblement, il tergiversait, ne savait pas comment aborder le sujet qui le tracassait. Aussi se décida-t-elle à lui tirer les vers du nez.

— Quel est le but de toutes ces questions, messire ? Que désirez-vous savoir exactement ?

Giles croisa ses bras sur son torse.

— J'ai besoin de savoir combien de vos gens se sont enfuis avec Edmund et quels métiers ils exerçaient.

Fayth repoussa la couverture qui l'enveloppait et se leva.

— Jamais, jessire, je n'accepterai de mettre en danger la vie des hommes et des femmes qui ont réussi à s'échapper. Vous ne pouvez quand même pas me demander de les trahir ?

Il secoua la tête et laissa échapper un soupir.

— Je ne vous demande pas de les trahir, madame. Je suis un homme d'honneur et je ne vous ferai pas cette insulte. Mais si nous voulons survivre à l'hiver et à des attaques éventuelles, j'ai besoin de votre aide.

Bien que le sujet l'ait préoccupé pendant une bonne partie de la journée, elle ne put s'empêcher d'être surprise par sa requête.

— Mon aide ?

— Oui. En premier lieu, j'ai besoin d'un intendant. Un homme de confiance. Savez-vous si l'un de vos gens est capable d'occuper ce poste ?

Fayth haussa les sourcils, de plus en plus surprise.

— Vous seriez prêt à confier un poste aussi vital à l'un de mes gens ?

Il pencha la tête et scruta son visage.

— Je ne le lui confierai pas les yeux fermés, naturellement. Il travaillera en étroite collaboration avec mes hommes et n'aura pas les mains libres tant que je ne serai pas sûr de sa loyauté. Il y a beaucoup de travail à faire avant l'hiver et j'ai besoin d'un homme solide et intelligent pour faire l'inventaire de nos provisions et établir un plan de rationnement afin que nous puissions tenir jusqu'aux prochaines récoltes.

Au fur et à mesure qu'il parlait, une idée avait germé dans la tête de Fayth, et les mots furent au bout de sa langue avant qu'elle ait eu le temps de réfléchir à ses conséquences.

— Faut-il obligatoirement que ce soit un homme ?

Cette fois, ce fut lui qui haussa les sourcils.

— Qui me suggérez-vous, madame ? Pas Emma, j'espère. Elle est trop âgée et n'a pas assez d'expérience dans ce domaine, même si je suis bien placé pour savoir qu'elle est capable de donner des ordres aussi bien qu'un homme.

Les mains de Fayth étaient devenues moites. Son offre n'équivaudrait-elle pas à une trahison ? Avant de répondre, elle les essuya nerveusement sur sa cotte.

— C'est moi même que je vous propose, messire.

Chapitre 7

Le plan de Giles n'aurait pas pu mieux réussir car, dès le début, il avait eu l'intention d'impliquer Fayth dans la gestion de Taerford. N'était-ce pas le meilleur moyen de s'en faire une alliée ? Craignant qu'elle refuse sa requête, il lui avait fait miroiter le poste qu'elle avait occupé pour son père pendant les deux dernières années — un poste qu'il lui avait confié après la mort de sa mère. C'était le père Henry lui-même qui l'avait renseigné à ce sujet.

Tous les domestiques du château, en revanche, lui avaient affirmé qu'Edmund avait été l'intendant de Taerford, mais Giles le soupçonnait d'avoir eu une autre place, beaucoup plus prestigieuse, auprès de sire Bertram — s'il en avait eu une.

— J'ai travaillé aux côtés de mon père depuis que je suis toute petite, messire, ajouta la jeune femme. J'ai un esprit pragmatique et méthodique et, même si vous ne le croyez pas, vous pouvez me faire confiance. D'autant plus que je désire avant tout protéger mes gens…

Elle ne finit pas sa phrase et il se demanda si, l'espace d'un instant, elle n'avait pas oublié devant qui elle se trouvait. Il pouvait sans peine la terminer à sa place : *contre vous et vos soudards.*

— Vous avez beaucoup de choses à prouver, madame, avant que j'accepte votre proposition, répondit-il tout en sachant qu'il finirait par l'accepter. Comment puis-je savoir que vous n'allez pas profiter de votre position pour aider Edmund et ceux qui l'ont suivi dans l'intention de revenir un jour me chasser de Taerford ?

Il sentait à quel point elle désirait redevenir la châtelaine de Taerford et administrer ses gens. Il espéra que sa question et son serment de loyauté la forceraient à dire la vérité, mais elle soupira et ses yeux s'emplirent de tristesse.

— Je ne peux pas vous le promettre, messire, car je ne sais pas ce que je ferais si je venais à me trouver devant un pareil dilemme. Je ne suis pas certaine d'être capable de refuser de la nourriture à un affamé, que ce soit un de mes gens, un de vos hommes ou l'un des compagnons d'Edmund.

Elle se rassit sur sa chaise et appuya sa tête sur le coussin qui garnissait le haut du dossier.

— Non, vraiment, je ne puis vous le promettre, messire.

Il n'avait pas prévu qu'elle réagirait ainsi. Etant persuadé qu'elle l'aiderait dans ses efforts pour asseoir son autorité sur Taerford, il s'était montré trop confiant, et maintenant il sentait qu'il courait droit au-devant d'un échec. Une fois de plus, elle l'avait pris de court.

— Votre honnêteté me plaît, madame, et je préfère cent fois votre incertitude à une acceptation trop rapide qui, au lieu de me rassurer, aurait éveillé mes soupçons. Nous devons y réfléchir plus longuement et peser toutes les conséquences avant de prendre une décision définitive.

Intérieurement, il pria le ciel qu'elle lui ait dit la vérité au sujet d'Edmund et qu'elle n'avait eu aucune relation charnelle avec lui. Il pourrait y avoir tellement de choses entre eux, si seulement il pouvait lui faire confiance et être sûr qu'elle ne le trahirait pas ! Mais tant qu'il n'aurait pas la preuve de sa virginité, il devrait rester sur ses gardes.

— Allons, venez vous coucher maintenant, dit-il en lui tendant la main.

— Non, messire, je dormirai ici, repartit-elle en s'enveloppant derechef dans sa couverture.

Il serra les mâchoires. Comment pouvait-elle être aussi têtue ?

— Avez-vous eu à vous plaindre de moi la nuit dernière ?

— Je n'ai pas fermé l'œil de la nuit.

Il le savait. Elle n'avait pas bougé de l'endroit où elle s'était recroquevillée quand il l'avait rejointe dans le lit et jamais sa respiration n'avait pris le rythme profond et régulier du sommeil. D'ailleurs, les cernes qu'elle avait sous les yeux disaient assez à quel point elle était épuisée.

— Si vous voulez être forte demain, vous avez besoin d'une vraie nuit de sommeil, madame.

Fayth croisa son regard et se rendit compte que ce n'était pas seulement son sommeil qui était en jeu. Il lui demandait de croire ses promesses, des promesses qui, tout à la fois, la remplissaient d'appréhension et d'excitation. Elle avait peur du moment où il déciderait de consommer leur union, mais quand elle pensait aux baisers et aux caresses qu'il lui avait prodigués, elle sentait des désirs aussi coupables qu'irrépressibles monter dans le creux de ses reins.

Baissant les yeux, elle vit l'anneau qui brillait à son doigt. A un moment ou à un autre elle serait réellement sa femme et elle n'avait aucun moyen de l'éviter. Son sort aurait pu être pire — si son mari avait été un homme brutal et cruel, il aurait pu la forcer dès le premier soir, la battre et la tenir enfermée pour la punir d'avoir essayé de le déposséder de ses droits. D'autres auraient sûrement agi ainsi.

Pas ce chevalier breton.

Et, peut-être, si les tensions entre eux venaient à s'apaiser, parviendrait-elle à découvrir la vérité sur la mort de son père et sur les circonstances qui avaient conduit cet homme à devenir le baron de Taerford… et son mari.

Acceptant sa main, elle se leva et se dirigea vers le lit, dont il avait rabattu les fourrures et les couvertures. Puis, lui tournant le dos, elle souleva ses cheveux, afin de dégager le col de son *cyrtel* — son corsage.

— Messire ?

Risquant un œil par-dessus son épaule, elle le vit hausser les sourcils.

— Pouvez-vous m'aider à dénouer ceci ?

Il ne réagit pas tout de suite, mais alors qu'elle s'apprêtait à répéter sa requête, elle sentit le contact de ses doigts sur son cou. Elle frissonna, puis les mains de Giles descendirent le long de sa colonne vertébrale, au fur et à mesure qu'il défaisait les liens de son corsage. Les deux pans s'ouvrirent et la chaleur de ses mains lui réchauffa le dos.

Allait-il la caresser de nouveau ? Ce serait facile pour lui, maintenant que son cyrtel était grand ouvert. Elle retint sa respiration pendant qu'il finissait de dénouer les attaches. Puis il saisit les bords du corsage et les écarta. Elle attendit, l'estomac noué et toute vibrante d'anticipation.

Giles repoussa le vêtement en avant, dégageant ainsi les épaules de Fayth, et inspira profondément afin de faire baisser la tension qui était en train de monter dans ses reins. S'autorisant la faiblesse d'un unique baiser, déposé chastement sur son cou, il lutta contre l'envie de glisser ses mains autour de sa taille et de caresser ses seins. Il aurait bientôt toutes les occasions et tout le temps qu'il voudrait pour la caresser comme il en avait envie, et s'il en jugeait par la façon dont elle l'avait regardé ce matin, quand il était torse nu dans la cour, elle se laisserait faire sans résister.

Bientôt.

Mais il ne pouvait s'empêcher de réagir physiquement à la proximité de son corps, au doux parfum de ses cheveux et à la vision par trop suggestive de son dos et de ses épaules. Un torrent de lave coulait derechef dans ses veines et son membre viril était tendu à se rompre. Il secoua la tête. S'il n'acquérait pas rapidement la certitude qu'elle n'était pas enceinte, il allait devoir ajouter une ribaude à la liste de gens de métier dont il avait besoin à Taerford.

Les mâchoires serrées, il laissa retomber ses bras le long de son corps et fit un pas en arrière. Fayth se retourna et lui décocha un regard étonné. Avait-elle attendu autre chose ? Il fit semblant de ne pas l'avoir remarqué et attendit qu'elle monte dans le lit. Il s'efforça de ne pas remarquer non plus la façon dont ses tétons pointaient à travers l'étoffe légère de la chemise qu'elle portait sous son corsage.

Lorsqu'elle monta dans le lit et rampa jusqu'à sa place contre le mur, une autre vision vint troubler Giles. Celle, fugitive, de son derrière blanc et rebondi sous sa chemise… Il se vit retrousser celle-ci et plonger jusqu'à la garde dans le nid moite et douillet de sa féminité. Penché au-dessus d'elle, il envelopperait ses seins de ses mains, ferait durcir ses tétons entre ses doigts et la pénétrerait à grands coups de boutoir. Elle gémirait de plaisir, car il l'aurait préparée d'abord à ses assauts avec ses doigts et sa langue, pour la rendre moite et vibrante de désir. Puis il la féconderait de sa semence, afin que plus aucun homme ne vienne contester ses droits sur elle et sur Taerford.

Elle lui appartiendrait, à lui seul ! Edmund ne pourrait jamais plus mettre en œuvre ses projets diaboliques.

Il cligna des yeux. Elle était à présent sous les fourrures, couchée sur le dos contrairement à la nuit précédente. Allant à la table, il se versa du vin dans un gobelet d'étain et le but lentement, espérant apaiser ainsi ses ardeurs.

Il lui fallut plusieurs minutes pour reprendre sa maîtrise de soi. Fayth n'avait pas dit un mot. Avait-elle remarqué son trouble ? Il n'aurait su le dire.

Faisant le tour de la chambre, il éteignit les chandelles encore allumées, déboucla son ceinturon et posa son épée sur un coffre. Puis, rabattant les couvertures, il s'assit sur le bord du lit et entreprit de retirer ses bottes. Après les avoir lancées dans un coin, il enleva sa tunique, sa chemise et ses braies.

Une fois couché sur le dos, il ferma les yeux et écouta les bruits du château — les murmures sourds qui montaient de la grande salle, où villageois et domestiques s'étaient installés pour dormir et, de temps à autre, les appels des guetteurs en faction en haut des tours et sur le chemin de ronde de la palissade. Au bout d'un moment, son corps se détendit et ses paupières se firent lourdes. Fayth respirait régulièrement, comme lorsqu'il l'avait surprise dormant sur sa chaise. Il s'en réjouit : elle allait au moins prendre un peu de repos cette nuit.

Cependant, maintenant qu'il savait quels délicieux appas se dissimulaient sous ses vêtements et qu'elle éprouvait au moins une certaine curiosité pour les choses du sexe, il avait beaucoup de peine à contenir ses pulsions et ce fut seulement au milieu de la nuit que le sommeil le prit.

Les volets étaient ouverts et la lumière du soleil entrait à flots dans la chambre quand Fayth se réveilla. Elle n'avait plus mal au dos et se sentait reposée. Son mari n'était plus là, mais la place où il avait dormi était encore chaude ; ainsi, il ne s'était pas levé longtemps avant elle.

Peu après qu'elle s'était mise debout, Emma entra avec un broc d'eau chaude pour sa toilette et, quelques minutes plus tard, Fayth habillée quittait la chambre dans l'intention de chercher quelque chose d'utile à faire pour occuper sa journée.

Alors qu'elle se rendait à la grande salle, un bruit de voix la fit s'arrêter. Elle avait reconnu la voix de Giles et celle de son ami, Brice.

Ils étaient au pied de l'escalier et leur discussion semblait animée, même s'ils parlaient à voix basse et à mots couverts. Ce souci de discrétion aiguisa la curiosité de Fayth. Elle crut comprendre que son mari envisageait d'entreprendre une action à laquelle son ami s'opposait catégoriquement. Ils échangeaient argument contre argument, jusqu'au moment où Brice jura et s'en alla à grands pas.

Remontant quelques marches, Fayth redescendit en faisant le plus de bruit possible et en appelant Emma. Lorsqu'elle atteignit la dernière volée de marches, elle fit semblant d'être surprise de découvrir Giles.

— Bonjour, messire, dit-elle d'une voix enjouée.

Giles serrait les mâchoires et ses yeux étincelaient de colère. Il inspira profondément avant de s'incliner et de lui rendre son salut.

— Bonjour, madame. Vous avez l'air d'avoir passé une nuit bien meilleure que la précédente.

Avant qu'elle ait eu le temps de lui répondre, il pencha la tête sur le côté et scruta son visage.

— Ah, je vois que vous m'avez entendu parler avec Brice ?

Elle décida aussitôt de dire la vérité.

— Je n'ai pas pu tout comprendre, mais, oui, je vous

ai entendu vous disputer avec votre ami. Quelque chose ne va pas ? Avons-nous été attaqués ?

— Brice n'est pas d'accord avec mon projet de vous confier le poste d'intendant.

Fayth n'eut pas cette fois à jouer la surprise. Avait-il vraiment l'intention de lui confier une fonction aussi vitale ? La nuit dernière, quand elle lui avait dit qu'elle ne pouvait pas lui promettre de ne pas chercher à aider ceux qu'il considérait comme ses ennemis, elle avait été persuadée qu'il avait pris le parti de choisir quelqu'un d'autre.

— Avez-vous décidé de vous ranger à son avis ? s'enquit-elle en le suivant dans la grande salle.

— Tout comme vous n'avez eu guère le choix dans votre vie, je n'en ai guère dans la mienne. J'ai besoin de quelqu'un pour prendre en charge la gestion de nos provisions et de nos gens en prévision de l'hiver pendant que je m'occuperai de la défense du château et des terres. Je pourrais demander à l'un de mes hommes de s'en occuper, mais le seul qui a une certaine expérience en la matière est Stephen, et je n'ai pas confiance en lui ; en outre, il parle mal votre langue et ne connaît rien à vos coutumes.

Fayth tressaillit. Ce Stephen était l'homme qui l'avait frappée et qui avait tenté d'abuser d'Ardith. Aucun de ses gens n'accepterait d'aider un homme aussi brutal et cruel.

— Je sais que vous l'avez puni pour ses actes, mais je ne suis pas certaine qu'ils aient été oubliés.

Ce disant, elle avait esquissé machinalement le geste de toucher la bosse qu'elle avait encore sur la tête.

— Je n'en suis pas certain, non plus, madame. C'est pourquoi je cherche quelqu'un d'autre. Avez-vous réfléchi à ma proposition ? S'enquit-il tout en lorgnant vers la grande table où ses lieutenants attendaient qu'il les rejoigne.

Fayth avait envie d'accepter, mais son cœur était déchiré.

Ne serait-ce pas une trahison ? Ne devrait-elle pas plutôt s'opposer fermement à cet envahisseur et refuser toute implication dans ses projets ? Ou devrait-elle faire tout ce qui était en son pouvoir pour maintenir ses gens en bonne santé en prévision du jour où Edmund et ses partisans reviendraient le chasser de Taerford ?

Autrefois, elle avait l'habitude de demander conseil à son père ou à Edmund quand elle avait une décision grave à prendre. Elle n'avait plus personne vers qui se tourner.

Et en voyant le nouveau maître de Taerford la regarder, les bras croisés sur son torse, le haubert déjà sur sa tête, elle sut qu'il n'accepterait plus aucune tergiversation.

— J'accepte votre offre, messire.

— Bien, alors venez, dit-il en lui prenant la main et en la conduisant vers la table. Il y a beaucoup à faire et le temps nous est compté avant l'arrivée des premiers froids.

Ce soir-là, Fayth avait mal à la tête et les membres endoloris quand, ayant fini de dîner, elle se leva pour rejoindre ses appartements. Son excitation à l'idée d'avoir un travail utile à effectuer n'avait duré que jusqu'au moment où elle avait été accueillie par l'homme chargé de superviser son travail — Brice. Dès la première heure, il n'avait cessé de contester chacune de ses décisions.

Si Brice était d'une méfiance tatillonne, elle était cependant obligée d'admettre que ses questions étaient justifiées et que, placé dans la même position, son père aurait pareillement agi. Une tutelle aussi sourcilleuse n'en était pas moins pénible, malgré tous ses efforts pour rester patiente et modeste.

Une fois dans sa chambre, elle se déshabilla et se plongea avec soulagement dans le bain qu'Emma lui avait fait préparer, sans pouvoir chasser la question lancinante qui ne l'avait pas quittée depuis le matin : avait-elle eu raison d'accepter cette fonction d'intendante ?

Ses jambes étaient douloureuses, car elle avait plus marché au cours des trois derniers jours que pendant les trois semaines précédentes.

En se penchant pour les frotter, elle réveilla la douleur de son dos et de ses bras. Elle était vraiment épuisée et devait lutter contre l'envie d'appuyer sa tête sur le bord de la bassine et de s'endormir.

La vieille servante l'aida à sortir de l'eau avant de l'envelopper dans une serviette et d'entreprendre de lui sécher les cheveux, qu'elle avait soigneusement lavés. Un bon feu brûlait dans la cheminée et, tandis qu'Emma s'affairait autour d'elle, Fayth but un verre de vin chaud.

C'était si bon d'être ainsi frottée, coiffée, dorlotée… Hélas, en dépit de son épuisement physique, les pensées continuaient de se bousculer dans sa tête. Des listes, toujours des listes. Interminables. Combien de bouches à nourrir ? Pendant combien de mois ? De gens à vêtir et à protéger du froid ? Quelle ration pour chacun ? Pour les enfants, les femmes en couches, les travailleurs de force, les soldats…

Jamais elle n'y arriverait ! La tâche était trop ardue. Finalement, elle décida de se coucher et d'essayer de prendre un peu de repos. De toute façon, il était trop tard et elle n'était plus capable de réfléchir clairement.

Après avoir congédié Emma, elle se glissa sous les couvertures et s'installa près du mur, comme chaque soir.

Quelque chose continuait de la tourmenter, une partie essentielle de son travail qu'elle ne pouvait pas accomplir. Elle ne savait rien de la situation de ses gens hors du château. Jusqu'à présent, le nouveau baron de Taerford ne l'avait pas autorisée à se rendre au village et ne montrait aucun signe de vouloir l'y autoriser. Les villageois avaient-ils suffisamment de provisions ? De vêtements ? De bois pour se chauffer ? De nourriture pour leurs animaux ?

Fermant les yeux, elle pensa aux tâches qui l'attendaient le lendemain et aux personnes dont elle aurait besoin pour l'aider à les accomplir. Avec la palissade à réparer et à renforcer, Giles avait réquisitionné tous les hommes en état de travailler et qui n'étaient pas indispensables par ailleurs pour abattre des arbres dans la forêt, les transporter dans la cour et les scier en poutres, en rondins et en planches, en fonction des besoins. Jusqu'à présent, il ne s'était occupé des approvisionnements que pour la nourriture quotidienne de ses hommes.

La plupart des moissons avaient été rentrées avant les nouvelles de la première bataille dans le Nord entre l'ost de Harold Godwinson et celui de Harald Hardrada. Quand des messagers étaient venus annoncer la victoire de Harold, puis sa descente vers le Sud pour aller à la rencontre de l'ost du duc Guillaume, personne n'avait cru qu'une force étrangère parviendrait à vaincre l'ost rassemblé derrière Harold.

Tant qu'elle n'avait pas eu connaissance de la défaite du roi et de la mort de son père, elle n'avait pas pensé à prendre la moindre disposition pour défendre Taerford contre les incursions des Normands. Au début, même, elle avait été persuadée que tous les Saxons s'étaient ralliés à Harold pour chasser les envahisseurs. Elle avait donc continué à administrer le fief de son père comme il le lui avait appris, sans imaginer qu'un jour les hommes du duc Guillaume se répandraient dans toute l'Angleterre, pour assiéger les châteaux et déposséder leurs anciens maîtres de leurs terres et de leurs privilèges.

Le fief du baron de Taerford était relativement modeste. Les vilains et les serfs qui travaillaient sur les terres payaient leurs redevances le plus souvent en nature : du grain — surtout du seigle et de l'orge — des porcs, de la volaille, des œufs, du lait, parfois un veau et les légumes que produisaient leurs potagers. La chasse représentait un complément important, essentiel, même. Le seul argent sonnant et trébuchant dont pouvait disposer le fief était celui fourni par le moulin sur la rivière, les tisserands du village et le péage du pont.

Et maintenant ? Elle ignorait tout de ce qui se passait à l'extérieur de la palissade. Son mari en parlait à mots couverts à ses hommes, et encore, seulement à une poignée d'entre eux — Roger, Mathieu, Lucien et Brice. Soudain, comme si le seul fait de penser à lui avait suffi à le faire apparaître, la porte s'ouvrit et Giles entra.

Il ne jeta pas même un coup d'œil vers le lit et se mit à aller et venir dans la chambre, la croyant sans doute endormie, comme elle l'avait été les deux nuits précédentes.

— Je suis réveillée, messire, dit-elle en se redressant sur ses coudes. Il y a du vin frais, si vous avez soif.

Comme c'était à elle de le servir, elle rabattit ses couvertures et descendit du lit. Ses jambes protestèrent et c'est en grimaçant qu'elle se dirigea vers la table. Elle remplit un gobelet et le lui tendit.

Les yeux de Giles se posèrent brièvement sur le gobelet, avant d'être accaparés par une vision autrement plus alléchante : la poitrine de Fayth, offerte généreusement à son regard, sous le haut entrouvert de sa chemise de nuit. En voyant ses pupilles s'enflammer de désir, Fayth saisit les bords de sa chemise et les rabattit précipitamment. Giles leva alors les yeux vers son visage, mais le feu qui brûlait dans ses yeux était toujours aussi ardent. Un feu qui ne s'éteignit pas, même après qu'il eut bu une longue gorgée de vin.

Faisant un pas en avant, il écarta doucement ses mains et caressa ses seins à travers l'étoffe fine de sa chemise. Au contact de ses doigts, Fayth frissonna et sentit une vague de chaleur monter dans ses reins. Puis, lorsque les mains de Giles glissèrent le long de son corps, elle se retint de respirer, dans l'attente de quelque chose qu'elle n'aurait su nommer.

Sentant qu'elle cherchait à maîtriser les désirs de son corps, Giles décida de pousser un peu plus loin le jeu de la séduction. Faisant un nouveau pas en avant, il ouvrit d'autorité les pans de sa chemise.

— Adorable, murmura-t-il dans son patois breton, tout en effleurant le bout de ses seins.

Comme elle s'était mise à trembler, il recommença. Ses réactions à ses caresses lui procuraient un grand plaisir.

Son propre corps réagissait avec tout autant de violence ; son membre viril s'était dressé sous ses braies. Chacune de leur rencontre mettait en péril les décisions qu'il avait prises à son égard. Il savait bien pourtant qu'il n'était pas prêt à consommer leur union.

Pas prêt ?

Oh si, il l'était.

Il ne le voulait pas. Là était toute la différence.

Mais comment résister à la tentation ?

Prenant ses seins dans les paumes de ses mains, il frotta doucement les tétons avec ses pouces, jusqu'à ce que le désir les érige.

Elle poussa un soupir et ferma les yeux brièvement. Quand elle les rouvrit, une lueur plus douce brillait dans ses prunelles. Il en profita pour se rapprocher encore, presque à la toucher, puis, sans cesser de caresser ses seins, il se plaça derrière elle et l'enveloppa de ses bras. C'était si bon de sentir ses courbes féminines… Quand son membre viril prit toute son ampleur et se mit à vibrer contre le bas de ses reins, elle ne sursauta pas et il la serra plus fort pour mieux savourer le contact de son corps contre le sien.

Fayth se dirait plus tard qu'elle n'avait pas résisté parce qu'elle était trop fatiguée et qu'elle avait eu peur de le mettre en colère, mais, pour sa plus grande honte, il y avait une autre raison — elle avait été submergée par un plaisir indicible. Si sa mère ou Emma lui avaient dit qu'une simple étreinte avec un homme pouvait provoquer autant de sensations merveilleuses et mettre son corps en feu, jamais elle ne les aurait crues.

A chaque caresse, elle frémissait, et un désir presque douloureux embrasait ses reins. Tandis que les mains de Giles allaient et venaient sur sa poitrine et sur son ventre, il lui murmurait des mots à l'oreille de sa voix grave et rauque, des mots dont elle devinait le sens sans les comprendre. Il cherchait délibérément à la séduire, à l'instar de n'importe quel homme qui cherche à obtenir les faveurs d'une jeune fille. La seule façon dont elle pouvait justifier sa faiblesse était les liens du mariage qui les unissaient. Qu'elle le veuille ou non, elle lui appartenait…

En sentant ses jambes flageoler, elle se laissa aller en arrière. Il la soutint et déplaça ses bras pour mieux la serrer contre lui. La présence de son membre viril était par trop tangible, dur et rigide entre ses fesses. Il le fit aller et venir une fois ou deux, puis s'immobilisa.

Elle se disait qu'il n'irait pas plus loin dans l'exploration de son corps, lorsque, délaissant l'un de ses seins, il se servit de sa main libre pour repousser ses cheveux en arrière. Puis, se penchant, il déposa une pluie de petits baisers sur son épaule et sur son cou, avant de s'emparer du lobe de son oreille avec ses dents. Elle se mit alors à trembler d'une façon incontrôlable et elle sentit un petit rire courir sur sa peau. Cela l'amusait-il ? Submergée par les plaisirs qu'il faisait naître en elle, elle le laissa continuer.

Elle s'abandonnait sans résistance dans ses bras, toute douce et tremblante de désir. Comment aurait-il pu ne pas essayer d'aller plus loin ? Faisant glisser sa main le long de son corps, il retroussa sa chemise, exposant ses jambes à son regard et à ses caresses. Au début, elle posa sa main nerveusement sur la sienne et tenta de l'arrêter, mais, très vite, elle l'accompagna plutôt que de la retenir, pendant qu'elle poursuivait son exploration.

Le duvet bouclé et soyeux qui protégeait sa féminité était très doux sous la paume de sa main, mais son corps avait envie d'autre chose qu'une simple caresse. Sans même y penser, il se cambra contre elle, en frottant son membre viril contre ses fesses.

Seigneur Dieu, il jouissait !

Fayth ne protestait pas. Au contraire. Blottie dans ses bras, elle pressa sa main sur la sienne, la guidant vers l'endroit sur lequel étaient concentrés tous ses désirs.

Il l'entendit retenir sa respiration. Tout en continuant de la serrer très fort contre lui avec un bras, il fit glisser un doigt sur le nid douillet et frotta doucement. Elle laissa échapper un petit cri et se cambra en écartant les jambes instinctivement.

Elle était moite et tiède sous son doigt. Il s'insinua lentement à l'intérieur, jusqu'à ce qu'il eut trouvé le petit bouton qui se cachait entre les plis de sa féminité.

Sa respiration reprit par saccades. Il la pénétra plus profondément avec un doigt, puis deux… Elle rejeta la tête en arrière et ferma les yeux. Tout en frottant de plus en plus vite, il l'embrassa dans le cou, lui léchant et lui mordillant le lobe de l'oreille.

Puis, quand il la sentit se raidir, il fit rouler le petit bouton entre ses doigts, le titillant sans relâche, tout en continuant de faire pleuvoir des baisers sur son cou et sur ses épaules. Soudain, tout son corps trembla et un gémissement rauque s'échappa de ses lèvres.

— Giles ? Oh, Giles… Que m'arrive-t-il ? murmura-t-elle dans un souffle.

— N'ayez pas peur, madame. Tout va bien, répondit-il d'une voix apaisante en continuant de frotter son bouton et de l'embrasser dans le cou. Vous jouissez, tout simplement.

— Giles !

Son corps vibrait d'une façon irrépressible maintenant. Elle se cambrait impulsivement dans sa main et se frottait contre lui à un rythme qu'il ne parvenait même plus à suivre. Ce faisant, elle ne pouvait s'empêcher de presser son derrière contre son membre viril.

Le plaisir la submergeait, vague après vague, l'empêchant de respirer et de penser à autre chose qu'au frottement délicieux de ses doigts autour et dans la partie la plus intime de son corps. Perdant les derniers vestiges de sa maîtrise de soi, elle laissa le plaisir jaillir en elle en un flot torrentueux. Avait-elle crié ? De toute façon, elle n'en avait cure.

C'était trop bon, trop…

Quelques instants plus tard, elle reprit peu à peu ses esprits et se rendit compte qu'il avait reculé, jusqu'à avoir le dos contre le mur, et qu'elle était toute alanguie. Ne se souvenant pas du moment où il avait retiré sa main de sa féminité, elle essaya de lever la tête et de s'écarter. Mais il la tenait toujours fermement dans ses bras, tout en continuant de donner des coups de boutoir contre ses fesses. Soudain, une moiteur sur sa chemise lui apprit qu'il avait répandu sa semence. Un long soupir s'échappa des lèvres de Giles. Il posa sa tête sur son épaule et le souffle tiède de son haleine lui caressa le cou.

Troublée et se sentant terriblement vulnérable, elle se dégagea et resta debout, immobile, incapable de le regarder en face. Comment quelque chose d'aussi merveilleux pouvait-il se produire entre des ennemis ? Comment avait-elle pu réagir à ses caresses d'une façon aussi éhontée ? Elle avait trahi son peuple et la mémoire de son père.

Elle le savait, mais, malgré cela, son corps continuait de vibrer de plaisir, avec moins de force, certes, mais suffisamment pour lui rappeler sa faute.

Giles marmonna quelque chose derrière elle, dans sa langue ou en mauvais saxon, elle n'aurait su le dire, puis il traversa la chambre et alla ouvrir l'un des coffres qui contenaient ses vêtements. Sans la regarder, il lui tendit une chemise de nuit et ne se retourna pas pendant qu'elle enlevait sa chemise souillée, enfilait la propre, et retournait se coucher.

Elle avait le cœur lourd, affreusement lourd, et elle ne pouvait rien faire, hormis prier, en espérant qu'un jour elle parviendrait à surmonter sa honte.

Elle entendit Giles aller et venir dans la chambre, et se préparer pour la nuit. Les yeux fermés, elle attendit qu'il la rejoigne. Puis, quand il se fut installé auprès d'elle, elle se retourna vers le mur et laissa couler les larmes qu'elle avait contenues pendant tant de jours.

Des larmes silencieuses, qui exprimaient tout ce qu'elle avait perdu et tout ce qu'elle risquait encore de perdre dans les mois à venir.

Chapitre 8

— Que diable lui as-tu fait ? s'enquit Brice à mi-voix.

Avant de poursuivre, il fureta autour de lui afin de s'assurer qu'aucune oreille indiscrète ne se trouvait à proximité.

— Que s'est-il passé entre vous ?

Giles haussa les épaules.

— Il ne s'est rien passé. Nous avons l'un et l'autre beaucoup à faire et il n'est pas temps de bavarder, répondit-il en espérant que son ami comprendrait qu'il n'avait pas envie de répondre à ses questions.

— Elle a l'air d'un chien battu. Elle n'a même pas réagi quand je l'ai taquinée au petit déjeuner. Ces derniers jours, pendant que je l'accompagnais et contrôlais son travail, comme tu me l'avais demandé, elle a montré beaucoup d'efficacité et de bonne volonté, même si, parfois, elle me trouvait un peu trop tatillon. J'ai même réussi, à une ou deux reprises, à la faire sourire. Ce matin, elle n'a pas même consenti à croiser mon regard. Ni le tien, d'ailleurs.

Giles essaya de le contourner, mais Brice lui barra le passage.

— Que lui as-tu fait, haut et puissant baron de Taerford ?

Giles soupira et leva les yeux au ciel.

— Je l'ai fait jouir, admit-il à contrecœur.

Brice scruta son visage, les sourcils froncés.

— Contre sa volonté ?

— Non ! Jamais je ne m'abaisserais à commettre un acte aussi contraire au serment que j'ai prononcé lorsque j'ai été adoubé chevalier.

— Où est le problème, alors ?

— Elle a pleuré.

Cette fois, Giles écarta Brice de son passage et sortit dans la cour. La journée serait longue et il avait autre chose à faire que perdre son temps à parler du vague à l'âme de sa femme. Il n'avait pas encore consommé leur union et pourtant... pourtant...

Brice le rattrapa et ils marchèrent côte à côte vers les écuries.

— Je croyais que tu n'avais pas l'intention de coucher avec elle tant que tu n'aurais pas la certitude qu'elle n'attend pas un enfant ?

Giles commençait à être à bout de patience.

— Je n'ai pas couché avec elle. J'ai simplement... Je ne lui ai fait aucun mal, si c'est cela que tu veux savoir.

— Tu lui as fait peur ?

La question de son ami le fit s'arrêter. Etait-ce cela, le problème ? Avait-elle eu peur des réactions de son corps à ses caresses et à ses baisers ? S'il en était ainsi, cela pouvait-il signifier qu'elle était pure et innocente ? En tout cas, elle n'avait aucune expérience. Il était prêt à jurer sur son honneur qu'avant cette nuit, elle n'avait jamais connu les plaisirs de l'amour charnel.

Son ami attendait sa réponse, comme si Fayth était sa protégée.

— C'est possible, convint Giles en croisant les bras sur son torse. Mais en quoi cela te concerne-t-il ? N'as-tu pas mieux à faire que de me harceler de question sur mes relations conjugales ? Je regrette que Soren ne soit pas là.

Il te distrairait autant que tu le voudrais avec ses exploits amoureux et tu me laisserais en paix.

Brice croisa également les bras et soutint son regard, la tête haute et pleine de défi.

— Tu m'as demandé de surveiller ta femme, Giles, et de découvrir si elle est toujours en relation avec Edmund et sa bande de rebelles. Tu m'as dit de travailler avec elle, d'évaluer sa capacité et la confiance que tu peux lui accorder. Je ne fais pas cela pour m'amuser. Je suis un chevalier, un soldat. Je n'ai aucun goût pour le métier d'intendant et encore moins pour celui d'espion, surtout auprès d'une femme.

A la vérité, Brice n'était pas à son service, même s'il s'était montré indispensable lors de l'attaque de Taerford et au cours des dernières semaines. Il attendait seulement une missive du roi et les hommes qu'il lui avait promis pour continuer sa route vers le Nord et aller prendre possession de Thaxted, le fief qu'il avait reçu en récompense de sa vaillance à Hastings. Il attendait aussi, tout comme Giles, des nouvelles de Soren, leur autre compagnon, qui se remettait lentement des blessures qu'il avait reçues sur le champ de bataille.

— Pardonne-moi, mon ami. C'est vrai, je t'ai demandé de m'aider et je ne puis que m'en louer. Seulement, cette affaire est une affaire privée, entre ma femme et moi.

Avant même d'avoir terminé sa phrase, il se rendit compte que son argument n'était pas valable.

— Une affaire privée ! répliqua Brice sur un ton sarcastique. Apparemment, une leçon ne te suffit pas !

Au même moment, comme si le destin voulait apporter de l'eau au moulin de Brice, l'objet de leur dispute sortit dans la cour et se dirigea vers eux, s'arrêtant au passage pour parler avec des hommes qui charriaient un tronc d'arbre. La façon dont ils la regardèrent, avant de jeter un coup d'œil hostile à Giles, ne pouvait que conforter Brice dans son opinion. A l'évidence, ils pensaient tous qu'elle avait été battue ou, au moins, maltraitée d'une façon ou d'une autre.

Giles regarda son ami et baissa la tête, vaincu.

Brice lui donna une tape sur l'épaule.

— Il faut les comprendre. Leur châtelaine est une véritable idole pour eux, une idole pure et innocente — et le seul rempart qui peut encore les protéger contre leur nouveau maître normand.

— Breton, corrigea Giles.

— Pour ces gens, cela ne fait aucune différence. Elle les soutient et toi, tu l'as rejetée, le soir de ta nuit de noces.

— Je ne l'ai pas rejetée, protesta Giles sans trop de conviction.

— Qu'importe. Tu n'as pas couché avec elle et ils le savent. Mais tu as su faire renaître un peu d'espoir chez eux quand tu as pris la défense de l'une des leurs et quand tu as demandé et obtenu l'aide de leur châtelaine. Maintenant, ce matin, ils savent seulement qu'il y a eu une dispute entre vous deux et, naturellement, ils prennent son parti.

De ce point de vue, Giles ne pouvait pas contester que son ami avait raison.

— Je pense être édifié sur son état d'ici une semaine à peu près. Si elle vient à avoir ses…

— Elle approche, l'interrompit Brice. Lui as-tu annoncé que tu partais ?

— Pas encore. Si cela me déplaît de la voir d'une humeur aussi sombre, je n'ai pas envie de voir son visage rayonner de bonheur lorsqu'elle apprendra mon départ.

Brice éclata de rire, assez fort pour attirer l'attention de tous les hommes qui travaillaient dans la cour.

Giles grimaça.

— Quand ce sera ton tour, Brice, tu verras qu'il n'est pas aussi facile de devenir baron après avoir été un simple chevalier, breton et bâtard de surcroît. J'aimerais être là pour voir comment tu réagiras face aux problèmes que tu vas, sans nul doute, toi aussi rencontrer.

— Tes erreurs me serviront de leçon, dit Brice avec un signe de tête à l'adresse de Fayth. Est-ce moi ou votre mari que vous cherchez, madame ? s'enquit-il en élevant la voix.

Fayth s'avança vers lui, en gardant la tête baissée.

— Je voulais savoir si vous aviez demandé à messire Giles s'il m'autorisait à me rendre au village.

— Pourquoi voulez-vous vous rendre au village, madame ? demanda Giles. Vous auriez pu me le demander directement. Cela aurait été plus simple.

Le voile de Fayth recouvrait ses cheveux et la plus grande partie de son visage, l'empêchant de voir ce qu'il aimait le plus chez elle. Décidément, la façon dont les femmes saxonnes s'habillaient, avec des vêtements amples qui dissimulaient presque totalement leurs charmes, lui déplaisait souverainement. Il pourrait peut-être demander à la femme de Simon d'envoyer quelques-unes de ses robes à Fayth ?

Il reporta son regard sur son voile, car c'était tout ce qu'il pouvait voir d'elle. Elle redressa alors un peu la tête. La blancheur du tissu accentuait encore les cernes noirs sous ses yeux. Au moins, elle pourrait dormir et se reposer vraiment pendant son absence.

— Je… sire Brice et moi, nous avons fait l'inventaire de toutes les provisions et autres fournitures de première nécessité se trouvant au logis seigneurial et dans les autres bâtiments du château, mais mon père a emmagasiné au village une grande partie des récoltes, ainsi que du foin, de la paille, de la laine et d'autres produits dont nous pourrions avoir besoin au cours de l'hiver. J'ai besoin d'y aller pour…

Au début, il l'avait écoutée d'une oreille distraite. Le souvenir de la nuit précédente, quand elle s'était abandonnée à ses caresses dans ses bras, l'accaparait. Il avait envie de revoir ses joues s'enflammer, ses yeux briller, et d'entendre ses petits cris rauques quand elle jouissait. Il avait envie de la voir sourire de nouveau, de…

— Brice peut se charger de ce travail, la coupa-t-il, se concentrant sur ses paroles et s'efforçant de chasser les images par trop troublantes qui se pressaient dans son esprit.

Le regard noir de Brice lui fit comprendre que ce n'était pas de cette façon qu'il parviendrait à rendre sa bonne humeur à Fayth. Mais elle lui était plus utile que toutes les provisions du village et il ne pouvait pas se permettre de la laisser sortir de l'enceinte du château.

— Je refuse de vous laisser vous exposer aux dangers du dehors, madame. Je veux que vous restiez ici jusqu'à mon retour.

Surprise par ses paroles, Fayth leva vivement les yeux vers lui.

— Vous partez, messire ?

— Oui. Je dois aller inspecter les terres que le roi m'a données et voir jusqu'où elles s'étendent. Le registre terrien dont je dispose est très rudimentaire ; il ne me dit rien de leur état ni s'il s'agit de prés, de labours ou de forêts.

— Je pourrais vous renseigner à cet égard, messire. Je connais bien les terres de mon père, pour y avoir souvent chevauché depuis que je suis en âge de monter à cheval.

Il n'aurait su dire si sa proposition avait pour but de

l'aider ou de l'empêcher d'aller au-delà du château et des terres à l'entour du village.

— Le roi ne m'a pas donné seulement les terres de votre père, madame. Mon fief s'étend sur plus de huit mille arpents.

Fayth en resta bouche bée, car c'était le double du fief que son père avait possédé.

— C'est messire Leofwyne qui tient les terres à l'est et au nord de Taerford, fit-elle observer en secouant la tête.

— Il a été tué au combat, madame. Le duc a confisqué ses terres, de même que celles de tous les rebelles.

Giles avait parlé doucement, mais l'effet de ses paroles n'en fut pas moins violent. Fayth battit des cils et tout le sang se retira de son visage.

— Combien d'autres ? s'écria-t-elle. Combien de Saxons ont péri dans cette funeste bataille ?

Obnubilée par sa propre bataille pour sauvegarder Taerford et pour ne pas céder aux pulsions de son corps, elle n'avait guère réfléchi jusqu'à présent aux conséquences de la victoire du duc Guillaume et à tous ceux qui étaient morts au combat. Mais à présent qu'elle venait d'apprendre l'étendue du fief que le duc avait offert à Giles, elle avait besoin de savoir.

— Près de quatre mille, madame. Tous les fils légitimes de Harold, m'a-t-on dit, tous ses plus puissants vassaux : les comtes de Mercie, de Sussex, de Wessex, de Kent et d'East Anglia. Et bien d'autres, dont je ne saurais dire le nom.

Il n'y avait eu aucune note de triomphe dans sa voix et elle crut même y percevoir une pointe de compassion, ce qui ne manqua pas de la surprendre.

— Et leurs terres et leurs gens ont été confisqués ?

— Le duc en avait le droit.

Il n'en dit pas plus et ne chercha pas à justifier une telle mainmise, même s'il lui aurait été facile d'arguer que c'était la coutume. Dans toutes les guerres, le vaincu perdait tous ses biens et personne n'avait jamais contesté les droits du vainqueur.

Fayth ne parvenait pas à imaginer le bouleversement créé par cette bataille, si ce n'est que plus rien ne serait comme avant en Angleterre. Elle eut la nausée à la pensée qu'elle ne reverrait jamais plus ses oncles, ses cousins et la plupart des hommes qu'elle avait rencontrés au cours des fêtes et des réunions familiales auxquelles elle avait participé. Comment leurs femmes allaient-elles survivre, maintenant que leurs pères et leurs maris n'étaient plus là pour les protéger et assurer leur subsistance ? Les seigneurs saxons n'avaient sans doute pas tous des filles susceptibles d'être épousées par les nouveaux seigneurs pour légitimer les dons accordés par le duc et créer un lien entre les envahisseurs et les peuples conquis.

Si elle en croyait ce que lui avait raconté Edmund, de nombreux seigneurs saxons avaient survécu et se rassemblaient dans le Nord pour chasser les Normands de leur pays. Il lui avait même dit que le *Witan* avait choisi Edgar l'Atheling pour succéder à Harold et qu'il jouissait d'un soutien grandissant dans toute l'Angleterre.

Pendant ce temps-là, elle restait à Taerford, bien en sécurité dans son logis, et succombait aux plaisirs de la chair avec l'homme qu'elle devrait combattre, sans rien savoir du sort de son peuple. A cette pensée, un sentiment cuisant de honte l'envahit. Que Giles soit son mari ou non, elle devait l'affronter avec courage et lui poser la question qui la tourmentait jour et nuit. La réponse qu'il lui donnerait ferait renaître ses espoirs de trouver un *modus vivendi* avec lui ou les ruinerait à jamais.

— Avez-vous tué mon père ? Est-ce la raison pour laquelle le duc vous a donné Taerford ?

Giles était bien incapable de répondre à sa question, mais il était trop honnête pour avoir le cœur de lui mentir, bien que ce serait plus facile, surtout quand il voyait la pâleur de son visage et la façon dont elle serrait les poings. Visiblement, elle avait eu beaucoup d'affection pour son père, et penser que son mari puisse être son meurtrier lui était intolérable.

— Il se peut que je l'aie tué, madame, dit-il en se passant nerveusement la main dans les cheveux. Dans une bataille, on ne choisit pas ses adversaires…

Elle tituba et se serait effondrée, s'il ne l'avait pas retenue en mettant son bras autour de sa taille. Elle fit mine de se dégager mais n'en eut pas la force, et il commença à l'entraîner vers le logis seigneurial.

— Brice, ordonna-t-il, fais venir dans la grande salle tous ceux qui avaient la confiance de messire Bertram et droit à une place d'honneur à sa table. Fais venir également tous ses hommes d'armes qui sont restés à mon service, ajouta-t-il avant que son ami ait pu le questionner sur ses intentions. Et envoie un messager au village pour demander à tous ceux qui étaient redevables, d'une façon ou d'une autre, à l'ancien seigneur, de venir immédiatement au château.

Il ne ralentit pas le pas, son bras toujours passé autour de la taille de Fayth, la portant à demi, car sinon elle aurait été incapable de le suivre.

Il se maudit pour ne pas avoir réglé ce problème dès

le premier jour où il s'était rendu maître de Taerford. Sur le moment, il ne l'avait pas cru nécessaire. Il s'était trompé. Il avait cru protéger Fayth des dures réalités de la guerre et de la défaite de Harold. Ce faisant il avait commis une erreur capitale, qu'il lui fallait réparer au plus vite.

Entrant dans le logis seigneurial, il traversa la grande salle, suivi du regard par tous ceux qui y travaillaient. En parvenant à la table d'honneur, il tira une chaise et fit asseoir Fayth. Puis, s'accroupissant devant elle, il lui prit le menton et l'obligea à lever son visage vers lui.

— Fayth ?

Comme elle refusait de croiser son regard, il la secoua doucement.

— Fayth, écoutez-moi.

Cette fois, elle consentit à le regarder dans les yeux et la douleur qu'il vit dans ses prunelles lui brisa le cœur.

— Je ne sais pas si votre père est tombé sous mon épée ou a été touché par une flèche de mon arc. Dans une bataille, c'est une chose qu'il est souvent impossible de savoir.

Des larmes envahirent ses yeux et elle battit des paupières plusieurs fois.

— Me dites-vous cela pour apaiser ma conscience ou la vôtre, messire ? s'enquit-elle d'une voix blanche.

— Ni l'une ni l'autre, répondit-il avec un haussement d'épaules. Un soldat se résigne aux conséquences funestes de la guerre avant de partir au combat. Aucun homme ne part à la bataille sans savoir qu'il va devoir tuer pour ne pas être tué lui-même. Votre père le savait aussi, sans doute. J'ai simplement essayé de vous dire la vérité.

En remarquant que les gens commençaient à se rassembler dans la grande salle, dans l'attente de ce qu'il avait à leur dire, il se redressa et ordonna à Emma de s'occuper de sa maîtresse. Pendant que la vieille servante s'efforçait de faire boire une gorgée de vin à Fayth, il appela Roger et lui expliqua ses intentions. Roger l'écouta, puis s'éloigna pour disposer ses hommes comme il le lui avait commandé. Brice… Brice se tenait comme toujours derrière lui, qu'il soit d'accord ou non avec sa décision.

Il accepta le gobelet de vin que lui tendait l'un des domestiques et réfléchit au discours qu'il allait faire afin d'exposer ses projets pour Taerford et pour ses gens.

Edmund fit signe à ses hommes de ne pas bouger. Il y avait quelque chose d'anormal.

Dissimulés dans la forêt, ils regardaient les Normands rassembler les villageois et les pousser vers le château.

Sans ménagement.

Ils allaient d'une maison à l'autre et personne n'était autorisé à rester en arrière.

Ce n'était pas bon signe.

— Qu'est-ce que cela signifie, à ton avis ? demanda William.

Les villageois gravirent la route conduisant au château. Ils avaient peur, si Edmund en jugeait par leur façon de marcher et par les coups d'œil qu'ils jetaient vers leurs maisons. Cette peur était de mauvais augure pour Edmund et ses hommes. Allaient-ils les trahir aux Normands ? La plupart d'entre eux n'ignoraient rien de leurs expéditions au village pour se ravitailler.

Il hésita à se rendre au village avec ses hommes. Non, en plein jour, ce serait trop dangereux. Il n'y avait plus aucun villageois, ou presque, mais ils pouvaient être aperçus par les guetteurs du château. Il se redressa et fit un nouveau signe de la main à ses hommes. Pour l'heure, il valait mieux retourner à leur camp, le long de la rivière, au plus profond de la forêt.

Il avait espéré avoir des nouvelles de Fayth, car il ne savait rien ou presque de son sort. Apparemment, elle avait été blessée pendant l'attaque et retenue prisonnière dans sa chambre, jusqu'au jour ou le chef des Normands l'avait conduite à la chapelle et contrainte à se marier avec lui. Une jeune fille si pure, si innocente… Edmund pouvait seulement imaginer les violences que le chevalier Normand lui avait fait subir.

Cette brute. Ce soudard.

L'homme qui avait tué son père à Hastings — paix à son âme.

Dès qu'il aurait parlé avec les autres chefs de groupes et reçu des nouvelles d'Edgar l'Atheling, le nouveau roi élu par le *Witan,* il échafauderait un plan pour aller au secours de Fayth… et la convaincre d'embrasser sa cause. A travers elle, il pourrait faire valoir ses droits sur les terres qui devraient lui appartenir, les terres que Bertram lui avait promises s'il parvenait à protéger Fayth contre les envahisseurs.

Et, qu'il choisisse de l'épouser lui-même ou de la donner à l'un de ses fidèles vassaux, il n'aurait aucun mal à faire annuler son mariage avec ce chevalier normand, cet oppresseur étranger qu'elle n'avait accepté d'épouser que sous la menace, il en était persuadé.

Ils marchaient dans la forêt depuis une heure environ lorsque l'homme qu'il avait laissé à faire le guet les rejoignit et leur annonça que les villageois étaient de retour, tous vivants et apparemment plutôt joyeux.

Curieux de savoir ce qui s'était passé, Edmund prit deux ou trois hommes avec lui et retourna au village, tandis que le reste de sa troupe continuait vers le camp.

Chapitre 9

En regardant la foule assemblée devant lui, Giles ne put s'empêcher de se sentir un peu nerveux. Un coup d'œil à Fayth ne fit rien pour l'apaiser, car elle était encore plus pâle que ses gens. Avait-elle peur pour eux ? Croyait-elle qu'il allait les faire massacrer ? Ce n'était nullement son intention, mais il ne pouvait pas la rassurer, car ce qu'il avait à dire devait être dit devant tous les villageois de Taerford.

Rien ne l'avait préparé à ce genre d'événements, ni ce que lui avait appris son mentor, sire Gauthier, ni ce qu'il avait appris lui-même sur les champs de bataille ; il se sentait fort, néanmoins, car il savait pouvoir être un maître juste et équitable, si ces gens acceptaient de le reconnaître comme leur seigneur.

Le duc Guillaume le soutenait dans cette entreprise. Avec un tel soutien et ses propres plans pour pacifier Taerford et gagner l'estime et la confiance de ses gens, il ne doutait pas de son succès, même si le chemin promettait d'être long et difficile.

Roger annonça qu'il allait parler et tout le monde se tut.

Giles s'éclaircit la gorge.

— En défaisant votre roi et votre seigneur à la bataille de Hastings, commença-t-il, le duc Guillaume a fait valoir ses droits sur ce pays. Grâce à sa victoire, obtenue avec la bénédiction du pape, l'Angleterre lui appartient tout entière et les terres qui furent celles des nobles saxons qui se sont battus aux côtés de Harold ont été confisquées. C'est la loi de la guerre.

Des murmures parcoururent la foule et Giles attendit qu'ils aient cessé pour continuer.

— En soutenant son suzerain, Bertram de Taerford a perdu la vie et tous ses biens m'ont été dévolus. En me donnant Taerford, le duc a posé comme condition que j'épouse la fille de votre ancien seigneur. Je l'ai fait et vous en avez été tous témoins.

Tous les regards se tournèrent vers Fayth.

— Taerford est à moi désormais, par la grâce du duc qui, bientôt, s'il ne l'est déjà, va être couronné roi d'Angleterre. Et votre châtelaine est à moi aussi, ajouta-t-il en baissant la voix.

A cet instant, le regard de Fayth croisa le sien. Il ne détourna pas les yeux. Quelque chose passa entre eux, un fluide brûlant qui embrasa son corps, tandis que des images par trop troublantes se bousculaient dans sa mémoire. Elle lui appartiendrait bientôt, corps et âme, mais il voulait que tous ses gens sachent qu'elle lui appartenait déjà, qu'il ait ou non consommé leur union.

— Elle est à moi, répéta-t-il avec force.

Une affirmation qui fit frissonner Fayth, révélant à quel point les caresses qu'il lui avait prodiguées l'avaient affectée, même si une partie d'elle-même refusait encore de se soumettre aux pulsions irrationnelles de son corps.

— Les hommes qui ont essayé de me priver de mes droits légitimes sont désormais considérés comme des rebelles et seront pourchassés et mis à mort sans pitié, s'ils viennent à être capturés.

Il s'approcha de l'assistance et posa la main sur la poignée de son épée.

— Ne vous leurrez pas. Si je ne laisserai pas ces hommes prendre ce qui m'appartient, je protégerai tous ceux qui se rallieront à moi loyalement. Je sais que nombre d'entre eux ont des liens de parenté avec vous et je préférerais ne pas devoir les passer au fil de l'épée.

Croisant les bras sur son torse, il parcourut l'assistance du regard.

— Mais si l'on m'y force, je le ferai. Sans la moindre hésitation.

Les villageois pesaient en silence ses promesses et ses menaces. Déclarer un homme hors-la-loi revenait à le condamner à mort, car n'importe qui pouvait le tuer sans risquer d'être inquiété par la justice. En outre, quiconque aidait un hors-la-loi pouvait être banni et dépossédé de tous ses biens, sa famille chassée de sa maison et vouée à errer sur les chemins — ce qui équivalait, en fait, à une condamnation à mort. Surtout en hiver. La loi était partout la même, en Angleterre comme en Normandie ou en Bretagne. A leur expression, Giles vit qu'ils avaient compris à quoi ils s'exposaient s'ils venaient à aider les rebelles.

Se tournant, il fit face aux vilains, les paysans libres, rassemblés dans un coin de la salle.

— Jusqu'à l'année prochaine, j'honorerai les baux et les fermages que vous aviez conclus avec votre ancien seigneur. Tous les hommes libres le resteront.

Puis il s'adressa aux serfs et aux domestiques du château.

— Quant à vous, j'attends que vous me serviez comme vous avez servi lord Bertram. En échange, vous pourrez compter sur ma protection à l'intérieur et à l'extérieur de ce château, aussi longtemps que vous honorerez notre pacte.

Le dernier groupe était celui des hommes d'armes. Ils se tenaient serrés les uns contre les autres, par habitude probablement. Certains d'entre eux avaient été blessés lors de l'assaut ; d'autres avaient jeté leurs armes quand ils s'étaient rendu compte que leur résistance était inutile face à un adversaire déterminé et par trop supérieur en nombre. S'ils n'avaient pas suivi Edmund, c'était sans doute parce qu'ils espéraient pouvoir encore protéger leur châtelaine.

Giles leur parla d'une voix ferme, mais sur un ton qui laissait entendre qu'il les estimait et ne les considérait pas seulement comme des prisonniers.

— Mes hommes continueront d'assurer la défense du château et vous poursuivrez les tâches qui vous ont été assignées tant que les préparatifs pour l'hiver ne seront pas terminés. Ensuite, vous pourrez reprendre votre entraînement avec mes hommes.

» Je demanderai à ceux qui ont combattu en qualité de mercenaires de me jurer fidélité et leur accorderai la même rétribution que celle qu'ils recevaient auparavant. Quant aux vassaux de sire Bertram, ils pourront jurer fidélité à sa fille, s'ils le désirent.

Roger protesta derrière lui et Brice se rapprocha. Il les arrêta d'un geste de la main.

— Comme, en l'épousant, j'ai juré moi aussi de protéger lady Fayth, je ne vois aucune objection à ce que les hommes de son père lui jurent fidélité.

Fayth eut de la peine à en croire ses oreilles. Etant le maître de Taerford, il aurait très bien pu chasser ou emprisonner les soldats qui auraient refusé de lui prêter serment. Il aurait même pu les faire exécuter. Au lieu de cela, il leur demandait seulement de lui prêter serment à elle ?

Incapable de parler et même, presque, de respirer, elle regarda les hommes qui s'étaient battus pour son père venir s'agenouiller devant eux et baisser la tête, en signe de respect et d'obéissance.

Un profond silence s'instaura dans la salle lorsque Giles lui tendit la main. L'acceptant, elle se leva pour se mettre à son côté, sans trop savoir ce qu'il attendait d'elle maintenant. Puis il s'avança vers les hommes agenouillés et s'adressa d'abord aux mercenaires.

— Me donnez-vous votre parole d'honneur de me servir loyalement, comme vous avez servi votre ancien maître ?

Ils lui prêtèrent serment l'un après l'autre, sans hésiter. Giles se tourna alors vers les vassaux de sire Bertram.

— Me donnez-vous votre parole que vous servirez loyalement la dame ici présente, Fayth Fitzhenry, fille de feu Bertram de Taerford ?

Pour un homme qu'elle pensait ignorant des coutumes de la noblesse, il montrait une grande habileté, car la plupart des vassaux de son père avaient sans doute pensé que c'était son manque de familiarité avec leur langue qui l'avait fait modifier légèrement les termes de leur serment. Fayth l'avait remarqué et en avait deviné la raison : il avait formulé sa question de façon à ce qu'ils soient responsables devant lui de leur loyauté à son égard à elle. Elle faillit en sourire.

Les vassaux de son père lui prêtèrent serment d'une seule voix, en prononçant clairement son nom, et, cette fois, elle sourit vraiment, fière et honorée d'être ainsi reconnue comme l'héritière de son père et la châtelaine de Taerford.

Comme le voulait la coutume, Giles fit venir ensuite chacun des hommes, lui demanda son nom et lui serra la main afin de matérialiser le lien qui désormais les unissait.

Puis il réclama le silence et reprit sa harangue.

— Il ne sera pas facile d'effectuer notre mission tant qu'il y aura des troubles et de l'agitation autour de Taerford, mais nous ne devrons jamais relâcher notre garde, si nous voulons survivre. Je ne vous le cache pas, il y aura sans doute des querelles entre Saxons et Normands, des problèmes à résoudre et des difficultés de toute sorte à affronter. Il faudra tenir, résister et ne jamais désespérer.

Quand il eut terminé, personne ne dit mot et Fayth vit sur son visage qu'il était déçu. Il croyait avoir gagné la confiance de ses gens et elle le croyait aussi. Alors, pourquoi ce silence ?

Finalement, l'un des hommes, normand ou saxon, elle n'aurait su le dire, cria son nom en tapant des pieds par terre, et des hourras, d'abord timides, puis enthousiastes, parcoururent la grande salle. Giles se détendit et, quand les applaudissements se furent calmés, il leva la main.

— Merci, merci, vous pouvez disposer à présent.

Fayth aurait voulu suivre Emma, mais Giles continuait de lui tenir la main, l'obligeant ainsi à rester à son côté, tandis qu'il s'entretenait avec Brice en breton. Roger et ses hommes rassemblèrent les villageois pour les raccompagner hors du château, les autres se dispersèrent pour retourner à leurs occupations.

— Messire, j'ai du travail, moi aussi, l'interrompit-elle à voix basse.

Au lieu de lui lâcher la main, il secoua la tête et l'entraîna vers la table d'honneur au fond de la grande salle, après avoir congédié son ami d'un regard. Il la fit asseoir, tira un tabouret et s'assit auprès d'elle.

— Vous allez mieux, maintenant, madame ? s'enquit-il doucement.

— Je... Non, pas vraiment, bredouilla-t-elle en grimaçant.

Elle ne voyait pas comment lui expliquer ce qu'elle avait sur le cœur. Malgré tous les droits qu'il avait sur elle du fait de leur mariage, elle avait l'impression d'avoir trahi son père et son peuple en s'abandonnant à ses caresses. Et le plaisir qu'elle en avait éprouvé ne faisait qu'accroître sa mauvaise conscience.

— Je suis conscient de votre détresse. J'en ai été bien involontairement responsable. Hier soir, j'ai essayé d'apaiser vos peurs en vous montrant combien la relation entre un homme et une femme peut être agréable, mais le résultat a été à l'opposé de mes espoirs. Aujourd'hui, j'ai essayé de vous rassurer quant à l'avenir de nos gens.

Au lieu de rasséréner Fayth, ses paroles firent naître un torrent d'émotions dans son cœur et des mots désordonnés se bousculèrent dans sa tête. Ses mains tremblaient et elle dut les garder dans le creux de sa robe pour ne pas montrer sa nervosité.

— Apaiser mes peurs ? dit-elle d'une voix furieuse. Etait-ce donc là votre but ?

Elle se leva brusquement et lui fit face, le visage blême.

— Sans le dire vraiment, vous avez admis votre participation dans la mort de mon père, et vous croyez encore que j'ai perdu mon honneur ! Pensez-vous vraiment que je suis prête à me donner à vous librement, alors que je vous sais capable de me faire jeter en prison si je ne parviens pas à vous prouver que je suis vierge ? Oh, mais vous allez me dire que je me suis déjà abandonnée dans vos bras, n'est-ce pas ?

Elle reprit son souffle et continua, incapable de s'arrêter, comme si une digue s'était brisée en elle.

Giles l'écoutait en silence, l'air surpris par la véhémence de son réquisitoire.

— J'ai dormi dans votre lit, je vous ai laissé me caresser

et j'en ai même éprouvé du plaisir. Et cependant vous restez aussi rigide et refusez de me pardonner si jamais j'attends un enfant qui ne serait pas de vous ? Qu'en feriez-vous si je venais à lui donner le jour ? Le confieriez-vous à un couvent ou à un villageois, avant de prendre votre plaisir avec moi et de concevoir des fils qui seraient bien à vous ? Auriez-vous peur d'élever sous votre toit un bâtard ou seulement le fils ou la fille d'un Saxon ?

En voyant les traits de Giles se durcir et ses yeux étinceler, elle sut qu'elle avait passé les bornes.

Il se leva si brutalement que son tabouret se renversa.

Fayth recula de plusieurs pas, apeurée, mais il la rejoignit en une seule enjambée.

Heureusement, à cet instant, Brice s'interposa entre eux et lui parla à voix basse en breton. Trop vite pour qu'elle puisse saisir un seul mot.

Avant que la fureur de Giles ait pu se déchaîner, elle contourna la table et s'enfuit de la grande salle, terrifiée. Jamais elle n'avait vu le visage d'un homme aussi déformé par la rage. Une rage meurtrière, incontrôlable.

Traversant la cour d'honneur en courant, elle alla se réfugier dans la chapelle. Puis, la porte refermée derrière elle, elle suivit l'allée centrale jusqu'à la balustrade de bois qui séparait la nef du chœur.

Comme il n'y avait aucun endroit où se cacher, elle s'assit ou, plutôt, s'effondra sur la pierre froide des marches de l'autel, car ses jambes ne la soutenaient plus. Là, elle attendit d'avoir repris sa respiration et que son cœur batte un peu moins vite.

Comment avait-elle pu être aussi stupide ? Ces derniers jours, elle avait su se rendre utile et gagner la considération de Giles en faisant l'inventaire des provisions du château ; mais ses doutes de la nuit dernière, le plaisir qu'elle avait éprouvé dans les bras d'un envahisseur qu'elle aurait dû haïr, n'avaient pas cessé de la tourmenter, jusqu'à lui faire perdre cette maîtrise de soi dont elle était si fière…

N'aurait-elle pas dû lui être reconnaissante d'avoir confirmé sa place de châtelaine auprès de ses gens ? Au lieu de cela, elle s'était lancée dans une diatribe vengeresse et avait réussi à le mettre en fureur. Qu'avait-il commis de mal, hormis éveiller ses sens et lui faire connaître des plaisirs qu'elle n'avait pas même imaginés ?

Certes, il avait pris sa part dans le combat qui avait opposé Harold au duc de Normandie, mais, comme il le lui avait dit, il s'était battu pour son suzerain. Son père s'était battu pour le sien. Où était la différence ?

Elle soupira.

Les hommes étaient et seraient toujours ainsi. C'était dans leur nature de se battre pour l'honneur, la terre et le pouvoir. Quatre mille nobles saxons avaient péri à Hastings… Autant de fiefs à distribuer aux hommes qui avaient suivi le duc et avaient lutté vaillamment pour défendre sa cause. Ces derniers, sans doute, ne traiteraient pas leurs nouveaux sujets avec autant de magnanimité que Giles. Elle aurait pu être obligée de se marier avec un homme dur et cruel, qui l'aurait battue et violée…

Après l'avoir vu confirmer les droits de ses gens et ses droits de châtelaine, elle savait qu'il était un meilleur maître que la plupart des autres bénéficiaires des largesses du nouveau roi d'Angleterre. Les promesses qu'il avait faites aujourd'hui étaient les mêmes que celles que son père aurait faites et honorées s'il avait été en vie. Or, à cause de sa réaction émotionnelle et de son incapacité à le juger sur ses actes, elle avait détruit à jamais le respect et l'estime qui étaient en train de naître entre eux.

Elle était assise depuis un long moment, réfléchissant

à ce qu'elle avait fait et à ses sentiments quant à sa place dans ce château normand, ou plutôt breton, lorsque la porte qui conduisait au logis du chapelain s'ouvrit. En voyant le père Henry entrer, Fayth voulut se lever, mais ses jambes refusèrent de lui obéir. Le prêtre s'inclina devant l'autel, passa quelques instants en prière, puis se tourna vers elle.

— Ça ne va pas, mon enfant ?

— Non, mon père. J'ai mal au cœur et je ne me sens pas bien, répondit-elle sans prendre la main qu'il lui tendait.

Il n'était pas un homme très robuste et elle craignait qu'il ne tombe avec elle, s'il cherchait à la relever.

— A moi aussi, votre père me manque, Fayth.

Il lui sourit et elle eut peur de fondre de nouveau en larmes devant sa compassion.

— Vous survivrez à cette épreuve. Vous êtes forte.

— J'essaie de l'être et de faire honneur à mon père. J'aimerais tellement qu'il soit fier de moi, là-haut, mais…

Elle s'interrompit, incapable de terminer sa phrase.

— C'était plus facile quand il était là pour vous guider, n'est-ce pas ? Quand il vous suffisait d'être une fille respectueuse et obéissante.

— Hélas oui, mon père… Aujourd'hui, il n'y a plus personne pour me conseiller dans les décisions, petites ou grandes, que je dois prendre. Je suis seule. Désespérément seule.

Le père Henry lui tendit derechef la main, et cette fois il ne souffrit pas qu'elle la refuse. Il l'aida à garder son équilibre tandis qu'elle tirait sur les plis de sa robe et remettait en place son voile.

— Il est prêt à vous écouter et à vous conseiller, ma fille.

Fayth se demanda si le chagrin n'avait pas altéré les

facultés mentales du brave chapelain. Pensait-il que son père pouvait lui parler au-delà de la mort ?

— Il, mon père ? De qui voulez-vous parler ?

Le chapelain eut un mouvement du menton vers l'entrée de la chapelle.

— Lui, messire Giles.

Fayth n'eut pas besoin de tourner la tête pour savoir que son mari venait d'entrer dans le sanctuaire.

— Il est venu me voir et m'a demandé d'aller m'occuper de vous. Il m'a dit que sa colère vous avait beaucoup effrayée et qu'il le regrettait, car il ne veut pas que vous ayez peur de lui.

— Il vous a dit cela ? s'étonna-t-elle à voix basse.

— Oui. Ce n'est pas un mauvais homme, ma fille. J'ai retrouvé en lui beaucoup de votre père au même âge. Je pense que vous pouvez lui faire confiance.

— Vous le pensez vraiment ?

Fayth fut surprise et un peu choquée par la confiance affichée par le père Henry dans le nouveau seigneur de Taerford.

Le chapelain hocha la tête.

— Il a sans doute commis des erreurs dans ses efforts pour imposer son autorité, mais il est désireux de les corriger. On ne peut pas en dire autant de tous les autres chefs normands, n'est-ce pas ? En outre, vous êtes sa femme légitime, désormais. Votre place est auprès de lui, que ce soit votre père ou un autre qui l'ait choisi.

Une façon euphémique, à tout le moins, de décrire les événements qui avaient conduit à son mariage, mais Giles Fitzhenry était son mari, qu'elle le veuille ou non. Mais une autre question, plus intime, la tourmentait. Une question qu'elle ne pouvait guère poser à un prêtre… Quoique, pourquoi pas ?

— Mon père, pensez-vous que je trahis mon peuple et tous ceux qui sont morts pour défendre la cause du roi en partageant sa couche ?

Le chapelain soupira.

— Ma fille, vous avez prononcé les mots qui vous unissaient à lui devant moi et devant Dieu, dans cette chapelle. Quelles que soient les raisons pour lesquelles vous avez consenti à ce mariage, vous êtes maintenant sa femme et, hormis Sa Sainteté, personne ne peut rompre les liens qui vous unissent.

Il l'attira plus près de lui et baissa la voix.

— Et si vous trouvez du plaisir dans l'accomplissement de vos devoirs d'épouse, je vous assure que Notre-Seigneur ne vous en tiendra pas rigueur. Moi non plus, naturellement.

Fayth sentit des larmes envahir ses yeux et elle les essuya du revers de sa main.

— Maintenant, ma fille, voulez-vous lui parler, ou bien préférez-vous que je le renvoie ? dit encore le père Henry en se redressant.

A moins de décider de rester dans la chapelle jusqu'à la fin de ses jours, Fayth devait faire face à son mari et trouver un *modus vivendi* avec lui, si elle ne voulait pas que sa vie devienne un calvaire. Le fait qu'il soit allé voir le père Henry et lui ait demandé d'intercéder auprès d'elle était de bon augure. Elle savait pertinemment que la plupart des autres nobles normands ne se seraient pas encombrés de pareils scrupules, alors qu'ils auraient pu obtenir sa soumission par la force, sans peine et plus vite. C'était des récits d'atrocités de ce genre qui l'avaient poussée à consentir à son mariage avec Edmund.

— Je vais aller lui parler, mon père.

— C'est bien, ma fille. Laissez-moi vous accompagner.

Le père Henry lui tendit le bras et Fayth y posa sa

main, heureuse d'avoir un soutien, même minime, car ses jambes se ressentaient encore de l'épreuve qu'elle venait de subir.

Lentement, ils descendirent l'allée centrale, vers Giles qui attendait à l'entrée de la chapelle.

— Messire, voulez-vous demeurer dans ce lieu saint pour parler avec votre épouse ? proposa-t-il. La présence de Dieu peut être bonne conseillère dans les situations de ce genre.

Avant que Giles ait eu le loisir de répondre, le religieux s'éloigna et tira deux chaises au milieu de l'allée. Les plaçant face à face, il hocha la tête et sourit.

— Messire, madame, si vous voulez bien vous asseoir...

L'estomac noué, Fayth s'assit et attendit que Giles parle. Mais, de nouveau, ce fut le père Henry qui prit la parole.

— Désirez-vous que je reste à vous, messire ?

Elle sourit. C'était à elle que cette question s'adressait en réalité. Giles dut le deviner lui aussi car il s'enquit d'une voix calme et posée :

— Madame, voulez-vous que le père Henry reste ?

En prononçant le nom du prêtre, il avait eu une intonation plus française que saxonne.

— Non, messire. Notre chapelain a sans nul doute d'autres tâches plus importantes à accomplir et je ne voudrais pas le retenir inutilement.

Le père Henry s'inclina brièvement et s'en fut vers l'autel, devant lequel il resta quelques instants en prière avant de quitter la chapelle.

Quand Fayth osa regarder Giles, elle ne vit pas l'homme fou de rage qu'elle avait quitté, mais le mari gentil et aimable auquel elle s'était peu à peu habituée.

Dès que la porte du lieu saint se fut refermée sur le chapelain, Giles inspira profondément.

— Madame, aimeriez-vous connaître la vérité sur l'homme que vous avez épousé ?

Chapitre 10

Giles scruta le visage de Fayth. Son teint était encore très pâle et elle n'osait pas croiser son regard. Il comprenait qu'elle ait eu peur, car il avait bien failli perdre sa maîtrise de soi et la frapper dans la grande salle. Sans l'intervention providentielle de Brice, il aurait sans doute commis un geste irréparable.

De toute sa vie, il n'avait jamais levé la main sur aucune femme, pas même une domestique, même si, maintes fois, il avait lui-même subi des sévices corporels. Avec ses hommes, il lui était arrivé de devoir maintenir la discipline le fouet à la main, mais jamais il n'avait agi sous l'emprise de la colère. Maintenant, alors qu'il essayait de rester calme et rationnel, il se demandait ce qu'il y avait chez elle pour qu'il perde aussi facilement son sang-froid en sa présence — sa fureur aujourd'hui, mais aussi les pulsions de son corps la veille au soir et la nuit de leur mariage. Dans la lumière crue et froide du jour, il prenait des résolutions, mais, dès que venait la nuit, dans l'intimité de leur chambre, il perdait complètement la tête.

— Brice m'a dit que je ne pouvais pas vous en vouloir de m'avoir insulté, car vous ne saviez pas de quelle manière j'allais recevoir vos paroles, dit-il en pesant soigneusement ses mots.

— Le seul fait de vous jeter au visage mes accusations

était déjà une insulte, messire, murmura-t-elle. Cela aurait suffi à la plupart des hommes pour se mettre en fureur et frapper.

Elle soupira et leva vers lui des yeux baignés de larmes.

— J'ai l'impression, ces derniers jours, d'avoir vécu un cauchemar — un cauchemar qui m'a empêché d'agir d'une façon mesurée et raisonnable.

Savait-elle qu'il avait éprouvé les mêmes tourments ? Même s'il soupçonnait que son impulsivité était due en partie à l'attirance physique qu'elle exerçait sur lui et à tout ce qu'elle pourrait lui offrir.

— Je pense que vos peurs viennent en partie de votre ignorance de ce qui s'est passé hors de nos murs. Les changements se sont produits à la vitesse d'un cheval au galop en Angleterre et plus rien ni personne ne peut les arrêter.

— Des changements auxquels vous semblez favorable, messire, dit-elle en se penchant en avant et en croisant de nouveau son regard.

— Comment n'y serais-je pas favorable, alors que je suis l'un des bénéficiaires de ces changements ? Malgré cela, je comprends que vous et votre peuple les redoutiez, car vous avez tout à y perdre et rien à y gagner.

Fayth soupira.

— Le père Henry m'a dit que je devrais chercher conseil auprès de vous. Croyez-vous que ces vérités que vous venez de m'asséner vont accroître mes peurs ou m'aider à les surmonter ?

Il se leva et s'éloigna de quelques pas.

— Ce que j'ai à vous dire ne vous sera peut-être d'aucun réconfort, madame, mais j'espère au moins que nos relations en ressortiront un peu apaisées.

Visiblement, elle hésitait, ne sachant trop quel parti

prendre. Le père Henry lui avait parlé de son courage et de sa force de caractère, des qualités qu'elle aurait hérité de sa mère. Il attendit patiemment qu'elle prenne une décision.

Au bout d'un moment, Fayth soupira et hocha la tête.

— Bien, dites-moi ce que vous avez à me dire, mon mari.

— Je ne suis pas noble de naissance, madame. Mon père l'était, mais il ne m'a jamais reconnu. Ma mère était une pauvre lavandière qu'il a séduite, puis abandonnée.

— Voilà donc pourquoi vous n'avez pas l'habitude d'être servi ?

— Oui. Un bâtard est obligé de faire son chemin seul dans le monde et, souvent, même les domestiques le regardent de haut et refusent de le servir.

— C'est donc pour cela aussi que vous n'avez pas de valet de chambre.

— Je n'en ai jamais éprouvé le besoin. Comme beaucoup de chevaliers, je me contente d'un écuyer pour prendre soin de mes armes et de mon cheval.

— Vous n'aimez pas non plus avoir quelqu'un derrière vous qui vous écoute et suive chacun de vos gestes. Cela vous met mal à l'aise.

— Je ne vous savais pas aussi observatrice, madame.

Son embarras avait-il été aussi évident ? Il se mit à marcher de long en large.

— C'est seulement hier soir que je l'ai remarqué, messire. C'est pourquoi je suis descendue de mon lit pour vous servir à boire.

Elle rougit, au souvenir sans doute de ce qui était arrivé entre eux, après qu'elle lui avait offert un gobelet de vin. Il valait mieux ne pas poursuivre sur ce sujet, pour le moment du moins.

— Chez mon père, j'étais assis au bas de la table, avec les domestiques, et je n'ai donc aucune expérience de la façon dont un seigneur doit se conduire pour être respecté. Je ne sais pas si je parviendrais jamais à l'acquérir… domestique un jour, domestique toujours.

Il sourit. Un sourire un peu contraint.

— Grâce à Dieu, le duc a eu assez de bon sens pour faire de moi seulement un baron. Un nobliau de campagne n'a pas besoin d'être au fait des préséances et de tout le cérémonial auxquels sont assujettis les grands seigneurs. Nous sommes encore assez près du peuple pour garder nos pieds sur terre.

— Ainsi, votre duc a jugé bon de récompenser les hommes qui avaient eu à relever les mêmes défis que lui…

Il rit. Tout en restant parfaitement polie, elle avait osé dire que le duc de Normandie était un bâtard. Tout le monde le savait et le duc ne s'en cachait pas. Au contraire, il s'en glorifiait. Mais ceux qui avaient osé le lui rappeler l'avaient payé chèrement, souvent de leur vie.

Quand il avait appris que le duc lui avait donné Taerford, il avait cru un moment qu'il avait décidé de récompenser un homme qui avait eu à franchir les mêmes obstacles que lui au début de sa vie ; mais lorsqu'il s'était rendu compte que ses terres et celles de ses amis se trouvaient dangereusement proches de celles encore tenues par les partisans de Godwinson il avait compris qu'il y avait eu d'autres motivations, moins avouables, derrière ses largesses.

— Au fil du temps, je me suis demandé si ce n'était pas le contraire qui était vrai, madame. Nous sommes trois à avoir reçu des fiefs, avec mission de les prendre et de les tenir l'épée à la main, tous les trois bâtards de nobles bretons et élevés ensemble avec mon demi-frère, Simon, par un de mes oncles. Devant la difficulté de la tâche, je soupçonne le duc et son entourage de nous avoir plus ou moins sacrifiés, afin de ne pas exposer les fils légitimes de nobles et puissants seigneurs.

— C'est abominable ! s'insurgea-t-elle. Se servir de vous de cette façon…

Elle ne termina pas sa phrase.

— Peut-être, mais c'est un calcul judicieux. Mes deux amis et moi-même n'avons pas de terres et aucun allié puissant susceptible de se révolter si nous venions à périr en prenant ou en tenant les fiefs qui nous ont été dévolus. A nous tous les risques et, une fois le travail effectué, si jamais nous venions à périr, le duc n'aurait aucune peine à trouver d'autres hommes, de plus haute extraction, pour nous succéder.

Pourquoi ne s'en étaient-ils pas rendu compte dès le début ? Probablement parce que Brice et lui avaient été trop abasourdis par une largesse aussi inattendue pour examiner de plus près les raisons de la générosité du duc. Sans parler de la blessure de Soren… Pendant plus d'une semaine, leur ami avait été entre la vie et la mort, après le coup qu'il avait reçu à la fin de la bataille, quand les dernières troupes de Harold se rendaient ou s'enfuyaient.

— Brice serait-il l'un des amis dont vous avez fait mention, messire ? s'enquit Fayth. A-t-il lui aussi bénéficié des largesses du duc ?

Giles s'esclaffa.

— Vous pensez peut-être qu'il a une âme de martyr, après avoir été obligé de travailler avec vous ces derniers jours ?

Elle sourit et, l'espace d'un instant, ses yeux verts s'illuminèrent. Elle était si belle, quand aucun souci ne venait ternir son visage !

— Jamais je n'oserais le dire devant lui et je vous prie de ne pas le lui répéter, mais il semble ne vouloir que votre bien et met toute son énergie à vous soutenir. En a-t-il toujours été ainsi entre vous ?

— Oui, et avec Soren également. J'espère que vous le rencontrerez bientôt.

Les mots lui avaient échappé et, aussitôt, il secoua la tête.

— Non ! Ce serait trop dangereux. Aucune femme ne résiste à son charme. Je ne le laisserai nous rendre visite seulement quand il se sera rendu maître de son fief et qu'il aura convolé en justes noces.

Cette fois, ce fut elle qui s'esclaffa.

— Avez-vous réellement aussi peur de ses talents de séducteur ?

— Vous ne le connaissez pas. Il attire les femmes comme le miel attire les abeilles. Depuis que je le connais, il n'a pour ainsi dire jamais passé une nuit tout seul.

— Je m'en souviendrai s'il vient nous rendre visite, messire. Avec Emma pour me chaperonner, je parviendrai peut-être à ne pas tomber dans ses rets.

— Ah, vous dites cela pour plaisanter, madame, mais vous ne savez pas ce dont il est capable pour séduire une femme.

— Néanmoins, vous l'autoriserez à nous rendre visite ?

— Si Dieu le veut, il nous rejoindra à la fin de l'hiver. Il a été frappé par-derrière pendant la bataille de Hastings, mais d'après les dernières nouvelles que j'ai reçues, il survivra. Le duc lui a également promis un fief dans le Nord.

Giles se tut et, se tournant vers l'autel, pria pour que Soren survive et puisse un jour prendre possession de ses terres.

Fayth respecta son silence quelques instants avant de lui demander :

— Avez-vous des frères ou des sœurs, messire ?

— Non, ma mère n'a pas eu d'autres enfants.

— Vit-elle encore ?

Il secoua la tête tristement.

— Hélas, elle est morte il y a dix ans.

— J'en suis désolée. Au fait, quel âge avez-vous ?

— Vingt-trois ans, et vous dix-huit, si je ne m'abuse.

— Ainsi, vous connaissez mon âge ?

— Bien sûr ! Dès que j'ai su que j'allais devoir vous épouser, j'ai voulu savoir si ma femme allait être une vieille haquenée défraîchie ou une jeune pouliche fringante et pleine de vie.

— Une précaution judicieuse, mais vous avez oublié de demander si je n'étais pas une petite écervelée, comme je l'ai été ces derniers jours, fit-elle remarquer sur un ton moqueur.

Il revint vers elle et se rassit sur la chaise.

— Une petite écervelée ? Je ne le crois pas. Cela fait quelques semaines seulement que je me suis rendu maître de Taerford et je peux imaginer facilement la colère et la rancœur que j'aurais ressenties si j'avais été à votre place. Vous avez perdu tous ceux qui vous étaient chers, avec pour toute compensation un chevalier bâtard comme mari, alors que, très certainement, votre père avait formé des projets beaucoup plus ambitieux pour vous. Je pense quand même être assez grand seigneur pour vous pardonner cette faiblesse, ne croyez-vous pas ?

La voix de Brice résonna à l'extérieur, lui rappelant toutes les tâches qu'il avait à accomplir, mais un autre sujet lui tenait à cœur. Un sujet brûlant qui risquait de briser la trêve qu'il venait de conclure avec Fayth, mais qu'il ne voulait pas éluder.

— Parlez-moi d'Edmund, madame.

La frayeur parut derechef dans le regard de Fayth. Il s'empressa de la rassurer.

— Je veux seulement savoir s'il a une emprise sur vous.

— Je ne porte pas son enfant dans mon ventre, messire.

Une lueur brilla dans ses prunelles, comme si une idée venait de lui traverser l'esprit.

— C'est à cause de votre propre naissance que vous voulez le savoir, n'est-ce pas ?

Oui, madame, fit-il d'une voix calme et posée. Croyez bien que je n'ai jamais songé à faire du mal à cet enfant s'il s'avérait… Je désirais seulement connaître la vérité.

— Je n'attends aucun enfant de lui, ni de personne d'autre, messire. Quant à Edmund, il aurait eu une emprise sur moi seulement si nous nous étions mariés. Aujourd'hui, je pense que ses prétentions sur Taerford sont moins légitimes que les vôtres.

— Il n'a donc aucune place dans votre cœur ? s'enquit-il en prenant l'une de ses mains dans les siennes.

Il lui caressa doucement l'intérieur du poignet avec son pouce et fut content de voir qu'elle n'avait aucun mouvement de recul.

— Edmund a été un frère pour moi, messire, le frère que j'aurais aimé avoir. Mais il n'y a aucun autre attachement entre nous. Simplement, lui et moi pensions que c'était notre devoir de nous marier, pour nos gens, pour Taerford et pour l'Angleterre.

— Votre père ne vous a pas fiancés avant de partir guerroyer dans le Nord avec Harold ?

— Non. Edmund est issu d'une grande famille saxonne… et je pense que ses parents avaient arrangé un autre mariage pour lui.

Il a été élevé en partie à Taerford, mais il n'a jamais été question de fiançailles entre nous. Jusqu'à…

Elle ne finit pas sa phrase.

— En quelle qualité servait-il votre père, madame ?

Il retint sa respiration, car il soupçonnait qu'Edmund n'avait jamais été réellement au service du baron de Taerford.

— Comme je vous l'ai dit, messire, Edmund a été élevé ici.

Elle n'avait pas l'intention de confirmer ses soupçons, croyant, probablement, protéger Edmund d'une façon ou d'une autre.

— Quand est-il arrivé à Taerford ? Combien de temps après la bataille de Hastings ?

Cela pouvait lui donner une indication quant aux projets d'Edmund et jusqu'à quel point il avait pu les mettre à exécution avant son arrivée.

— Quelques jours seulement avant vous, messire, juste après que j'ai reçu votre missive. Il avait envoyé un appel à d'autres seigneurs saxons, afin qu'ils le rejoignent et organisent un foyer de résistance à Taerford.

Ainsi son arrivée avait empêché la constitution de ce foyer de résistance. Il recevait presque chaque jour des messages des autres seigneurs normands, le prévenant de l'existence de bandes de rebelles dans la région.

— Et maintenant ? Savez-vous où se trouvent Edmund et ses hommes, madame ?

— Je n'ai aucune idée de l'endroit où il est. Je ne sais même pas s'il est encore en vie. Je l'ai vu pour la dernière fois quand vous l'avez chassé de Taerford, enchaîné et sous la garde de vos hommes.

A son expression, il était visible qu'elle n'était pas sûre qu'il lui ait laissé la vie sauve.

— Si c'est cela qui vous inquiète, madame, j'ai obéi à votre requête et ordonné à mes hommes de le relâcher dès qu'il aurait franchi les limites de mes terres.

Il se leva, lui lâcha la main et s'éloigna de deux ou trois pas.

— Cependant, s'il revient sur mes terres, je le ferai mettre à mort.

Fayth frissonna.

A cet instant, Brice frappa à la porte de la chapelle et la poussa avant qu'ils aient eu le temps de réagir.

— Messire, madame, dit-il en inclinant légèrement la tête. La journée est bien avancée et il y a beaucoup à faire. Avez-vous terminé ou bien avez-vous besoin d'encore un peu de temps pour parvenir à un accommodement ?

— Brice, va-t'en ! Laisse-nous tranquilles ! s'exclama Giles sur un ton irrité. Nous n'avons pas encore fini, Fayth et moi.

— Le soleil a percé les nuages, messire. Il faut en profiter. Hâtez-vous.

Il referma le battant et appela quelqu'un dans la cour, assez fort pour qu'ils l'entendent à travers la porte de chêne.

— Je devrais y aller, messire, dit Fayth en se levant.

— Attendez encore quelques instants, madame.

Il y avait un autre sujet important dont il voulait s'entretenir avec elle. Avant de parler, il prit le risque de reprendre ses mains dans les siennes.

— C'est à propos de la mort de votre père. Je sais seulement que j'ai combattu dans l'aile gauche de l'ost du duc, là où étaient rassemblés tous les combattants bretons, sous le commandement de mon oncle, Alain Fergant. Je n'ai aucun moyen de savoir où votre père a combattu ce jour-là et si nous avons pu être engagés l'un contre l'autre.

Il l'attira plus près de lui et, lâchant l'une de ses mains, remit en place le bandeau qui retenait son voile. Elle ne s'était pas même rendu compte qu'il était de travers.

— Si vous voulez me haïr, haïssez-moi pour des choses

que j'ai faites et non pour des actes dont je ne puis être tenu responsable.

Elle ne croisa pas son regard. Au lieu de cela, elle garda les yeux fixés sur la preuve de la mort de son père, l'anneau qui pendait, au vu et au su de tous, à une chaîne autour du cou de Giles.

— Mais vous avez son sceau, messire.

Si Fayth avait parlé durement, c'était à cause du chagrin qu'elle ressentait chaque fois qu'elle voyait cet anneau.

— Vivant, jamais il ne s'en serait séparé volontairement.

Giles secoua la tête.

— Le conseiller du duc me l'a donné en même temps que le parchemin attestant de mes droits sur Taerford et le contrat de fiançailles établi par le duc. Je ne l'ai pas pris sur la main de votre père.

— Vraiment ?

Depuis qu'elle avait vu cette chaîne autour de son cou, elle n'avait cessé d'être la proie de visions terribles lui montrant ce chevalier breton, son mari, tuant son père et lui arrachant son sceau et les autres objets de valeur qu'il portait sur lui. Ces visions l'avaient encore plus tourmentée après qu'elle s'était abandonnée à ses caresses et à ses baisers.

Giles embrassa ses mains l'une après l'autre, avant de plonger son regard dans le sien.

— Je ne le lui ai pas arraché, mais n'allez pas croire pour autant que je ne peux pas avoir été celui qui l'a tué. J'ai occis de nombreux adversaires sur le champ de bataille ce jour-là. Encore une fois, la chose est possible.

Brice appela encore une fois depuis la cour et elle vit un sourire éclairer les traits de Giles.

— Vous voyez à quel point il peut être exaspérant parfois, messire ?

Il porta de nouveau ses mains à sa bouche, mais en les retournant pour embrasser l'intérieur de ses poignets. Ces baisers embrasèrent les reins de Fayth et firent battre son cœur si fort qu'elle en sentit les battements sur ses lèvres.

— Je ne vous demande pas d'oublier tout ce qui nous sépare, madame, mais seulement de nous laisser un peu dc temps pour nous habituer l'un à l'autre avant de me juger.

Une requête étrange de la part d'un homme qui s'était frayé son chemin l'épée à la main et avait écarté sans pitié tous ceux qui voulaient l'empêcher de prendre possession de Taerford et de l'épouser. Un homme qui avait eu le bon droit pour lui, car il avait agi sur ordre de son suzerain, Guillaume duc de Normandie et maintenant roi d'Angleterre. Un homme qui avait assez de force et de pouvoir pour imposer sa loi, à elle et à ses gens.

— Très bien, murmura-t-elle.

— Brice est pressé de retourner au travail. Venez, je vais vous emmener au village afin que vous puissiez y commencer votre inventaire.

— Au village, messire ? s'enquit-elle sans pouvoir dissimuler son étonnement.

Qu'est-ce qui avait bien pu le faire changer d'avis ?

— Vous pourrez vous y rendre seulement avec ma permission expresse et jamais sans Brice ou Roger pour vous accompagner. Nous sommes d'accord sur ce point, madame ?

— Oui, messire.

Elle se sentit le cœur plus léger à l'idée qu'elle allait enfin pouvoir quitter le château, même brièvement, et voir par elle-même comment les villageois et les vilains parvenaient à survivre et à réparer les dégâts causés aux terres et aux maisons lors de l'attaque.

Giles ouvrit la porte de la chapelle et elle le suivit dans la cour, où le soleil brillait comme l'avait annoncé Brice. Giles s'arrêta pour parler à son ami, qui lorgnait vers elle avec un mélange d'inquiétude et de compassion. Craignait-il que Giles l'ait frappée ou malmenée d'une façon ou d'une autre ?

Du reste, tous ceux qui étaient dans la cour s'étaient arrêtés de travailler et la regardaient — même le père Henry, qui se tenait auprès du puits, occupé à parler avec Durwyn.

A l'évidence, son altercation avec Giles dans la grande salle et sa fuite à la chapelle avaient attisé leurs craintes à son égard. Après s'être excusé auprès de Giles, elle se dirigea vers le chapelain.

— Comment allez-vous, madame ? s'enquit-il en scrutant son visage. Me suis-je trompé en accordant une certaine confiance à la parole de notre nouveau maître ?

— Je pense que nous avons réglé une partie de nos problèmes, mon père, répondit-elle avec un hochement de tête, tout en regardant Giles à la dérobée. Lui aussi la regardait. Et l'éclat qui brillait dans ses yeux ne laissait aucun doute sur la nature de ses pensées. Le corps de Fayth n'avait pas oublié les caresses de ses mains et brûlait de les connaître de nouveau. Elle frémit, malgré la chaleur du soleil, et s'efforça de chasser de son esprit ces pensées par trop troublantes pour écouter les sages recommandations du chapelain.

— Le mariage n'est pas une chose facile, même en temps de paix et entre époux épris l'un de l'autre, or votre devoir est de vous plier aux désirs de votre mari et d'accepter son autorité. Si votre père était encore en vie, je suis sûr qu'il vous aurait prodigué le même conseil.

— Même si mon mari est un ennemi de mon peuple ?

Comment cela pouvait-il être compatible avec la loyauté et la fidélité qu'elle devait à la cause saxonne ?

— Parmi ces envahisseurs normands, lui répondit le religieux à voix basse, nombreux sont ceux qui refusent d'honorer leur serment d'épouser les filles des seigneurs saxons déchus. Certains les ont traitées… brutalement, avant de les chasser sans pitié hors de leurs terres. J'ai entendu de terribles récits à ce sujet.

Il lui tapota la main paternellement et lui sourit.

— Votre seigneur et maître est un homme rude à certains égards, mais il a l'air juste et semble vouloir chercher un terrain d'entente avec vous et avec ses nouveaux sujets. Il n'y a rien de mal à l'aider à le trouver, ma fille, et, pour ma part, je n'y vois aucune trahison.

Les paroles du père Henry firent renaître un peu d'espoir dans le cœur de Fayth. Elle ne pourrait jamais oublier la part que Giles avait prise dans la bataille entre son peuple et le sien, mais ce n'était pas un péché de lui permettre de trouver sa place à Taerford, à condition, naturellement, qu'il ne cherche pas à l'opprimer ou à opprimer ses gens.

— Madame ?

En entendant son mari l'appeler, elle se retourna.

— Il est temps d'aller au village. Allez chercher ce dont vous avez besoin au logis et nous partirons dès que vous serez prête.

Le sourire du père Henry s'accentua.

— Vous voyez ? Il vous écoute et vous ménage. Allez, maintenant, ma fille. Obéissez à votre mari.

Après une dernière hésitation, Fayth se dirigea vers le logis seigneurial afin d'aller chercher un manteau et les parchemins dont elle avait besoin pour dresser l'inventaire des provisions dont ils pouvaient disposer hors du château.

Chapitre 11

— L'as-tu prise de force sur le sol de la maison de Notre-Seigneur ? s'enquit Brice à mi-voix, tandis que Fayth s'éloignait vers ses appartements.

Giles lui décocha un regard qui a lui seul aurait dû suffire à convaincre son ami qu'il était à cent lieues de la vérité, mais Brice se contenta de hausser les épaules.

— Tu es resté bien longtemps avec elle, Giles.

— En dépit de ce que Soren a pu te raconter, mon ami, il y a des choses qui ont besoin de temps pour être accomplies. Tu le découvriras bientôt à Thaxted, j'en suis certain.

— Aussi bien, quand j'arriverai là-bas, je serai accueilli en héros et en triomphateur. Rien que pour te faire crever de jalousie.

— Je te le souhaite sincèrement et j'ajouterai ton vœu à mes prières du soir au Tout-Puissant.

Ils rirent, puis Giles redevint grave.

— C'est un peu comme si un abcès avait été percé. Trop de choses s'étaient accumulées entre nous…

— Tu parviendrais au même résultat avec une bonne partie de jambes en l'air, mon cher baron. Du moins, c'est ce que dirait Soren, repartit Brice gaiement.

— Je prie pour qu'il en soit ainsi, messire baron de Thaxted. Bientôt et souvent.

Ils parcoururent en silence le chemin qui leur restait jusqu'aux écuries et se mirent en selle sur les chevaux que leurs écuyers avaient apprêtés. Leur escorte, quatre hommes armés de pied en cap, était déjà à cheval, prête à les accompagner.

Tandis qu'ils attendaient le retour de Fayth, Giles prit dans sa main l'anneau suspendu à son cou et l'examina. Le sceau de Bertram de Taerford était une grosse pierre rouge gravée à ses armes — un oiseau aux ailes déployées, les serres ouvertes. Il remarqua une entaille sur le côté, d'évidence produite par un choc violent. La marque d'un coup de hache qui aurait sectionné le doigt ? Il comprenait mieux pourquoi Fayth était aussi bouleversée chaque fois qu'elle le voyait.

Il leva les yeux. La jeune femme venait de sortir du logis seigneurial. Eperonnant sa monture, il la rejoignit et lui tendit la main.

— Vous ne pouvez pas vous rendre à pied au village, dit-il en la voyant hésiter. Ce serait trop dangereux.

Elle rassembla ses jupes, accepta sa main et, posant un pied sur le sien, monta en croupe derrière lui. Dès qu'elle fut installée et qu'il sentit ses bras autour de sa taille, il donna le signal du départ.

Comme ils franchissaient les portes du château et descendaient le chemin sinueux conduisant au village dont les maisons se blottissaient dans un creux, au bord de la rivière, le corps de Giles réagissait au contact par trop troublant des bras et de la poitrine de Fayth, au point que très vite il se contracta. Une sensation partagée par la jeune femme, car elle remuait nerveusement derrière lui, ce qui ne faisait qu'accroître encore sa tension.

— Arrêtez de bouger, madame, dit-il d'une voix rauque. N'êtes-vous donc jamais montée à cheval auparavant ?

— Vous êtes trop grand, messire. Je ne peux rien voir, à part vos épaules, pendant que nous chevauchons.

Pour Giles, c'était mieux ainsi, car, au moins, il la protégeait avec son corps ; mais Fayth semblait désirer de voir le paysage alentour, sans doute pour se rendre compte de l'état des champs et des chaumières.

— Madame, je ne suis pas sûr de votre sécurité hors des murs du château. Ne me donnez pas des raisons d'y retourner.

Brice le regarda avec un sourire narquois, visiblement amusé par la situation. Il avait effectué maintes patrouilles et n'avait trouvé aucune trace de bandes rebelles, mais ses rapports n'avaient pas suffi à rassurer son ami. Si les soupçons de Giles étaient fondés, Edmund et sa bande ne devaient pas être très loin de Taerford, dissimulés dans la forêt, probablement.

Quelques instants plus tard, ils parvinrent à l'entrée du village, où une autre escouade de ses hommes les attendait. Giles les répartit le long de la rue principale tandis que Brice aidait Fayth à mettre pied à terre. Pour sa part, il n'avait pas l'intention de descendre de cheval : il voulait pouvoir réagir rapidement en cas d'attaque. Son arc et son épée à portée de main, il se positionna à un endroit un peu en hauteur, d'où il pouvait surveiller l'arrivée éventuelle d'une troupe ennemie.

Tout en restant ainsi sur ses gardes, il suivit des yeux Fayth, qui cheminait le long de la rue en terre battue, chaleureusement accueillie par les villageois. Très vite, la nouvelle de sa présence se répandit et d'autres vilains accoururent pour la voir et la saluer respectueusement.

Sur un signe de tête de Giles, Brice entreprit de visiter les greniers à grain et les granges. Fayth parlait avec ses gens, tout heureuse de pouvoir leur demander des nouvelles de leur santé et de la santé de leurs proches.

Au bout d'une heure environ, comme des nuages noirs s'amoncelaient dans le ciel, annonciateurs d'un orage, Giles décida de mettre un terme à leur visite et rappela Brice et Fayth.

Cette dernière eut l'air de vouloir protester ; finalement, elle dit au revoir à ses gens et leur promit de revenir. Puis elle se dirigea vers lui, d'un pas ferme et sans la moindre hésitation, une attitude qui réchauffa le cœur de Giles. Il n'y eut aucune peur, non plus, dans ses yeux, quand il lui tendit la main pour l'aider à monter en croupe derrière lui. Elle semblait en paix avec lui, à présent, et ne répugnait plus à lui obéir.

— Mieux vaut rentrer avant l'orage, madame. Vous aurez plus de temps demain pour bavarder avec vos gens.

— Vous me permettrez de revenir ?

— Je préférerais que vous restiez au château, mais je veux bien vous y autoriser, si Brice ou Roger vous accompagne pour veiller à votre sécurité.

Elle ne dit rien, mais il aurait juré que ses bras l'avaient serré un peu plus fort. Quand elle posa sa tête contre son dos, un sourire éclaira son visage.

Le chemin du retour s'effectua en silence. A la demande de Fayth, il s'arrêta dès qu'ils furent dans la cour d'honneur et la laissa mettre pied à terre, avant de se diriger vers les écuries. Puis il se rendit dans la grande salle afin de discuter avec elle de son voyage du lendemain. Comme elle ne s'y trouvait pas, il questionna l'un des domestiques, qui lui dit l'avoir vue monter à l'étage. Il gravit l'escalier et poussa la porte de leur chambre, sans trop savoir quel accueil il allait recevoir.

*
* *

Edmund se tapit aussi près que possible du village. Son messager avait dit vrai : les villageois étaient de retour, sains et saufs. Mais ce n'était pas tout : ils avaient la bouche pleine des promesses que leur nouveau seigneur leur avait faites — et en plus, ils les croyaient !

Sa tentative pour contrôler Taerford et tenir cette partie, aussi minime soit-elle, du royaume de son père avait échoué ; l'arrivée de ce chevalier breton l'en avait empêché. Cependant, avec l'aide des autres seigneurs saxons dépossédés par la victoire du duc de Normandie, il espérait encore pouvoir arracher ce fief important aux envahisseurs et s'en servir de base pour reconquérir les terres qui devraient lui appartenir.

En outre, tous les Saxons n'avaient pas été chassés de leurs fiefs. Ceux qui avaient accepté de se soumettre les avaient conservés. Cela ne voulait pas dire pour autant qu'ils avaient juré allégeance à Guillaume. A la moindre occasion, ils changeraient de camp, il en était sûr. Et, avec le soutien des comtes du Northumberland, même si, autrefois, ils avaient été en lutte contre son père, il refoulerait les Normands hors de l'Angleterre.

Obligé de ramper comme un voleur derrière et entre les chaumières pour ne pas être vu, il réussit à s'approcher assez près pour voir Fayth bavarder avec les villageois. Elle avait l'air en bonne santé ; elle était pâle, mais, autant qu'il pouvait le dire, elle n'avait été ni blessée ni battue. Le chevalier breton l'avait accompagnée lui-même et surveillait les alentours, l'épée à la main. L'autre, celui qui s'appelait Brice, allait et venait, visitant les greniers à grain et les granges. Plusieurs fois, Brice ou l'un de ses hommes passa tout près d'Edmund, mais il avait appris à se dissimuler et connaissait assez bien les lieux pour ne pas se laisser prendre.

Au bout d'un moment, le chevalier rappela Fayth. Elle obéit immédiatement. Les sourcils froncés, Edmund la vit échanger deux ou trois phrases avec lui et dire au revoir aux villageois, en leur promettant de revenir. Puis, sans la moindre hésitation, elle prit la main que lui tendait ce maudit Giles et monta en croupe derrière lui !

Il pouvait beaucoup lui pardonner, car elle avait mis sa vie en danger pour le protéger et plaider sa cause, ce qui lui avait permis de recouvrer la liberté et de regrouper ses hommes pour une revanche qu'il espérait toute proche maintenant. Sa soumission à cette marionnette bretonne du Bâtard n'était donc sans doute qu'apparente. Elle se pliait à sa volonté pour survivre, pour ne pas être chassée de Taerford ou, pire encore, traitée comme une ribaude et jetée en pâture aux soudards de cet usurpateur. Tout en reculant dans l'ombre d'un mur, il jura sur la mémoire de son père qu'il ferait tout pour l'arracher au joug de ce maudit Breton.

Laissant un guetteur surveiller le village depuis l'autre côté de la rivière, il s'enfonça dans la forêt pour rejoindre son camp. Dieu fasse, songea-t-il, qu'il reçoive bientôt de meilleures nouvelles que celles qu'il rapportait.

Agenouillée sur le plancher devant un grand coffre de bois, Fayth fourrageait à l'intérieur, à la recherche du petit coffret contenant ses bijoux et ses objets précieux. Jusqu'à présent, elle avait eu peur d'y toucher, car, désormais, ils appartenaient de droit à son nouveau mari. Cependant, elle espérait qu'il n'allait quand même pas lui disputer les quelques babioles qui lui venaient de ses parents.

Ayant trouvé le coffret, elle le sortit et le contempla avec émotion. Edmund lui en avait fait le cadeau lors de son douzième anniversaire. Richement décoré et sculpté, il lui rappela tout le soin et toute la patience qu'il avait mis dans sa fabrication.

Edmund avait prétendu manquer d'expérience, mais le résultat prouvait à l'évidence qu'il maîtrisait pleinement l'art de la sculpture. Il y avait peu de temps encore, quand il avait besoin de réfléchir, il occupait ses mains en sculptant des figurines dans des petits morceaux de bois. C'était avant. Avant que cette maudite guerre arrive aux portes de Taerford.

Elle ouvrit le coffret et y prit deux anneaux en or. Des anneaux tout simples, mais chargés de souvenirs, car ils avaient appartenu à ses parents. Un grand, pour un doigt d'homme, et un plus petit, pour un doigt de femme. C'était les anneaux que son père et sa mère avaient échangés lors de leur cérémonie de fiançailles. Le suzerain de son père les lui avait donnés afin de marquer son soutien au mariage de Bertram de Taerford et de Willa, une lointaine cousine de Harold.

Un petit bout de ruban se trouvait dans le coffret et elle s'en servit pour attacher ensemble les deux anneaux, afin de ne pas risquer de les perdre. Juste au moment où elle s'apprêtait à remettre le coffret à sa place, au fond du coffre, elle se rendit compte qu'elle n'était plus seule. Levant les yeux, elle rencontra le regard de son mari.

— Qu'est cela ? s'enquit-il en s'approchant et en s'accroupissant à côté d'elle.

Elle lui tendit le coffret et il l'examina avec une curiosité non déguisée.

— Du beau travail. Il est à vous ?

— Oui, messire. Un présent de… d'un cousin, répondit-elle évasivement, car elle n'avait aucune envie de lui parler d'Edmund et de la place qu'il avait réellement occupée dans sa vie et dans la vie de son père.

— Que renferme-t-il ? demanda-t-il en lui rendant l'objet.

Elle le rouvrit et lui montra les rubans et les différentes babioles qu'il contenait, puis se décida à lui faire voir également les anneaux.

Comme il fronçait les sourcils, elle se troubla.

— Je sais que vous avez le droit d'en revendiquer la propriété, messire, mais ils sont tout ce qui me reste de mes parents et je vous prie de bien…

— N'ayez crainte, Fayth. Ils vous appartiennent et je n'ai aucunement l'intention de vous en déposséder.

Il referma sa main sur les anneaux et se redressa.

— Si je les avais voulus, je les aurais pris quand mes hommes les ont trouvés.

— Vous connaissiez leur existence ? s'étonna-t-elle.

— Après l'assaut, mes hommes ont fouillé toutes les pièces du logis seigneurial, à la recherche des objets de valeur qui auraient pu y être cachés. C'est la coutume, ajouta-t-il avec un haussement d'épaules.

Il se retourna, comme s'il s'apprêtait à partir, puis il lui fit face de nouveau.

— Qu'est-ce qui vous a incitée à les chercher aujourd'hui ?

— Pendant toute la journée, je n'ai pas cessé de penser à mes parents. Dans la grande salle, d'abord, quand, devant mes gens, vous avez affirmé vos droits sur Taerford, rassuré les manants quant à vos intentions à leur égard et accepté l'allégeance des hommes d'armes de mon père. Puis quand vous vous êtes efforcé de me faire comprendre le rôle que vous aviez joué — ou pas joué — dans la mort de mon père. Et, enfin, pendant que vous me donniez vos instructions afin que nos gens, au village et au château, réussissent à passer les mois d'hiver sans trop de dommages. Toutes ces choses m'ont rappelé la façon dont mon père et ma mère exerçaient leur autorité et gouvernaient Taerford.

Elle se mit debout à son tour.

— J'aimerais que vous gardiez ces anneaux, en signe d'allégeance.

Elle sut qu'elle l'avait surpris, car il ouvrit et referma la bouche plusieurs fois avant de lui répondre.

— Non, madame. Je n'ai nul besoin des alliances de vos parents. Ce sont des souvenirs trop personnels et je ne saurais vous les enlever.

» Vous me prouverez beaucoup mieux votre loyauté en vous efforçant sincèrement de m'aider dans mon entreprise pour défendre et administrer ce château. Et, même si je ne mets pas en doute vos intentions, je pense que votre allégeance est due à une réaction émotionnelle et ne ressemble en rien à celle qui m'a été jurée dans la grande salle ce matin.

— Mais vous l'avez exigée de mes gens et vous avez accepté leurs marques de soumission, fit-elle observer. N'attendez-vous pas la même chose de moi ?

— Ce que j'attends de vous est différent, madame. Je ne veux pas seulement vos paroles et vos actes. Je veux plus. Beaucoup plus. Je vous veux tout entière, cœur, corps et âme.

Elle frissonna, bouleversée par ses paroles et par ce qu'elles impliquaient.

— Mais, vous n'avez pas envie de moi, messire. Vous m'avez dit que vous ne…

Les mots lui manquèrent.

— … que je ne coucherais pas avec vous ? suggéra-t-il.

Fayth baissa la tête pudiquement.

Giles fit un pas vers elle et, soulevant sa cotte de mailles, il lui prit la main et la posa sur la partie la plus intime de son anatomie. Celle-ci, immédiatement, se gonfla et durcit au contact de ses doigts.

— Oh, ne vous y trompez pas, madame, j'ai envie de vous.

Il lui lâcha la main et elle recula impulsivement, le souffle court et les joues écarlates.

— Si jc n'avais plus le moindre doute, je vous emmènerais dans notre chambre, trousserais votre robe et n'arrêterais pas nos ébats amoureux tant que nous ne serions pas l'un et l'autre complètement épuisés.

Quelques jours plus tôt, elle n'aurait peut-être pas compris ce qu'il voulait dire, mais le plaisir qu'il lui avait prodigué la nuit précédente faisait qu'elle n'avait aucune peine à l'imaginer. Une vague de chaleur l'envahit et elle se sentit toute moite et humide aux endroits où il l'avait touchée.

Il rabattit sa cotte de mailles et prit une profonde inspiration.

— Avoir envie de vous n'est pas aussi important pour moi que de connaître la vérité. Aussi, j'attendrai. Mais sachez que dès aujourd'hui je suis tenté de vous croire. J'ai envie de vous croire. Simplement, il me faut encore un peu de temps. Je ne suis pas encore prêt à baisser ma garde.

S'il avait prononcé ces mots un jour plus tôt, ils l'auraient mise en fureur. Maintenant, après ce qu'il lui avait révélé de son passé dans la chapelle, elle comprenait mieux pourquoi il avait autant besoin d'une preuve tangible. Néanmoins, elle était encore blessée à l'idée qu'il ne pouvait pas — ou ne voulait pas — la croire. Chez les Saxons, les bâtards étaient monnaie courante. La plupart étaient traités comme des enfants légitimes et recevaient la même part d'héritage. Elle savait que ce n'était pas le cas en Bretagne ou en Normandie. Certes, le duc Guillaume était un bâtard, mais il avait dû se battre pour faire reconnaître ses droits et, dans les grandes familles, les bâtards étaient souvent méprisés et traités comme des domestiques, surtout quand il y avait des héritiers légitimes.

— Très bien, murmura-t-elle en lissant nerveusement les plis de sa jupe. Au fait, en entrant tout à l'heure, vous aviez sans doute quelque chose à me demander, messire ?

— Oui, fit-il en souriant.

Quand il souriait, ses yeux bleus s'éclaircissaient et son visage paraissait plus jeune. Ce n'était plus du tout le visage effrayant qui la terrorisait quand il était en colère.

— J'ai décidé d'attendre demain avant de partir faire le tour de mes terres. Aussi ai-je pensé que vous pourriez partager avec moi le repas de midi et en profiter pour parler avec Brice des provisions qui restent au village et que nous pourrions mettre à l'abri au château.

— Très bien, messire. Un jour, peut-être, vous voudrez bien me dire de quoi Brice vous est redevable pour consentir à m'accompagner sans protester ?

Il prit sa main dans la sienne et, pendant qu'il l'entraînait dans le couloir, elle se dit qu'il avait encore beaucoup de choses à lui dire au sujet de son ami et des frasques qu'ils avaient pu faire ensemble.

— Qu'est-ce qui vous fait penser qu'il a accepté sans protester ? Il ne s'en est pas privé, mais je préférerais ne pas vous répéter ce qu'il m'a dit, afin de ne pas offenser vos chastes oreilles.

Ils étaient parvenus dans la grande salle et l'objet de leur conversation se tenait devant eux. Ils échangèrent un regard complice et, en voyant Brice froncer les sourcils, ils ne purent réprimer un éclat de rire.

Il les rejoignit à la table d'honneur et, tout en mangeant,

ils établirent leur plan pour la fin de la journée et les trois jours où Giles serait absent.

Ce fut pendant ce repas que Fayth découvrit un autre secret de son mari — un secret que Brice et lui partageaient et s'efforçaient de dissimuler. Un secret tellement clair pour elle maintenant qu'elle se demanda comment il avait pu lui échapper.

Ni l'un ni l'autre ne savait lire.

Même si ce n'était pas une lacune extraordinaire, car la plupart des nobles saxons étaient tout aussi ignorants, pour eux c'était sûrement une autre preuve flagrante de leur naissance illégitime. Quelque chose dont ils avaient honte.

Fayth en prit bonne note, sans trop savoir où et quand cette information pourrait lui servir.

Chapitre 12

La porte s'ouvrit sans bruit, comme chaque fois que son mari entrait dans leur chambre en tâchant de ne pas la réveiller. Seules trois chandelles éclairaient la pièce. Assise sur une chaise à dossier, les épaules enveloppées dans une couverture, Fayth disait ses prières du soir. Giles lui adressa un petit signe de tête tandis qu'elle rassemblait les grains de son chapelet et les remettait dans le sac sur la table.

— Quand partez-vous, messire ?

— Aux premières lueurs de l'aube.

Il lui fit face et mit ses mains sur ses hanches, une lueur grave au fond des yeux.

— Ne pourriez-vous pas m'appeler par mon prénom, quand nous sommes dans notre chambre ?

Certes. Elle l'avait même crié quand il l'avait fait jouir. Ce souvenir lui mit le feu aux joues.

— Messire, c'est pour quand nous ne sommes pas seuls, madame. A charge, pour ma part, de vous appeler Fayth. Si vous le permettez, naturellement.

— N'êtes-vous pas encore habitué à votre rang et aux privilèges qu'il vous confère ? A moins que vous n'ayez l'impression qu'il s'agit de quelqu'un d'autre, quand on vous appelle « messire » ?

Il hocha la tête.

— Vous avez deviné juste. Quand on m'appelle ainsi, il m'arrive de regarder autour de moi pour m'assurer que c'est bien à moi qu'on s'adresse. Mon grand-père s'appelait aussi Giles, et chaque fois que j'entends « messire Giles » je m'attends à le voir entrer. Et comme le seul fait que j'existe lui était désagréable, ce n'était jamais une bonne chose lorsque ses yeux se posaient sur moi…, ajouta-t-il en grimaçant.

Il commença à se déshabiller et elle détourna la tête, mais après l'avoir vu travailler dans la cour torse nu et l'avoir senti contre elle la nuit précédente, son corps excitait sa curiosité. Elle ne put donc pas s'empêcher de le regarder, même si une telle curiosité était inconvenante de la part d'une jeune fille bien née.

En entendant sa femme retenir sa respiration, Giles sentit un brusque désir monter dans ses reins et il arrêta de se déshabiller. A la vérité, tout ce qu'elle faisait ou disait le mettait en feu. Il avait essayé de s'épuiser physiquement avant de monter se coucher, mais comme il n'était pas parvenu au résultat escompté, il avait décidé de garder assez de lucidité pour être capable de maîtriser les pulsions de son corps. Lorsqu'il vit qu'elle fixait la bosse formée par son membre viril sous l'étoffe de ses braies, il sut que ce dernier stratagème pour ne pas céder à la tentation avait également échoué.

Penser à autre chose… Tandis qu'il se creusait la tête en vain, il se rendit compte qu'il n'avait pas eu de rapports avec une femme depuis bien avant son départ de Normandie. C'était là, sans doute, l'un de ses problèmes, car, par expérience, il savait que les combats, le fait d'affronter l'ennemi l'épée à la main et au péril de sa vie, provoquaient un afflux sanguin puissant chez la plupart des hommes. Un afflux sanguin qui les poussait ensuite à piller et à violer sans la moindre retenue.

Son problème majeur, cependant, était la femme qui continuait à regarder fixement la partie la plus intime de son anatomie et avec qui il allait partager son lit cette nuit.

— Vous devriez peut-être vous coucher maintenant ?

— Pardonnez-moi, mes…

En le voyant froncer les sourcils, elle se reprit.

— … Giles. J'avais la tête ailleurs.

Elle avait parlé sans chercher le moins du monde à faire de l'esprit, car il la soupçonnait d'être aussi ignorante qu'elle semblait l'être de ce qui pouvait se passer entre un homme et une femme. Malgré cela, elle continuait de le regarder sans bouger de sa chaise.

Il passa devant elle et arracha les couvertures du lit, tant il était pressé de la voir s'y installer. Finalement, elle se leva et, soulevant le bord de sa chemise, grimpa dans le lit et se réfugia tout au fond, contre le mur.

Il décida de se montrer direct avec elle, car sinon il aurait beaucoup de peine à trouver le sommeil. Or il avait besoin de dormir ; la journée du lendemain serait longue et fatigante.

— Etes-vous réticente à l'égard de ce qui arrive entre nous, parce que je suis d'un rang inférieur au vôtre ?

Il aurait pu dire : parce que je suis un bâtard, mais le mot lui était trop odieux.

Elle se tourna sur le côté et le regarda pendant qu'il soufflait les chandelles et s'approchait du lit.

— D'un rang inférieur au mien ? dit-elle avec l'ombre d'un sourire aux lèvres. A la vérité, je pense que le problème n'est pas dans la légitimité de votre naissance, mais plutôt de l'endroit où elle a eu lieu et de la façon dont vous êtes arrivé ici.

Elle repoussa ses cheveux en arrière et le regarda droit dans les yeux.

— Notre roi Harold avait deux femmes en même temps et des enfants de chacune d'entre elles. Ils ne pouvaient pas être tous légitimes, n'est-ce pas ?

Il rit, surpris par son aveu et la logique de sa réplique.

— Je ne le pense pas, non.

Il dénoua son ceinturon et fit glisser ses braies le long de ses jambes. Puis il les posa sur la chaise et entreprit, comme chaque soir, de placer son épée et sa dague à portée de main. Enfin il se retourna et offrit son corps entièrement nu à ses regards, avant d'éteindre la dernière chandelle et de la rejoindre sous les couvertures. Cette fois, pour la première fois, il n'avait laissé aucune épaisseur d'étoffe entre eux.

Allongé sur le dos, il réfléchit avant de faire un geste vers elle. Il était toujours résolu à profiter de sa curiosité pour lui apprendre l'amour, pas à pas, afin qu'elle soit prête le jour où il n'aurait plus aucune incertitude à son sujet. Mais auparavant, il voulait s'assurer d'une chose.

— Je voudrais bien vous donner du plaisir, mais j'ai peur que vous en soyez ensuite affligée.

Elle retint sa respiration.

Avait-il été un peu trop direct ?

— Si j'ai eu l'impression que mes caresses ne vous avaient pas déplu la nuit dernière, vos larmes m'ont troublé et je ne vous toucherai pas si vous deviez de nouveau en souffrir.

Elle se tourna vers lui.

— Cela me gêne un peu de parler de ces choses, messire, murmura-t-elle. Mon père m'a souvent reproché de manquer de retenue. D'après lui, c'était l'un de mes plus grands défauts.

Elle soupira et continua d'une voix un peu rauque :

— Je ne puis guère nier avoir aimé ce que vous m'avez fait, mais ensuite j'ai eu l'impression d'avoir été déloyale envers ma famille et mon peuple.

— Je suis votre mari, devant Dieu et devant vos gens, fit-il observer. J'ai le droit de…

Elle posa un doigt sur ses lèvres.

— Vous vous êtes montré patient avec moi, Giles, alors qu'un autre homme…

— Un Normand ?

— Normand ou Breton, peu importe. Un autre conquérant m'aurait prise de force, sans se préoccuper de mes états d'âme.

Elle était prête à accepter ses caresses, mais il avait trop peur de perdre sa maîtrise de soi pour la laisser faire le premier pas.

— Il y a un autre moyen, suggéra-t-il, sans oser espérer qu'il suffirait à éteindre le feu qui embrasait son corps.

Avant qu'elle ait pu prononcer un mot de plus, il la retourna sur le dos et la couvrit de son corps. Puis, prenant ses mains dans les siennes, il les posa au-dessus de sa tête et pressa sa bouche sur la sienne jusqu'à ce qu'elle s'entrouvre pour accueillir son baiser. Lentement, il traça ensuite le contour de ses lèvres avec sa langue, avant de s'insinuer à l'intérieur, par petites touches, pleines de douceur et de tendresse.

Puis il redressa la tête et la regarda dans les yeux.

— Certains hommes vous prendraient de force, en effet, vous obligeraient à accepter leurs caresses.

Prenant ses deux mains dans sa main gauche, il vint prendre son sein dans sa main droite. Son téton se durcit contre sa paume. En la sentant frissonner et se cambrer, il faillit perdre la tête. S'emparant de nouveau de ses lèvres, il ravagea sa bouche jusqu'à ce qu'ils soient l'un et l'autre à bout de souffle.

— Certaines femmes aiment aussi qu'on les prenne de force, dit-il afin de tester ses réactions. Elles aiment qu'on les contraigne à accepter toutes sortes de plaisirs contre leur volonté.

Il glissa sa main plus bas et retroussa sa chemise jusqu'à la taille.

— Non ! Vraiment ? fit-elle d'une voix rauque et heurtée.

Giles se pencha et embrassa son téton à travers le tissu léger de sa chemise, le léchant et le mordillant, avant de le sucer à pleine bouche.

Au lieu de se débattre et de protester, elle sembla fondre dans ses bras et se mit à se tortiller sous lui. Essayant de se souvenir de ce qu'il avait eu l'intention de lui prouver, il bascula sur le côté et glissa sa jambe entre les siennes jusqu'à ce qu'elle touche la jonction entre ses cuisses. Elle retint son souffle mais ne regimba pas et, quand il sentit un peu de moiteur sur sa jambe, il la fit aller et venir doucement, afin d'accroître encore son émoi.

— Vraiment, dit-il. Et une femme prise de force n'a pas le choix. On ne peut la blâmer si elle jouit malgré elle.

Tout en maintenant ses mains au-dessus de sa tête, il fit subir à son autre sein le même délicieux supplice qu'au premier. Puis, tout en continuant de mordiller et de sucer le téton, il glissa sa main libre sous sa chemise et la fit descendre sur son ventre, vers le nid douillet de sa féminité.

— Non ! cria-t-elle.

Immédiatement, il s'arrêta et redressa la tête.

— Chut, murmura-t-il en déposant un baiser sur sa joue. C'était pour rire, madame. Jamais je ne vous violenterais.

C'était plus facile à dire qu'à faire. Son membre viril était tendu à se rompre et tout son corps frémissait de désir et de frustration. Il n'avait qu'une envie, plonger en elle à grands coups de boutoir et se perdre dans sa douceur moite.

Il roula sur le côté et, non sans mal, parvint à maîtriser les pulsions de son corps.

— Vous ai-je fait peur au point de vous faire perdre la parole ? s'enquit-il à mi-voix.

— Si vous avez pu croire qu'il faudrait me forcer, ce n'était pas mon intention, Giles, dit-elle doucement. J'ai accepté devant Dieu d'être votre femme. Le jour où vous déciderez de consommer notre mariage, je ne vous repousserai pas.

— Vous ne me repousserez pas ? Voulez-vous dire, madame, que vous vous allongerez sous moi sans bouger, à l'instar d'un bout de bois ? S'il en est ainsi, je préférerais encore qu'il n'y ait rien entre nous.

Serait-il à jamais l'enfant bâtard, obligé de supplier pour avoir un peu d'affection ? Il savait qu'une femme du rang de Fayth ne consentait jamais à avoir des relations avec des bâtards ou des chevaliers sans fortune, sauf quand, leur seigneur et maître prenant son plaisir avec sa maîtresse ou une ribaude, elles cherchaient à se distraire.

— Je ne pense pas que je resterai sans bouger, si vous me caressez comme vous venez de le faire.

Il se retourna vers elle et la regarda au fond des yeux.

— J'avais pensé que des baisers et des caresses faciliteraient nos relations, en attendant de pouvoir vraiment consommer notre union. Je voulais nous habituer peu à peu l'un à l'autre, afin de…

Elle l'interrompit en posant un doigt sur ses lèvres.

— Trêve d'explications, monsieur mon mari. Caressez-moi,

plutôt, je vous en prie. C'est le meilleur moyen pour m'habituer à vous.

Il lui embrassa le bout des doigts.

— Vous me promettez de ne pas pleurer ensuite, si je vous obéis ?

Elle resta silencieuse pendant une seconde ou deux, puis se blottit contre lui.

— Je ne peux pas vous le promettre, Giles, mais je ferai tout pour essayer de retenir mes larmes.

C'était de la folie. Jamais il ne parviendrait à conquérir son cœur et son amour. Il était sur le point de renoncer, quand sa main menue glissa sur son torse et sur son ventre. Roulant sur le dos, il la laissa explorer son corps à son aise. Jusqu'au moment où ses doigts s'approchèrent de son membre viril.

— Non, dit-il en retenant sa main.

— Vous ne voulez pas que je le touche ? s'étonna-t-elle. Vous avez peur que je vous fasse mal ?

— Ce n'est pas de cela dont j'ai peur, mais de moi-même, de mes réactions, de n'être pas capable de me maîtriser. Laissez-moi plutôt vous caresser, maintenant.

Il lâcha sa main et fit glisser la sienne sur ses jambes, les caressant jusqu'à ce qu'elles tremblent sous ses doigts. Puis, soulevant l'une de ses jambes, il la posa sur sa hanche et insinua sa main entre ses cuisses, allant et venant doucement avec sa paume sur les poils bouclés et sur son ventre. Il introduisit alors son pouce dans son intimité et chercha le petit bouton qui se dissimulait entre les plis.

— Je vous fais mal quand je vous touche ainsi ?

Pour toute réponse, elle se cambra pour mieux accueillir ses caresses et laissa échapper un gémissement rauque. Il s'enhardit, jusqu'à ce qu'elle pousse de petits cris inarticulés. Puis, soudain, il sentit son corps vibrer.

— Giles, oh oui, Giles, plus vite… C'est trop bon…

Il la pénétra plus profondément avec ses doigts, en la serrant contre lui et en enfouissant son visage dans le creux de sa poitrine.

Seigneur Dieu, il avait trop envie d'elle. Son membre viril était tendu douloureusement contre sa cuisse ; mais quand elle le toucha avec sa main, il protesta derechef.

— Non, madame. Non… Je vous en prie.

— Ne m'avez-vous pas dit que vous m'appelleriez Fayth, Giles ? Dit-elle, moqueuse, en faisant glisser ses doigts le long de son membre. Aidez-moi, ajouta-t-elle dans un murmure. Je ne sais pas comment m'y prendre pour…

— Fayth…

Pour maladroites qu'elles fussent, ses caresses innocentes étaient plus excitantes encore que les caresses d'une ribaude.

Il lui saisit la main et guida ses mouvements.

Oh oui, c'était bon ! Les yeux fermés, il se cambra et, bientôt, ce fut lui qui gémit de plaisir, jusqu'au moment où sa semence jaillit…

Il vibra dans sa main puis retomba sur le dos, hors d'haleine mais enfin apaisé.

Un long moment, ils restèrent ainsi, allongés l'un auprès de l'autre, en silence. Puis elle se retourna vers le mur. Quand il eut fini de remettre en place leurs draps et leurs couvertures, elle s'était déjà endormie. Après s'être assuré qu'elle était bien couverte, il se retourna de son côté.

Alors que le sommeil le gagnait, une dernière pensée lui traversa l'esprit. Si de simples caresses pouvaient lui donner autant de plaisir, que ressentirait-il quand il la pénétrerait et se perdrait en elle corps et âme ?

*
* *

Lorsque Fayth se réveilla le lendemain matin, Giles était parti, et ce fut seulement quand elle vit Ardith occupée à raviver le feu dans la cheminée qu'elle comprit qu'il avait donné des ordres pour qu'on ne la dérange pas.

Comme le ciel était sombre et que, de temps à autre, un roulement de tonnerre faisait résonner les murs du château, elle sut qu'elle allait devoir remettre à un autre jour sa visite au village. Heureuse de pouvoir rester au lit un peu plus longtemps, elle referma les yeux et s'abandonna de nouveau dans les bras de Morphée.

Ce fut un peu plus tard dans la journée qu'elle eut ses premiers saignements menstruels. Deux jours passèrent, et le troisième elle commença à se demander quelle serait la réaction de Giles quand il apprendrait qu'elle n'était pas enceinte, comme elle le lui avait juré.

Pendant ces trois jours, le vent et la pluie avaient fait rage sans discontinuer. C'était vraiment des conditions exécrables pour chevaucher à travers champs et sur de mauvais chemins, sans nul endroit pour s'abriter.

Si elle connaissait bien les terres de son père, les siennes à présent, elle ignorait tout ou presque des terres avoisinantes. Elle savait que l'une des raisons pour lesquelles Giles avait décidé d'en faire le tour était la recherche d'un endroit où bâtir un nouveau château, en pierre, à la mode normande.

Elle avait été en train de travailler dans la petite pièce, à côté de la grande salle, où elle conservait et tenait à jour les registres du château, comme son père l'avait fait avant elle, quand elle avait entendu Giles parler avec Brice de la nécessité de bâtir une forteresse plus solide et plus facile à défendre.

Elle aurait eu envie de croire que les combats étaient terminés, mais elle savait qu'il n'en était rien. Chaque jour ou presque, des messagers venaient leur annoncer que des bandes de rebelles avaient été aperçues, sans parler des vassaux du duc qui faisaient mouvement vers le Nord et l'Ouest, afin de prendre possession des fiefs qui leur avaient été dévolus. En l'absence de Giles, c'était Brice qui recevait les envoyés du duc ou de leurs voisins normands. Des envoyés qui, à son grand dam, ne lui avaient toujours pas apporté des nouvelles de son propre fief et des troupes qui lui avaient été promises.

Le troisième jour, comme les chariots ne pouvaient plus rouler sans risquer de s'embourber, Brice chercha à se changer les idées à la manière des hommes — en défiant les autres chevaliers à l'épée. Quant à Fayth, elle restait à l'intérieur, brodant ou cousant devant sa cheminée.

Finalement, le quatrième jour qui suivit le départ de Giles, le soleil revint dans le ciel, et ses rayons commencèrent à sécher la boue des chemins. Vers la fin de la matinée, Fayth décida qu'il était temps de s'aventurer à l'extérieur et de se rendre au village afin de poursuivre l'inventaire que Giles l'avait chargée de faire.

Chapitre 13

Fayth avait passé le plus clair de l'après-midi au village et, après avoir fait l'inventaire des greniers à grain, à foin et à paille, elle s'était rendue dans un entrepôt de son père et était occupée à dénombrer les rouleaux de tissu de laine et à les inscrire sur un parchemin, lorsque Brice apparut sur le seuil de la porte.

— Madame, le soleil ne va pas tarder à se coucher. De combien de temps avez-vous besoin encore avant d'être prête à retourner au château ?

Regardant autour d'elle, elle remarqua une pile de peaux et de cuirs qu'elle n'avait pas encore recensée. Ils avaient eu de la chance que cet entrepôt n'ait pas brûlé pendant l'attaque, car sinon ils auraient perdu la plus grande partie des étoffes et des peaux que son père avait achetées au marché l'été précédent.

— Je n'en ai plus pour très longtemps, sire. Pouvez-vous me laisser quelques minutes, un quart d'heure, tout au plus ?

— Bon, mais cette fois, répondez à mon appel et ne m'obligez pas à venir vous chercher.

Il soupira et lui adressa un regard embarrassé, comme s'il voulait s'excuser de sa brusquerie.

— Madame…

Il s'inclina brièvement et sortit de l'entrepôt.

Devoir l'accompagner lui avait gâché la vie, ces derniers jours. Il se considérait comme un homme de guerre, un soldat, et n'appréciait que modérément la mission que Giles lui avait confiée.

Fayth n'avait aucune idée de la raison pour laquelle le duc tardait à lui envoyer le parchemin attestant de sa propriété du fief qu'il lui avait promis, mais, visiblement, il vivait fort mal cette attente. Elle sourit au souvenir de ses mouvements d'humeur depuis le départ de Giles. Elle ne serait pas surprise s'il y avait une querelle entre eux à son retour.

Serait-ce aujourd'hui ? Il aurait dû revenir la veille, mais il avait envoyé un message pour prévenir qu'il aurait un jour de retard. Cependant, la nuit approchait et aucun guetteur n'avait aperçu le moindre mouvement ou nuage de poussière sur les routes autour du village ou du château pouvant faire espérer le retour proche du seigneur de Taerford et de ses hommes.

Une boule se forma au creux de son estomac. Une excitation étrange et contre-nature — du moins, le croyait-elle — l'envahissait à la pensée du moment où ils consommeraient leur union et elle imaginait, ou essayait d'imaginer, les choses merveilleuses qu'il lui ferait, maintenant qu'elle pouvait lui prouver que son honneur était intact.

Elle se força à respirer lentement et à chasser de son esprit ces pensées pour le moins troubles et inconvenantes, afin de se concentrer sur le travail qui lui restait à faire. Las, malgré tous ses efforts, son corps résistait, vibrant et l'élançant douloureusement aux endroits intimes où il l'avait fait jouir avec ses mains et sa bouche. Que ressentirait-elle quand il la pénétrerait avec cette partie secrète de son anatomie qu'elle avait caressée et prise dans sa main ?

Sa longueur et sa dureté la blesseraient-elles lorsqu'il lui ferait perdre sa virginité ?

Sa bouche devint sèche. Plus elle pensait au moment par trop délicieux où elle deviendrait réellement sa femme, plus la jonction de ses cuisses se faisait moite et tiède.

Essuyant son visage enfiévré avec sa manche, elle se concentra sur sa tâche.

Elle venait de finir de compter le nombre de peaux et inscrivait le chiffre sur son parchemin quand la porte se rouvrit.

— Pardonnez-moi, sire Brice, je n'ai pas entendu votre appel, s'excusa-t-elle, s'attendant à être de nouveau réprimandée.

Mais, quand elle se retourna, ce ne fut pas la haute silhouette de Brice que son regard rencontra.

Edmund Haroldson, fils illégitime de Harold, comte de Wessex, et l'un des héritiers potentiels du trône d'Angleterre, maintenant que la plupart de ses frères étaient morts, se tenait devant elle.

Il s'était glissé à l'intérieur par la porte de derrière de l'entrepôt et l'avait refermée aussitôt.

Fayth le dévisagea, bouche bée, les yeux écarquillés de stupeur.

— Ma chère Fayth… Comment vas-tu ?

Il lui tendit les mains et elle se jeta dans ses bras. Des bras forts et solides qui l'étreignirent et la réconfortèrent comme aucuns autres depuis le départ de son père pour aller guerroyer dans le Nord. Elle s'accrocha à lui farouchement, tandis que les souvenirs de sa vie avant l'arrivée du duc de Normandie sur les côtes de l'Angleterre se bousculaient dans sa tête. Puis, au bout de quelques instants, une angoisse terrible lui serra le cœur et elle s'écarta de lui doucement.

— Edmund ! Tu n'aurais pas dû venir ici. Les hommes de sire Giles montent la garde dans tout le village. Ce serait terrible, s'ils venaient à te capturer.

Elle alla à la fenêtre et ouvrit le volet de bois juste assez pour jeter un coup d'œil à l'extérieur. La main sur le pommeau de son épée, Brice allait et venait dans la rue, s'entretenant de temps à autre avec l'un de ses hommes.

Retournant auprès de l'ancien suzerain de son père, elle l'étreignit derechef dans ses bras et attendit qu'il parle.

— Ils ne me captureront pas, Fayth. N'aie pas peur. J'ai encore beaucoup de partisans prêts à m'aider, aussi bien ici qu'au château.

L' estomac de Fayth se noua.

— Des espions ? fit-elle d'une voix blanche.

— Oui.

— Pourquoi es-tu venu ici ?

— Je suis venu pour toi, Fayth. Tu ne pensais pas que j'allais t'abandonner à ces cochons de Normands, après que tu as risqué ta vie pour moi ?

Il l'attira vers lui et l'embrassa sur le front.

— Tes paroles et tes actes ont sauvé de nombreuses vies le jour où nous avons été attaqués et j'espère seulement que tu n'as pas été maltraitée par ces brutes. Mon frère aîné, Edgar l'Atheling, notre roi désormais, a été très impressionné quand je lui ai parlé de ton courage.

Fayth ouvrit la bouche pour répondre, mais Edmund l'en empêcha.

— Je n'ai que quelques instants. Je voulais te dire que je comprenais ta décision d'accepter ce mariage auquel ce chien t'a contrainte.

L'entendre parler ainsi de son mari accrut son malaise.

— Tu as fait et tu dois continuer à faire ce qu'il faut pour survivre. Soumets-toi à lui jusqu'au moment où je pourrai venir te délivrer de cette union impie et contre-nature. Nos braves seigneurs saxons et leurs hommes se soulèvent partout et bientôt…

— Edmund, il faut que tu m'écoutes, l'interrompit-elle. Ce nouveau seigneur ne s'est pas montré brutal avec moi. Il ne m'a forcé à rien et tout ce que j'ai fait, je l'ai fait librement. Tu devrais quitter cette région, quitter le Wessex, avant qu'il ne soit trop tard.

Il la regarda fixement, comme si, d'un seul coup, elle était devenue une étrangère. Les mains sur ses épaules, il scruta son visage et secoua la tête.

— Tu ne vas pas me dire que tu t'es laissé prendre à ses mensonges et à ses paroles doucereuses, Fayth ? C'est le meurtrier de ton père ! Jure-moi que tu n'as pas renoncé à venger Bertram !

— C'était une bataille où des milliers d'hommes se sont entre-tués, Edmund. Je… les chances pour que ce soit lui qui ait…

Une conclusion logique à laquelle elle était parvenue la nuit qui avait suivi l'explication de Giles dans la chapelle.

— Il y a eu des témoins, Fayth, affirma Edmund sur un ton solennel. Des hommes de ton père qui ont survécu et qui combattent maintenant à mes côtés.

Ses paroles la troublèrent profondément. Elle avait réussi à se convaincre que Giles n'avait joué aucun rôle dans la mort de son père, mais voilà qu'elle craignait de s'être laissé abuser par son envie de céder aux pulsions irrationnelles qui l'attiraient vers son mari.

— Ce seigneur qui te traite si bien n'est pas différent de celui qui a pris le reste du fief de Leofwyne. Celui-là a marqué au fer rouge ses paysans, comme s'ils n'étaient que du bétail, et leur coupe un pied ou une main s'ils sont pris en train de s'échapper.

Fayth pâlit, horrifiée par tant de cruauté.

— Ce… ce n'est pas vrai ? fit-elle d'une voix tremblante.

— Ces Normands sont à l'image de leur maître, Fayth. Ils pratiquent en Angleterre les mêmes atrocités que celles qu'ils ont perpétrées chez eux, des atrocités que Guillaume le Bâtard leur a apprises.

Il lui secoua les épaules et la força à croiser son regard.

— Combien de temps, crois-tu, faudra-t-il avant que ce maudit chien te montre sa vraie nature ? Quand il n'y aura plus assez de grain cet hiver pour nourrir tout le monde, penses-tu que ce seront nos gens ou ces chevaliers normands ou bretons qui mourront de faim ?

A cet instant, un appel résonna à l'extérieur de l'entrepôt.

— Son homme arrive. Sois forte, Fayth. Je suis en train de préparer un plan pour te délivrer et je te ferai parvenir un message dès que je serai prêt.

Troublée par ses révélations et ne sachant plus que penser, Fayth accepta son rapide baiser et le suivit des yeux pendant qu'il se dissimulait dans un recoin sombre de l'entrepôt.

— Je t'apporterai la preuve qu'il a tué ton père de ses propres mains, murmura-t-il alors qu'elle s'apprêtait à ouvrir la porte. Ainsi, tu pourras avoir l'esprit tranquille quand nous trancherons la gorge de ce bâtard qui se prétend assez noble et puissant pour avoir des droits sur toi et sur Taerford.

Fayth souleva le loquet et sortit dans la rue. Edmund attendrait probablement la nuit pour quitter l'entrepôt et retourner à l'endroit où il se cachait, au milieu de la forêt probablement.

En la voyant, Brice la rejoignit et jeta un coup d'œil soupçonneux autour de l'entrepôt. Se doutait-il de quelque chose ? La pâleur de son visage l'avait-elle mis en alerte ?

— Quelque chose ne va pas, madame ? s'enquit-il en la considérant d'un air inquiet.

Elle inspira profondément, mais cela ne fit rien pour dénouer le nœud qu'elle avait au creux de l'estomac. Au contraire. Ses jambes flageolèrent et sa tête se mit à tourner.

— Je… je ne me sens pas bien, bredouilla-t-elle.

Brice la rattrapa juste au moment où ses jambes cédaient. Puis ce fut le néant.

Quand elle reprit connaissance, elle était dans son lit, au château, Emma à côté d'elle.

A son arrivée, Giles trouva le château aussi silencieux qu'une église. Ses hommes attablés dans la grande salle ne parlaient pas et ne se chamaillaient pas comme à leur ordinaire. Fatigué, affamé et de mauvaise humeur, il avait envie d'un bon repas, d'un gobelet de vin et, surtout, de son lit.

Il avait envie de sa femme également, mais cela n'était pas nouveau, et, de toute façon, elle n'était pas présente dans la grande salle. Il n'avait pas cessé de penser à elle pendant tout le temps qu'il chevauchait et le souvenir du goût de sa peau et de ses lèvres l'avait hanté jour et nuit.

Il lui fallait s'entretenir avec Brice et ses lieutenants avant de pouvoir la rejoindre. Les visages graves de ses hommes lui laissèrent supposer que les choses ne s'étaient pas passées aussi bien qu'il l'avait espéré pendant son absence.

En le voyant approcher, Brice se leva et l'attira à l'écart.

— Lady Fayth est tombée malade, dit-il à mi-voix. Cela a commencé alors que nous étions au village aujourd'hui et, depuis lors, elle n'a pas quitté sa chambre.

Oubliant sa faim et sa fatigue, Giles courut vers l'escalier.

— Une mauvaise fièvre ?

Il monta les marches quatre à quatre et parvint à leur chambre avant que son ami ait eu le loisir de lui répondre.

Emma, la vieille servante de Fayth, était assise devant la porte. Dès qu'elle le vit, elle se leva. A vrai dire, il ne comprit que quelques mots de ses explications — saignements, règles difficiles, maux d'estomac, potion, besoin de dormir. Il en conclut néanmoins que la maladie de Fayth n'était pas aussi grave qu'il l'avait craint.

Ayant ordonné à Emma de rester dans le couloir, il ouvrit la porte et se dirigea vers le lit. La chambre étant plongée dans la pénombre, il lui fallut un moment pour distinguer Fayth, enfouie comme elle l'était au milieu des couvertures et des oreillers. Sans savoir pourquoi l'idée qu'elle fût malade le bouleversait autant, il tendit la main et lui toucha la joue. Elle était fraîche. Il poussa un soupir de soulagement et adressa au ciel une brève prière de remerciement.

Ne voulant pas risquer de la réveiller, il redescendit dans la grande salle où il put enfin boire et se restaurer. Tout en mangeant, il fit part à Brice et à ses lieutenants des informations qu'il avait recueillies. Celles-ci n'avaient rien de réjouissant.

Guillaume avait donné les terres qui jouxtaient les siennes à Huard de Vassey, l'un des vassaux les plus brutaux du duc, mais qui l'avait soutenu depuis le début de sa campagne pour conquérir l'Angleterre. Giles avait vu comment il se comportait au combat et avec ses gens, dans son fief, en Normandie, et savait que c'était un homme cruel, qui prenait une joie malsaine à la souffrance des autres. Il priait le ciel pour qu'il retourne en Normandie. Son sénéchal n'était sans doute pas un homme tendre, mais il ne pourrait pas être aussi dur que lui avec les Saxons qui avaient eu le malheur de tomber sous sa coupe.

D'après ce qu'il avait entendu, Huard avait entrepris de réduire en esclavage tous les hommes libres qui se trouvaient sur ses terres et avait châtié d'une façon horrible les malheureux qui se rebellaient ou, même, protestaient simplement. Dans ces conditions, c'était sur ses terres à lui, Giles, qu'iraient se réfugier en priorité ceux qui voudraient échapper à la main de fer de Huard.

Or, selon la loi féodale, un seigneur avait le droit de pourchasser ses serfs en fuite jusque sur les terres de ses voisins et ceux-ci avaient interdiction de protéger les fugitifs. Il pouvait les mutiler et les mettre à mort, sans que personne n'ait rien à redire. Certes, étant soucieux de leurs intérêts, les seigneurs, en général, préféraient les garder en état de travailler, mais comme la plupart de ceux qui avaient reçu des terres en Angleterre possédaient également des fiefs sur le continent, ils pouvaient faire venir des manants pour travailler leurs terres anglaises — des manants plus dociles et parlant leur langue.

Quand il avait donné à Giles le parchemin attestant de ses droits sur Taerford, le conseiller du duc lui avait recommandé de traiter les Saxons avec magnanimité tant que l'autorité du duc ne serait pas pleinement reconnue dans tout le pays. Il devait se saisir de ses terres, les pacifier, affirmer ses droits sur ses gens et, si possible, concevoir des héritiers avec la fille de l'ancien seigneur.

Des instructions simples et claires, conformes aux souhaits de Guillaume à l'égard de ses nouveaux sujets saxons. Pour autant, chaque seigneur avait été laissé libre de la façon dont il devait s'y prendre pour les exécuter. D'où maintes différences d'un seigneur à l'autre, en fonction de son tempérament.

Lorsqu'il eut fini de mettre au courant ses lieutenants et qu'il eut écouté leurs rapports, Giles les congédia et continua de discuter tard dans la nuit avec Brice de la façon dont ils pourraient aider ceux qui parviendraient à échapper à la cruauté de Huard.

Ils savaient que c'était une entreprise dangereuse, mais ni l'un ni l'autre ne tolérait une pareille brutalité et ils feraient tout ce qui était en leur pouvoir pour s'y opposer. S'ils parvenaient à le faire discrètement, tant mieux. L'essentiel était de ne pas transgresser les règles d'honneur qu'ils avaient juré de respecter lorsqu'ils avaient été adoubés chevaliers par sire Gauthier, leur maître et leur mentor.

Ce ne fut que plus tard, alors qu'il gravissait l'escalier pour aller se coucher, que les mots d'Emma lui revinrent à la mémoire. Saignements… Fayth avait eu ses règles. Il réalisa alors tout ce que cela signifiait pour lui, pour elle et pour leur avenir.

Fayth n'attendait pas l'enfant d'Edmund.

Le lien qu'ils avaient pu avoir était rompu et, désormais, leurs chemins ne se croiseraient plus. Tout ce qui était arrivé entre eux était du passé.

Giles était son avenir et, si Dieu le voulait, elle porterait ses enfants. Des enfants légitimes, auxquels il donnerait son nom et qui hériteraient de Taerford et de ses titres.

Après avoir envoyé Emma se coucher, il souleva le loquet de la porte et un sourire illumina son visage. Il savait que ce ne serait pas aussi facile, mais il était persuadé que lorsqu'elle attendrait son enfant, il pourrait compter sur sa loyauté pleine et entière.

Il entra, referma la porte derrière lui et entreprit de se déshabiller en faisant le moins de bruit possible. Puis il monta dans le lit, ou plutôt essaya d'y monter, car Fayth était couchée en travers et occupait presque toute la place.

Il la poussa délicatement vers le mur et se glissa à côté d'elle. Comme elle remuait, il lui murmura à l'oreille de continuer à dormir.

Sa respiration lente et régulière lui confirma rapidement qu'elle s'était rendormie, mais dans son sommeil, elle glissa contre lui.

Après quatre jours passés sur les chemins, à cheval sous la pluie et dans le froid, dormant au hasard des abris de fortune qu'ils parvenaient à trouver, rien n'aurait pu être plus agréable. Cette fois, cependant, le contact de son derrière doux et tiède n'embrasa pas ses sens. Il la serra contre lui et huma avec délice l'odeur de son corps et de ses cheveux.

Il se sentait bien, apaisé.

Peu à peu, les horreurs qu'il avait vues et entendues s'estompèrent, ainsi que ses inquiétudes pour leur avenir. Il avait cru ne pas pouvoir dormir de la nuit, mais très vite ses paupières se firent lourdes.

Il avait enfin trouvé le havre de paix auquel il aspirait depuis si longtemps.

Chapitre 14

Quand Giles se réveilla, il trouva Fayth recroquevillée contre le mur, les yeux fixés sur lui. Elle était pâle et avait mauvaise mine, mais ce fut surtout son regard qui retint son attention. La peur était de retour. Repoussant ses cheveux en arrière, il se redressa sur ses coudes et se demanda ce qui avait bien pu arriver pendant son absence.

— J'ai besoin d'utiliser le pot de chambre, messire, dit-elle d'une voix blanche.

C'était la dernière chose à laquelle il aurait pensé. D'habitude, il quittait la chambre dès son lever et la laissait vaquer à ses besoins et à ses ablutions en privé.

— Vous auriez dû me réveiller, répondit-il, tandis qu'il se souvenait de l'autre raison pour laquelle elle avait besoin d'être seule.

Ses règles n'étaient pas terminées.

Saisissant ses vêtements et ses armes, il ouvrit la porte et appela Emma.

— Elle va venir s'occuper de vous, Fayth.

Ces fonctions corporelles féminines étaient un mystère pour lui et il préférait les ignorer. La plupart des femmes qu'il avait connues ne faisaient pas de manières et en parlaient ouvertement, mais elles n'avaient pas reçu l'éducation des jeunes filles nobles et il n'avait pas vraiment envie de réfléchir à la façon dont ces dernières se tiraient de ce genre d'embarras.

Mais il ne put s'empêcher d'y penser tandis qu'il enfilait ses vêtements et ses bottes dans la petite pièce à côté de leur chambre. Fayth, jusqu'à présent, n'avait jamais arboré les mines et les attitudes de la jeune fille noble qu'elle était, de part sa naissance. Sa fonction d'intendante était temporaire ; ensuite, le cours de sa vie reprendrait un cours normal et elle s'adonnerait aux occupations traditionnelles d'une châtelaine.

Il glissa son épée dans son fourreau de cuir et sa dague dans sa botte.

A quoi s'occupaient les châtelaines ?

En se remémorant l'époque où il apprenait le métier des armes auprès de sire Gautier, il se souvint que sa femme cousait, brodait, supervisait les domestiques et priait. Lady Constance priait beaucoup, tout comme ses dames de compagnie. Mais, surtout, elle veillait au bien-être de son seigneur et maître.

Il descendit dans la grande salle et prit sa place à la table d'honneur, dans l'attente du déjeuner frugal qui faisait son ordinaire. Ses hommes d'armes et les Saxons restés à son service étaient assis aux autres tables et se restauraient rapidement avant de partir effectuer les tâches qui leur avaient été assignées. Un domestique le servit, mais il attendit encore un peu, en se demandant si Fayth allait descendre le rejoindre.

Finalement, elle parut. Il la suivit des yeux pendant qu'elle se frayait un chemin à travers la grande salle avec un sourire ici, un mot aimable là à tous ceux qui la saluaient ou croisaient son regard.

Ce fut alors qu'il se rendit compte de ce qui lui manquait. Excepté les domestiques, Fayth n'avait personne autour d'elle. Toutes les autres dames qu'il avait connues ou vues avaient été entourées par un essaim de dames et demoiselles, femmes, filles et parentes des vassaux du seigneur du château.

Fayth était seule.

A son arrivée, il l'avait traitée en recluse, pour sa sécurité et pour sa tranquillité d'esprit personnelle. Pendant tout le temps où elle avait été blessée et où il n'avait pas encore été certain de sa loyauté, il avait été plus facile de la garder confinée dans sa chambre. Après leur mariage, il avait répugné à l'idée qu'elle puisse s'aventurer hors du château sans être constamment accompagnée et surveillée. Or, si bon garçon qu'il fût, Brice n'était sans doute pas la compagnie qu'il fallait à une jeune femme.

Il ne s'était jamais préoccupé de son bien-être et de ses états d'âme.

Jusqu'à maintenant.

Lorsqu'elle le rejoignit à la table d'honneur, il se leva et lui donna la main pour l'aider à s'asseoir. Une fois de plus, il maudit les robes et les voiles des femmes saxonnes, car ils l'empêchaient de voir si elle était toujours aussi pâle.

— Où sont vos suivantes ? demanda-t-il sans préambule. N'y avait-t-il donc personne au temps de vos parents pour vous tenir compagnie ?

— Bonjour, messire, dit-elle d'une voix calme, mais, néanmoins, il sentit que sa précipitation l'avait déconcertée.

Cependant, elle ne retira pas sa main de la sienne. C'était un signe encourageant.

— Bonjour, madame. Comment vous sentez-vous ce matin ?

— Je n'ai pas de suivantes, messire, répondit-elle en ignorant sa question.

C'était aussi bien, car il n'aurait pas su quoi lui dire ou demander d'autre sur ce sujet.

— N'y avait-il personne pour vous tenir compagnie quand votre père était le seigneur de Taerford ?

Finalement, il lui lâcha la main, prit une pomme, la coupa en deux et lui en offrit la moitié. Elle secoua la tête et accepta seulement la tasse de lait chaud que lui tendait une servante.

— Deux de mes cousines habitaient ici avec moi, messire. Maria et Hannah. Maria est retournée chez elle l'an dernier afin de se marier, et Hannah a été rappelée par ses parents juste avant le départ du roi et de son ost pour aller rejeter à la mer Harald Hardrada.

— Ainsi, vous avez été seule depuis lors ?

Elle hocha la tête.

— Et votre mère ? Quand est-elle morte ?

— Il y a deux ans, d'une mauvaise fièvre.

— Pardonnez-moi, madame, si mes questions ravivent d'anciennes blessures. Je cherche seulement un moyen pour rendre votre position ici plus agréable. Auriez-vous une autre cousine que vous aimeriez inviter ? Sinon, je pourrais envoyer un message à l'un de mes amis, ou, plutôt, à sa femme, pour lui demander si elle connaît une dame ou une demoiselle qui accepterait de venir vous tenir compagnie. Lady Elise a toujours eu un véritable essaim de jeunes personnes charmantes et enjouées autour d'elle.

Ce qui était dû, en partie au moins, à la présence de trois jeunes et beaux chevaliers au service de son mari — et à Soren, principalement ; mais lui-même, Brice et Simon, avant son mariage, n'avaient jamais manqué d'admiratrices.

— Je ne vois pas à qui je pourrais demander de venir en ce moment, messire.

Bien sûr. Avec la guerre qui faisait rage dans tout le

pays, les amies qu'elle pouvait avoir ne devaient pas se risquer à quitter le château de leurs parents.

— Pensez-y quand la situation se calmera et que les chemins seront moins dangereux. Je ne suis pas du tout opposé à un tel arrangement.

Il la laissa finir de manger, ou plutôt de boire, car, apparemment, son estomac refusait toute nourriture solide. Une conséquence de son indisposition de la veille, sans doute.

— Y a-t-il eu un incident quelconque au village, hier ? s'enquit-il alors qu'elle reposait sa tasse sur la table.

De nouveau, la peur surgit dans les yeux de Fayth. Une peur panique qu'il ne comprenait pas et qui lui fut intolérable. Leurs dernières étreintes avant son départ avaient été passionnées et librement données et consenties. Ses doutes l'avaient-ils derechef submergée quand elle s'était retrouvée seule, face à elle-même et à sa conscience ? S'en voulait-elle d'avoir accepté ses caresses et ses baisers ?

Etait-ce la raison pour laquelle un grand nombre d'hommes mariés cherchaient leur plaisir hors de leur foyer et n'honoraient leurs femmes que dans le seul but de perpétuer leur lignée ?

Presque tous les hommes importants qu'il connaissait avaient une maîtresse pour assouvir leurs désirs charnels. Pas seulement les ducs et les comtes, mais également les hobereaux et les simples chevaliers comme lui. Ils quittaient le lit de leur femme pour les bras de leur amante et cela, parfois, au cours de la même nuit. Quand ils ne délaissaient pas complètement leur couche conjugale pendant des semaines, voire des mois entiers.

Lorsqu'il aurait fait bâtir le nouveau château qu'il envisageait sur la butte qu'il avait repérée, au milieu d'un méandre de la rivière, il lui serait assez facile d'y avoir sa femme et d'entretenir une maîtresse ici, pour satisfaire…

A quoi pensait-il ? Il était vraiment en train de perdre la tête. Dès le premier instant où ses yeux s'étaient posés sur Fayth et bien qu'elle l'ait supplié d'épargner la vie de l'homme qu'elle s'était apprêtée à épouser, il avait su qu'elle était la femme de sa vie. Il avait envie d'elle dans son lit, dans ses bras, à sa table et dans son château. Il avait envie qu'elle porte ses enfants et vieillisse paisiblement auprès de lui.

Il avait perdu la tête maintes fois, dans les batailles, quand la mort rôdait autour de lui, prête à frapper à n'importe quel moment, ou lors de ses longues chevauchées sous la pluie, quand, épuisé, il laissait son esprit vagabonder. Mais toutes ces chimères qui avaient jailli dans son esprit enfiévré, ils les avaient chassées comme telles.

Il préférait laisser s'épanouir d'autres rêves. Comme celui qu'il avait fait quand, assis au bord de la rivière, il avait contemplé la butte sur laquelle un jour, peut-être, s'élèverait leur nouvelle demeure. Dans ce rêve, elle avait été à son côté et ils avaient été entourés de leurs enfants. Des enfants beaux et robustes, aux yeux lumineux comme les siens.

Non, vraiment, il n'avait envie d'aucune autre femme.

Fayth essaya de formuler une réponse à sa question, mais, captivée par la lumière qui s'était mise à briller dans ses yeux, elle resta muette, comme hypnotisée. C'était comme s'il la remarquait pour la première fois et réalisait enfin qu'il avait un château, des terres et une femme.

Elle se souvint s'être réveillée brièvement au cours de la nuit et l'avoir senti vaguement s'installer à côté d'elle, mais la potion qu'Emma lui avait donnée pour la faire dormir avait embrumé son esprit.

Quand elle s'était réveillée vraiment, ce matin, blottie contre son corps nu et tiède, elle n'avait pas bougé et avait savouré sans remords le confort de ses bras. Si jamais les choses venaient à tourner mal entre eux, ces instants et celui-ci seraient ceux auxquels elle chercherait à se raccrocher.

— Etait-ce encore les souvenirs de votre père, Fayth ? Vous ont-ils tourmentée pendant que vous étiez au village ?

S'il lui avait semblé sans pitié le jour où il était apparu dans sa vie, l'épée à la main, se frayant un chemin sanglant à travers ses hommes pour parvenir jusqu'à elle, elle n'en gardait qu'un souvenir lointain, après la façon dont il s'était conduit depuis lors. Au lieu d'opprimer ses gens, il les protégeait et veillait à leur bien-être. Et maintenant, il se souciait d'elle, de son manque de compagnie et de ses états d'âme.

Et, pendant tout ce temps-là, elle cherchait auprès de son ennemi la preuve de son implication dans la mort de son père ! Elle projetait même de le soutenir, au cas où il aurait besoin de son aide. Elle n'avait pas manqué de voir le sac de grain qu'Edmund avait emporté avec lui dans l'entrepôt lors de leur rencontre. Il nourrissait sa bande de rebelles en pillant les réserves du château.

— Ce sont mes souvenirs qui m'ont tourmentée, messire, répondit-elle avec franchise.

— Est-ce à cause de quelque chose que vous avez vu dans l'entrepôt ?

Fayth dut faire un effort pour respirer lentement et régulièrement. Il ne fallait surtout pas qu'il remarque son émoi ! Savait-il quelque chose au sujet d'Edmund ? Qu'elle l'avait rencontré dans l'entrepôt ? Brice avait-il vu plus de choses qu'elle ne l'avait pensé ?

— Brice m'a dit qu'il était retourné là-bas et avait

fouillé l'entrepôt, après vous avoir confiée aux bons soins d'Emma, mais qu'il n'a rien trouvé.

Le ciel soit loué ! Edmund avait réussi à s'échapper avant son retour. Elle glissa ses mains sous la table et les serra nerveusement. Il fallait qu'elle trouve quelque chose à lui répondre... Elle se souvint alors de la dernière tâche qu'elle avait accomplie avant l'arrivée d'Edmund.

— J'ai trouvé un rouleau de tissu que mon père avait acheté à la foire du premier samedi de juillet. C'était la première fois que je le voyais et, en le découvrant, je n'ai pu m'empêcher d'être bouleversée.

— Vous préféreriez peut-être ne pas retourner au village ? Si tel est votre désir, j'ordonnerai à Brice de se charger de l'inventaire là-bas, pendant que vous vous occuperez exclusivement du château.

Oui ! Ce serait tellement plus simple ! Si elle n'était plus autorisée à aller au village, elle n'aurait pas à prendre les décisions qu'elle serait obligée de prendre si elle rencontrait de nouveau Edmund. En échappant à la tentation, elle...

Non. Ce serait de la lâcheté.

Elle devait être forte. Edmund avait promis de lui apporter des preuves de la culpabilité de Giles. Elle avait trop besoin de savoir, de connaître la vérité. Quant au grain qu'il prenait, c'était pour nourrir ses gens. Rebelles ou pas, elle continuait d'avoir des devoirs à leur égard et elle s'en voudrait s'ils venaient à mourir de faim.

Elle ouvrit la bouche pour lui répondre, mais les mots de sa raison n'étaient pas ceux de son cœur. Son cœur voyait un homme qui faisait tout ce qui était en son pouvoir pour apaiser les tensions et lui rendre la vie agréable. Un homme meilleur que la plupart des hommes de sa condition. Un homme qui, après l'avoir terrifiée, l'avait respectée et lui avait prodigué ses caresses sans jamais se montrer grossier ou brutal. Un homme qui n'avait jamais cherché à abuser de sa force et de son pouvoir.

Néanmoins, la voix de sa raison fut la plus forte.

— Non, messire, je ne me soustrairai pas à mes devoirs, quelle que soit leur difficulté. Nous avons presque fini là-bas. Une journée devrait nous suffire.

— Très bien, alors, dit-il en se levant.

Avait-elle laissé transparaître quelque chose de la bataille qui s'était livrée en elle ? Le regard que Giles posait sur elle était toujours aussi intense, mais différent, comme s'il subodorait quelque chose.

— Brice et moi, nous serons dans la cour. Vous n'aurez qu'à nous rejoindre quand vous serez prête.

— J'ai encore un certain nombre de chiffres à transcrire dans mon registre, répondit-elle.

Il sourit et hocha la tête.

— Prenez tout le temps dont vous avez besoin. J'ai l'intention de défier Brice à l'épée. Un peu d'exercice lui fera du bien. Accompagner une dame est une tâche utile et agréable, mais je ne voudrais pas qu'il s'amollisse et ne soit plus capable de combattre.

Elle le regarda s'éloigner, bien décidé à faire crier grâce à son ami. Elle remarqua alors que le bas de sa tunique était effrangé et que sa manche droite était déchirée. Depuis qu'il lui avait confié l'inventaire des provisions du château et du village, elle avait négligé ses devoirs à son égard. Dès qu'elle en aurait le temps, elle inspecterait le coffre de ses vêtements pour voir ce qui avait besoin d'être ravaudé. Mais, pour le moment, il lui fallait concentrer tous ses efforts sur la mission qu'il lui avait confiée — l'inventaire et le plan de rationnement pour l'hiver.

Une heure ou plus s'écoula pendant qu'elle remettait au clair ses chiffres. Hormis quelques cris d'encouragement en provenance de la cour, aucun bruit ne venait troubler le silence du petit cabinet où elle travaillait. Elle avait presque terminé lorsqu'un brouhaha confus parvint jusqu'à elle. Intriguée, elle referma son registre, roula ses parchemins et les rangea sur une étagère. Juste au moment où elle sortait du cabinet, Roger entra dans la grande salle, suivi par un petit groupe d'hommes en cottes de maille et le haubert sur la tête.

Roger s'approcha d'elle et lui indiqua ses compagnons d'un signe de tête.

— Ces hommes appartiennent au baron Huard de Vassey. Ils ont soif et messire Giles demande que vous leur fassiez donner à boire en attendant son arrivée.

Fayth opina et ordonna à ses domestiques d'apporter de la bière, tout en regardant les quatre hommes approcher. Tout de suite, leur attitude lui déplut. Pleins de suffisance et de forfanterie, ils marchaient comme s'ils étaient en pays conquis, en échangeant à mi-voix des propos qu'elle n'avait aucune envie d'entendre. L'un d'entre eux eut même l'audace de la toucher en passant à côté d'elle. Ils s'assirent bruyamment autour d'une table et continuèrent de parler entre eux, tout en riant et en buvant.

Soit ils n'imaginaient pas qu'elle comprenait leur patois normand, soit ils n'en avaient cure. Ses joues s'enflammèrent en entendant leurs commentaires grossiers et ignobles. Outrée, elle s'apprêtait à se retirer quand Giles fit son apparition. Elle fut un instant tentée de courir vers lui ; finalement, elle préféra s'écarter de la table et le laisser accueillir lui-même ses visiteurs.

— Bienvenue à Taerford, sire Eudes, dit-il poliment, mais sans chaleur excessive. En quoi puis-je être utile au baron de Vassey ?

Si cet accueil sembla tout à fait convenable à Fayth,

les quatre hommes, au lieu de répondre sur le même ton, se mirent à rire.

— Oh, vous voilà bien solennel, *messire* Giles ! répliqua Eudes, sarcastique. Votre promotion vous aurait-elle monté à la tête ?

La réponse de Giles ne se fit pas attendre.

— Je la dois au duc et, pour autant que je sache, il ne vous a pas demandé votre avis ou l'avis de votre maître, *sire*.

Il prit une chope de bière et la but calmement.

— Alors ? En quoi puis-je vous être utile, à vous ou au baron de Vassey ?

Sans répondre, les quatre hommes regardèrent autour d'eux et se mirent à faire des commentaires égrillards sur les gens et les objets qu'ils voyaient, à l'instar d'écoliers mal élevés et impudents. Puis leurs yeux se posèrent sur Fayth.

— On dirait que tu as hérité d'un joli petit lot, Giles, dit Eudes d'une voix égrillarde. Huard n'a pas eu la même chance. En arrivant dans son château, il n'a trouvé que deux vieilles vaches saxonnes, avec des seins tombant jusqu'à la taille, et une pucelle trop jeune pour pouvoir être bien chevauchée, si tu vois ce que je veux dire.

Il se leva à demi, comme s'il voulait aller voir Fayth de plus près et, instinctivement, elle recula, jusqu'à ce que son dos touche le mur.

— Avec tous ces voiles dont elles s'enveloppent, on ne sait jamais ce qu'on va trouver derrière, poursuivit-il avec une moue méprisante. Enfin, cela n'a pas trop d'importance, dans le noir. On n'a pas besoin de voir leurs visages pour les besogner, n'est-ce pas, Giles ?

Giles bondit. Le grossier chevalier tomba à terre. Roger et ses hommes se précipitèrent. Un genou sur le torse de Eudes, Giles pointait sa dague sur son cou.

— C'est ma femme et je t'interdis de parler d'elle sur ce ton en ma présence, dit-il d'une voix blanche de fureur.

Comme le chevalier hésitait, il accentua la pression de la dague, jusqu'à ce qu'il eût marmonné une vague excuse.

Puis il se redressa, le poussa avec son pied et remit sa dague dans sa botte. Entre-temps, Roger et ses hommes avaient entouré, l'épée à la main, les trois compagnons de sire Eudes.

— Comme je te l'ai déjà demandé deux fois, dis-moi ce que tu es venu faire ici et va-t'en.

Sire Eudes se releva et s'épousseta, le visage écarlate.

Comme Giles faisait un pas vers lui, il se décida enfin à parler.

— Plusieurs serfs attachés aux terres de messire de Vassey se sont échappés et il veut ta parole que tu ne les laisseras pas s'installer chez toi. Il m'a envoyé ici pour s'assurer que tu comprends ce qu'on attend de toi, car étant un…

Il s'interrompit et Fayth se demanda s'il aurait le front d'utiliser le mot qu'il avait au bout de la langue.

— … un bâtard, tu ne sais pas comment un seigneur doit se conduire avec ses gens.

Fayth attendit, pétrifiée. Une telle insolence ne pouvait pas rester impunie. Giles allait tirer son épée et défier Eudes en combat singulier…

Un silence de mort s'était abattu sur la grande salle. Roger et ses hommes retenaient leur souffle, prêts à agir au moindre signal de leur chef.

Giles s'avança lentement vers Eudes et se planta devant lui, les yeux dans les yeux, si près qu'elle dut tendre l'oreille pour entendre ce qu'il lui disait.

— Tu as voulu dire Breton, je suppose, Eudes ? Huard

pense peut-être qu'étant un Breton, j'ignore la façon dont un seigneur normand traite ses gens ?

En dépit de sa rudesse et de sa grossièreté, Eudes n'était pas stupide. Sachant qu'il était en état d'infériorité, il hocha la tête ; mais en voyant la lueur sournoise qui brillait dans ses yeux, Fayth sut qu'il n'oublierait pas d'avoir dû se soumettre devant un homme qu'il considérait son inférieur, tant par la naissance que par le rang.

— Oui, un Breton, marmonna-t-il.

— Tu en es sûr ? insista Giles.

— C'est ce que j'ai voulu dire, messire, dit Eudes un peu plus fort, cette fois.

Giles s'écarta et hocha la tête.

— Tu transmettras mes respects à messire Huard de Vassey et tu lui diras que je suis conscient de mes obligations à l'égard de mes voisins normands. Roger, Lucien, accompagnez ces hommes jusqu'aux limites de mes terres, je ne voudrais pas qu'ils s'égarent.

Ses lieutenants et six autres chevaliers entraînèrent les quatre hommes vers la porte. Quand ils furent sortis, Brice et quelques autres se rapprochèrent de Giles et se mirent à parler avec lui à mi-voix. Une discussion animée d'où jaillissaient de temps à autre un juron ou une remarque acerbe. Visiblement, les Bretons et les Normands ne s'aimaient guère. Une inimitié qui, sans doute, avait ses racines dans les conflits qui les avaient si souvent opposés sur le continent. Il y avait autre chose en jeu qu'un simple message entre un seigneur et son voisin.

Ne voulant pas les déranger, mais ne pouvant pas bouger sans attirer leur attention, Fayth attendit qu'ils se souviennent de sa présence, tout en essayant de saisir quelques bribes de leur conversation.

Il fallut plusieurs minutes avant que Giles regarde

vers elle. Il échangea encore quelques phrases avec ses hommes, puis il la rejoignit, la mine sombre.

— Je ne puis vous autoriser à vous rendre au village aujourd'hui, madame. Je ne veux pas donner l'opportunité à ces marauds d'entreprendre quoi que ce soit contre moi ou contre mes gens.

— Je sais qu'en m'insultant, c'était votre honneur qui était en jeu, messire, mais je vous remercie d'avoir pris ma défense contre lui.

— Vous êtes ma femme, madame, répondit-il en prenant sa main et en la portant à ses lèvres. Je défendrai votre honneur contre quiconque cherchera à le salir.

Le diable lui souffla une question et elle ne put résister à la tentation.

— Dois-je penser que j'ai eu de la chance que sire Eudes ne soit pas arrivé plus tôt, quand vous croyiez encore que je m'étais donnée à un autre ?

Au lieu de se mettre en colère, Giles prit un air embarrassé, presque coupable.

— Vous avez raison, Fayth, dit-il tout bas. J'ai eu tort de vous demander votre confiance sans vous accorder la mienne. Je vous demande seulement d'attendre que nous soyons seuls pour poursuivre cette conversation. Il s'agit d'un sujet privé et je ne voudrais pas que mes hommes entendent ma femme me faire des reproches. Ils en feraient des gorges chaudes et je perdrais toute mon autorité sur eux. Et maintenant, madame, poursuivit-il en élevant la voix, vous pouvez aller vaquer à vos occupations habituelles.

— Bien, messire, fit-elle en acquiesçant.

Une fois de plus, sa réponse l'avait prise au dépourvu et elle n'avait rien trouvé d'autre à dire.

Il rejoignit ses hommes. Juste avant de sortir, il se retourna vers elle.

— Vous êtes encore très pâle, madame. Si vous ressentez le besoin de vous reposer ou d'aller prendre l'air dans la cour, ne vous en privez pas et, surtout, ne vous surmenez pas tant que vous n'aurez pas recouvré toutes vos forces.

Elle acquiesça derechef, touchée par sa sollicitude. Grâce à Dieu, en ne l'autorisant pas à se rendre au village, il la privait d'une opportunité de le trahir. Une trahison qui aurait été un véritable déchirement, même si elle considérait que c'était son devoir d'aider les rebelles dans leur combat contre l'envahisseur normand.

Quand Emma et Ardith l'eurent rejointe, elle décida de consacrer sa journée aux vêtements de son mari. Il lui fallut le plus clair de l'après-midi pour trier ses tuniques, ses chemises, ses braies, ses chausses et ses haut-de-chausses, et ajuster une partie des vêtements de son père afin qu'ils puissent lui aller un peu mieux.

Contrairement aux jours précédents, le repas du soir se déroula dans un silence étrange, comme si les soldats et les chevaliers de Giles avaient perdu toute envie de rire et de plaisanter. Etaient-ils fatigués par leur journée de travail, ou autre chose les tourmentait-il ? Fayth n'aurait su le dire ; quelle que fût la raison de leur morosité, elle se retira dans sa chambre plus tôt que d'habitude.

Chapitre 15

Alors que Giles s'apprêtait à monter l'escalier pour rejoindre sa femme, Emma s'approcha de lui et lui donna une potion en lui enjoignant de la faire boire à sa maîtresse. L'expression de la vieille servante suffit à le convaincre qu'il valait mieux obtempérer sans chercher à discuter. Il sourit malgré lui en se souvenant qu'il en avait été ainsi avec elle dès le premier jour de son arrivée à Taerford.

La tasse à la main, il gravit les marches de pierre, en veillant à ne pas renverser le breuvage.

— Une potion pour vous aider à dormir, dit-il à Fayth en entrant dans leur chambre. Emma m'a dit que vous deviez la boire quand vous seriez prête à vous coucher et pas avant, précisa-t-il, conformément aux instructions qu'il avait reçues.

Il huma le breuvage en grimaçant.

— Cela sent…

Il chercha les mots en saxon.

— … un mélange de poix et de menthe.

Posant la tasse sur la table à côté de Fayth, il s'écarta en secouant la tête. Comment on pouvait se résoudre à boire une pareille mixture, en dépit de tous les bienfaits qu'elle pouvait apporter ?

Fayth laissa un instant la tunique qu'elle était en train de raccommoder, prit la tasse, la sentit et opina du chef.

— Vous préfèreriez peut-être que j'aille dormir dans l'autre chambre cette nuit, mes… Giles ? se reprit-elle en le voyant froncer les sourcils.

— Pourquoi donc ? Se récria-t-il, désarçonné par sa question.

— J'ai entendu dire que les hommes n'aimaient guère partager le lit d'une femme qui…

Elle rougit, embarrassée.

— Vous avez peur d'avoir une haleine pestilentielle après avoir bu cette horrible potion ?

Sa réflexion fit naître un sourire sur le visage de Fayth. Elle était tellement belle quand elle souriait !

— Ce n'est pas cela, Giles, dit-elle en baissant les yeux pudiquement. Je voulais parler des femmes qui ont leur flux menstruel.

— Ah. Serait-ce contagieux, d'une façon ou d'une autre ?

Cette fois, elle rit franchement.

— Non, bien sûr ! Vous ne risquez rien.

— Alors, je ne vois pas pourquoi vous iriez dormir ailleurs cette nuit.

Il la regarda tirer son aiguille à travers le tissu qu'elle cousait. Une pile de vêtements était posée à côté d'elle. Il haussa brièvement les sourcils. C'étaient *ses* vêtements qu'elle avait entrepris de raccommoder !

— Allez-vous dormir tout habillée, Fayth ?

Elle prit d'abord un air surpris, puis secoua la tête.

— Non. J'attendais seulement de savoir où j'allais dormir, avant de commencer à me dévêtir.

Allait-il oser ? Oui, il en avait trop envie.

Faisant un pas vers elle, il toucha son voile, un accessoire qu'il trouvait à la fois encombrant et superflu.

— Vous permettez ?

Elle acquiesça.

Ayant retiré le bandeau métallique qui maintenait le voile en place, il dégagea la bande de tissu qui lui enveloppait le visage et laissa retomber librement sa tresse. Puis il dénoua le ruban de cuir, défit patiemment la tresse et arrangea les longues boucles blondes sur ses épaules.

— N'est-ce pas plus confortable ainsi ? Vous devez transpirer atrocement sous ce voile et avec des cheveux aussi serrés.

— La mode n'a pas grand-chose à voir avec le bien-être, Giles.

S'il en jugeait par la façon dont les femmes s'habillaient à la cour de Guillaume et dans les châteaux où il avait vécu en Bretagne et en Normandie, il ne pouvait guère en douter.

Machinalement, il saisit la brosse qui était posée sur la table et entreprit de démêler ses cheveux. Il avait enfin l'opportunité de les toucher, une envie qui le tenaillait depuis trop longtemps. Elle resta assise, immobile et les yeux fermés, la respiration lente et régulière, au point qu'il crut un instant qu'elle s'était endormie.

— Je préfère quand c'est vous, dit-elle finalement. Vous, au moins, vous ne faites pas mal. Emma tire toujours trop fort quand il y a des nœuds.

Lorsqu'il eut fini de brosser, il s'assit et resta silencieux quelques minutes. Un silence paisible, détendu.

Puis il songea qu'il y avait un autre sujet dont il voulait l'entretenir.

Se levant, il alla jusqu'au mur qui séparait leur chambre de la chambre de jeune fille de Fayth.

— Je me suis dit que nous pourrions peut-être abattre ce mur et réunir les deux chambres. Qu'en pensez-vous ?

— A quoi cela servirait-il ? s'enquit-elle en se levant

également et en regardant autour d'elle, comme si elle cherchait à évaluer l'effet d'une telle modification.

— Ce serait simplement pour avoir plus de place. Cette chambre commence à être encombrée. Ainsi, nous pourrions avoir chacun un coin pour nos affaires personnelles. Vous pour vos robes et votre toilette, moi pour mes armes et tout mon attirail. Devant la cheminée, un genre de petit salon et le lit ici, à la place du mur, entre la fenêtre de cette chambre et celle de l'autre chambre…

— Oui. C'est une bonne idée. Il faudrait peut-être aussi agrandir les fenêtres, suggéra-t-elle. Ainsi, il y aurait plus de lumière. Et puis…

Il sourit et l'interrompit en levant la main.

— Une chose à la fois, madame. J'ai envie d'améliorer un peu notre confort, mais sans entreprendre de trop grandes transformations. D'autant plus que j'ai le projet de bâtir un nouveau château, sur une butte, dans un méandre de la rivière.

— J'ai entendu vos hommes parler de ce projet. Pourquoi avez-vous choisi cet endroit ? Ne serait-il pas plus simple et moins coûteux de rénover ce château ?

— Non. Si j'ai choisi cette butte, c'est parce qu'elle convient parfaitement à la forteresse en pierre, à la mode normande, que je désire bâtir. Vous la connaissez, je suppose ?

— Oui. Je l'ai gravie une fois ou deux, avec mon père.

— Alors, vous avez dû remarquer que depuis son sommet, on peut voir à plusieurs miles à la ronde. Une position défensive bien meilleure que celle de ce château. En outre, avec quelques aménagements, la rivière pourra nous fournir toute l'eau dont nous aurons besoin pour alimenter des douves larges et profondes.

— Et ce château, alors ? Que deviendra-t-il ?

— Cela vous ennuierait-t-il que nous vivions dans un endroit différent de celui où vous êtes née ?

— Non, c'est le destin d'une femme de quitter ses parents et d'aller habiter chez son mari, aussi je ne suis ni surprise ni troublée par votre projet. Mais que voulez-vous faire de celui-ci ? Le raser ?

— Je n'ai pris encore aucune décision à ce sujet. Tout dépendra de l'évolution de notre situation. S'il y a encore des troubles et si nous avons réussi à passer les mois d'hiver sans trop de difficulté. Et, surtout, de l'argent dont nous pourrons disposer après avoir acheté les provisions nécessaires à l'entretien de mes hommes et de nos gens.

S'approchant de la table, il prit la tasse de potion et la lui tendit.

— Buvez et, ensuite, couchez-vous. Vous avez besoin de vous reposer.

Comme elle ne la prenait pas, il la lui mit dans la main d'autorité.

— Allons, faites un effort. Je ne voudrais pas avoir à affronter la colère d'Emma. Si vous avez pitié de moi, buvez cette potion.

L'odeur du breuvage était si forte qu'il ne put s'empêcher de grimacer pendant qu'elle le buvait. Il attendit qu'elle eût terminé, puis il lui reprit la tasse des mains et la posa sur la table.

Ensuite, sans attendre son autorisation, il la fit pivoter et se mit à dénouer les attaches de son corsage.

D'une façon ou d'une autre, la conversation qu'ils venaient d'avoir l'avait mis à l'aise. Il se sentait bien. A sa place. Il n'avait jamais passé beaucoup de temps dans la chambre d'une dame. Celles qui lui avaient permis d'entrer dans leur sanctuaire ne lui avaient guère laissé le loisir de s'attarder. Elles avaient bien voulu consentir à une étreinte avec un beau et jeune chevalier, mais toujours discrètement et entre deux portes, pour ainsi dire. Quant aux femmes qui, comme lui, avaient appartenu aux classes inférieures de la société, elles ne disposaient pas, pour la plupart, d'une chambre particulière. Il avait pris son plaisir avec elles contre un mur, sous une carriole, dans les écuries, dans une grange ou même dans les cuisines. Jamais il n'avait rêvé qu'un jour il pourrait partager une chambre avec une dame qui serait sa femme devant Dieu et devant les hommes.

Fayth fit glisser sa robe le long de ses épaules et la laissa tomber à ses pieds, ne gardant que sa chemise. Avant qu'elle ne monte dans le lit, il la prit dans ses bras et l'embrassa, comme il en avait eu envie depuis son retour chez lui la veille au soir.

Chez lui ?

Cette pensée le fit sourire, mais quand ses lèvres touchèrent les siennes, il oublia tout le reste, submergé par les désirs qui n'avaient pas cessé de couver en lui depuis le premier jour où ses yeux s'étaient posés sur Fayth.

Enfouissant avec délice ses doigts dans ses longs cheveux soyeux et bouclés, il ravagea sa bouche jusqu'à ce qu'ils soient l'un et l'autre hors d'haleine.

Puis, doucement, il desserra son étreinte et s'écarta.

— Couchons nous maintenant, murmura-t-il. Vous n'aurez rien à craindre dans mes bras.

Elle hocha la tête docilement. Il la suivit des yeux pendant qu'elle montait dans le lit, puis il se déshabilla rapidement et la rejoignit. Allongé sur le côté, il lui ouvrit les bras et elle se blottit contre lui. En quelques instants, la potion fit son effet et elle s'endormit.

Chez lui.

Les deux petits mots résonnèrent à l'infini dans sa

tête, jusqu'au moment où, lui aussi, il céda à la fatigue et sombra dans un profond sommeil.

Quand Fayth se réveilla, son lit et sa chambre étaient vides. La lumière qui s'infiltrait autour et entre les volets de bois de la fenêtre promettait une journée belle et ensoleillée. Encore plus belle, maintenant que son flux menstruel était terminé.

Avec l'aide d'Emma, elle s'habilla, puis elle descendit dans la grande salle, espérant y retrouver son mari. Aujourd'hui, il l'autoriserait peut-être à se rendre au village. En l'écoutant parler de ses projets, elle avait commencé à douter des accusations qu'Edmund avait portées contre lui. Elle avait vu à quel point la conduite et les prétentions des hommes de Huard de Vassey l'avaient mis en fureur. Il fallait qu'elle retrouve Edmund et lui dise qu'elle ne pouvait pas l'aider.

Elle arriva dans la grande salle juste à temps pour assister à une violente dispute entre son mari et Brice. Elle ne savait pas comment ils parvenaient à rester amis, car ce n'était ni la première, ni la pire des disputes dont elle avait été témoin.

Brice serrait les poings, les yeux étincelants de fureur.

— Aucun d'entre nous n'a la moindre connaissance et encore moins de pratique pour traiter un cas de ce genre, Giles ! Il faut que ce soit elle !

— Et moi je te dis que ma décision est définitive ! rétorqua Giles tout aussi violemment. Fayth ne quittera pas le château aujourd'hui.

Brice laissa échapper un chapelet de jurons. Giles continua, sans se troubler pour autant.

— Tu les as vus et entendus. Les limites de mes terres

ne sont qu'une ligne imaginaire pour eux et ils s'estiment libres de les franchir à leur gré. Si Huard croit que j'ai quelque chose à voir dans cette affaire, et je suis persuadé qu'il le croit, il n'hésitera pas à envoyer ces chiens faire une incursion jusque dans les rues du village.

— Ne sois pas stupide, Giles ! s'exclama Brice.

Fayth eut l'impression qu'ils allaient en venir aux mains, mais il n'en fut rien.

— Cette malheureuse est dans un piètre état. On m'a dit que ta femme avait l'expérience de ce genre de chose. Je ne te demande pas de la laisser se promener librement dans la rue, mais seulement d'aller la voir et de s'occuper d'elle.

— L'une des femmes du village peut s'en charger tout aussi bien, affirma Giles en croisant les bras sur son torse.

— Puis-je avoir mon mot à dire dans cette affaire, messire ?

Ils se retournèrent brusquement vers elle. Ils avaient été tellement accaparés par leur dispute que ni l'un ni l'autre ne s'était rendu compte de sa présence.

— L'une des villageoises a été blessée, dit Giles en faisant un geste du menton vers Hallam.

— Nissa, madame. La femme de Siward, précisa Hallam.

Elle connaissait bien Hallam, qui avait été l'un des régisseurs de son père, mais les noms qu'il venait de lui donner ne lui disaient rien.

— Ils habitent avec Edith, la sœur de Nissa, la femme d'un tisserand, ajouta-t-il en hâte devant son air intrigué.

Il y avait anguille sous roche, car ces gens n'avaient jamais été des vilains ou des serfs de son père. En se souvenant de la visite des hommes de Huard de Vassey, elle comprit de quoi il s'agissait : ce Siward et cette Nissa étaient des serfs en fuite qui avaient cherché refuge sur les terres de son mari.

— Je connais la femme dont tu parles, Hallam. Est-elle gravement blessée ?

— Sa sœur a dit seulement qu'elle souffrait beaucoup, madame.

Fayth dévisagea son mari et attendit sa décision. Si elle insistait pour obtenir son autorisation, elle était certaine qu'il refuserait. Aussi se contenta-t-elle de croiser comme lui ses bras sur sa poitrine et de le regarder droit dans les yeux. C'était une attitude qu'elle avait vu sa mère prendre fréquemment quand elle voulait obtenir quelque chose de son père. Avec succès, le plus souvent.

Au bout de quelques instants, Giles jura — si grossièrement que Fayth rougit.

— Bien, à votre guise, madame !

Puis, sans un mot de plus, il lui tourna le dos, laissant l'affaire entre les mains de Brice.

Après avoir rassemblé avec Emma ce dont elles pourraient avoir besoin, elles descendirent au village, accompagnées par Brice et une solide escorte. Lorsqu'elles parvinrent devant la chaumière d'Edith, Brice fit mine d'entrer le premier, mais Fayth l'arrêta.

— Si cette pauvre femme est blessée dans ses parties intimes, vous ne pourrez guère nous aider, je suppose, sire Brice ? dit-elle en le gratifiant de son sourire le plus innocent.

Les hommes avaient rarement envie de se mêler des « problèmes féminins ».

Comme elle l'avait prévu, il hocha la tête et s'effaça.

Suivie par Emma, elle entra dans la chaumière et trouva la blessée allongée sur une paillasse devant le feu.

La malheureuse était couverte de plaies, de bleus et

de brûlures. Ses cheveux avaient été presque entièrement rasés avec un instrument qui avait entaillé la peau à de nombreux endroits, et ses lèvres étaient déchiquetées et ensanglantées. Heureusement, comme elle avait perdu connaissance, Emma et Fayth purent l'examiner sans qu'elle se débatte et crie de douleur.

— Vous allez pouvoir faire quelque chose pour elle, madame ? s'enquit Edith d'une voix implorante.

— C'est Emma qui va s'en occuper, Edith, répondit Fayth. Elle a plus d'expérience que moi.

Comme a son habitude, la vieille servante prit les choses en main avec autorité.

Tandis qu'Edith allait chercher l'eau chaude et les linges propres dont elle avait besoin, Fayth ouvrit le coffret qu'elle avait apporté et entreprit de préparer les onguents et les potions, en essayant de ne pas laisser transparaître l'horreur qu'elle avait ressentie en voyant dans quel état se trouvait la malheureuse.

Siward, le mari, était prostré dans un coin, l'air abattu. Il avait reçu des coups, lui aussi. Elle alla le trouver pour voir s'il avait besoin d'être soigné, mais il la supplia de s'occuper d'abord de sa femme.

— Que lui est-il arrivé ? demanda Emma d'une voix pleine de compassion.

— Le seigneur normand n'a pas voulu croire que nous étions des hommes libres et il nous a fait battre quand nous avons osé protester.

Il respirait d'une façon saccadée, ce qui laissait supposer qu'il avait des côtes cassées.

— Il a fait rassembler toutes les femmes et les a fait marquer au fer rouge, comme du bétail, avant de les donner à ses hommes. Nissa s'est débattue et a essayé de s'échapper, mais ils l'ont rattrapée et… et…

— Chut, maintenant, dit Emma en lui tendant un gobelet. Buvez cette potion. Elle apaisera vos douleurs.

Avec des gestes efficaces et pleins de précaution, les trois femmes enlevèrent les vêtements déchirés de Nissa et lavèrent ses plaies et ses brûlures. En la tournant sur le côté, Fayth faillit pousser un cri d'épouvante en découvrant l'état de son dos et de ses jambes. Elle se força à rester impassible et continua d'aider Emma et Edith à enduire les plaies et les brûlures d'onguent et à les panser.

Il fallut un certain temps, mais, finalement, elles parvinrent au bout de leur tâche et, Nissa ayant repris un peu connaissance, elles purent lui faire boire quelques gorgées de la potion d'écorce de saule dont Emma se servait pour calmer les douleurs.

Quand la malheureuse se fut rendormie, enveloppée dans une couverture, Siward se leva péniblement, en grimaçant.

— Asile, madame, murmura-t-il. Accordez-nous votre asile, nous vous en supplions.

Fayth soupira.

— Je ne puis pas vous l'accorder, Siward. Mon mari, le seigneur de Taerford, est un vassal du duc de Normandie et je ne pense pas qu'il acceptera de vous protéger contre la volonté du baron de Vassey.

Son cœur se brisa à la pensée que Giles laisserait faire une injustice aussi odieuse sans intervenir, mais après les mises en garde par trop claires des hommes de Huard de Vassey, elle ne pouvait pas répondre à sa place. Elle était en train de se demander si Emma pourrait rester auprès de la blessée quand Brice, depuis l'extérieur, interrompit le cours de ses pensées.

— Madame ? Il faut que je vous parle, dit-il avec assez fermeté dans le ton pour qu'elle sache que c'était un ordre.

Elle entrebâilla la porte, juste assez pour pouvoir se glisser dehors.

— Oui, sire Brice ? s'enquit-elle en faisant quelques pas, l'obligeant ainsi à s'éloigner du seuil de la porte.

— N'est-ce pas la voix d'un homme que j'ai entendue tout à l'heure ?

— Si bien sûr. Le mari de Nissa…

Comment diable s'appelait-il, déjà ? Ah oui !

— … Siward. Il veille sa femme.

— Comment cette femme a-t-elle été blessée ? Ses blessures sont-elles assez graves pour nécessiter votre présence auprès d'elle ?

Ses yeux s'étrécirent et elle sut qu'il avait des doutes quant à l'histoire qu'on lui avait racontée.

Trop bouleversée par ce qu'elle avait vu, elle ne parvint pas à trouver un mensonge crédible. Néanmoins, elle n'avait pas assez confiance en lui pour lui dire la vérité.

— Deux jours, sire Brice, plaida-t-elle. Donnez-moi, donnez-leur deux jours et ils s'en iront.

Lui prenant le bras, elle se pencha vers lui et baissa la voix.

— Ces maudits Normands. Ils ont…

Les mots ne voulurent pas sortir, tant elle était encore choquée.

— Madame, vous feriez mieux de ne pas vous mêler de cette affaire, répondit-il en dégageant son bras. Et ne me demandez pas de dissimuler quelque chose à votre mari. Vous feriez mieux d'aller lui dire la vérité et de le laisser prendre sa décision en toute connaissance de cause.

— Sire Brice, mon père a loué une partie de ses terres juste avant son départ vers le Nord et sans avoir consulté ses parchemins, je ne suis pas capable de dire avec certitude si ces gens ont contracté un bail avec lui.

Elle avait résolu de tout faire pour gagner du temps. Avec deux jours pour se reposer et guérir ses blessures, Siward aurait une chance d'échapper aux hommes de Huard. Si Edmund revenait au village, elle pourrait lui laisser un message afin qu'il l'emmène avec lui dans le Nord.

— Madame..., fit Brice.

C'était une mise en garde. Il n'était pas dupe et savait fort bien ce qu'elle voulait de lui.

— Il me faudra du temps pour rechercher les bons parchemins et déchiffrer les noms des fermiers et des terres louées par mon père, insista-t-elle. Donnez-moi deux jours, je vous en prie. Je ne vous demande rien de plus.

Sans attendre sa réponse, elle se dirigea vers la chaumière, dans l'intention de s'entendre avec Emma sur les soins à donner à la malheureuse. Mais avant qu'elle soit parvenue à la porte, Brice la prit par le bras et l'attira vers lui avec fermeté.

— Ne faites pas ça, Fayth, lui enjoignit-il, les mâchoires serrées.

Surprise par l'usage de son prénom et par la lueur farouche qui brillait dans ses yeux, elle regarda sa main crispée sur son bras, puis leva les yeux vers lui, les sourcils froncés, jusqu'à ce qu'il consente à la lâcher. Elle ne le pensait pas capable de lui faire du mal. Il cherchait seulement à lui faire comprendre qu'elle avait tort de vouloir protéger des gens à l'insu de son mari.

— Bien entendu, sire Brice, vous êtes libre de chercher vous-même leurs noms sur les parchemins ou de demander à mon mari de le faire, si vous désirez en avoir le cœur net plus rapidement.

Comme ils ne savaient lire ni l'un ni l'autre, elle ne craignait guère sa réponse.

Bien qu'elle ne l'eût pas insulté ouvertement, il fut piqué

au vif. Elle le vit dans son regard, avant qu'il ne s'éloigne d'elle en la maudissant et en marmonnant des jurons entre ses dents. Néanmoins, il ne chercha pas à forcer la porte et à débusquer lui-même le serf fugitif. Elle rentra dans la chaumière et échangea quelques phrases avec Emma. Peu de temps après, elle ressortit et fit signe au chevalier qu'elle était prête à retourner au château.

Brice l'attendait, en selle sur son destrier. Comme elle était seule, il se pencha pour l'aider à monter en croupe derrière lui. Sentant qu'il était furieux, elle ne dit mot pendant qu'ils chevauchaient vers le château. Ce fut seulement lorsqu'ils entrèrent dans la cour d'honneur qu'elle osa lui demander d'une voix tremblante :

— Qu'allez-vous faire, Brice ?

— Comme c'est moi qui ai convaincu Giles de vous occuper de cette malheureuse, répondit-il, j'ai décidé de ne pas intervenir et de vous laisser traiter cette affaire à votre guise.

Elle poussa un soupir de soulagement, car elle avait craint qu'il ne raconte tout à son mari.

— Je ne sais comment vous remercier…

Il ne la laissa pas terminer sa phrase.

— Vous ne me remercierez pas et votre mari ne me remerciera pas non plus quand cette histoire viendra au grand jour, grommela-t-il en se retournant dans sa selle. Et, n'en doutez pas, vous en pâtirez.

— Si personne ne le lui dit, je…

Il l'interrompit derechef.

— Ce n'est pas à moi de vous juger, mais je vous répète que vous avez tort de ne pas lui donner l'opportunité de régler cette affaire lui-même.

Malgré elle, elle frissonna. Il avait raison. En agissant à l'insu de son mari, elle prenait un grand risque ; mais comme elle ne croyait pas qu'il accepterait d'aider ces deux malheureux Saxons à échapper à leur seigneur normand, elle avait fait ce que son devoir lui ordonnait de faire. Pour le reste, advienne que pourra.

Lorsque Brice lui donna la main pour l'aider à mettre pied à terre, ses dernières paroles ajoutèrent encore à son angoisse.

— Je prie le ciel pour que ma femme, lorsque j'en aurai une, ne se mêle pas de mes affaires de la façon dont vous venez de le faire. Je crois que je ne pourrais pas lui pardonner.

Tandis qu'il parlait, Giles était sorti du château et s'approchait pour les accueillir. En voyant Fayth trébucher, il se précipita vers elle et mit son bras autour de sa taille.

— Merci de t'être occupé de ma femme, dit-il à son ami.

Brice hocha la tête brièvement.

— De rien, grommela-t-il, tandis que Fayth détournait la tête, afin de ne pas croiser son regard. Je repars, Giles. J'ai besoin de galoper un peu pour me changer les idées.

Tirant brutalement sur les rênes de son destrier, il lui fit faire demi-tour et franchit le portail sans un mot de plus.

— Lucien, regarde dans quelle direction il est parti et envoie deux cavaliers le rejoindre, ordonna Giles à l'homme qui montait la garde devant la herse.

Puis, prenant la main de Fayth, il l'emmena vers le logis seigneurial.

— Ne vous inquiétez pas, madame. Il a des sautes d'humeur, de temps à autre. Dans ces cas-là, un bon galop est encore le meilleur des remèdes.

— Non, messire. Je pense plutôt que c'est ma conduite qui l'a mis de mauvaise humeur. Je n'obéis pas assez vite à ses ordres et il me reproche de ne pas suffisamment écouter ses conseils.

Ce n'était pas trop loin de la réalité. Assez près, du moins, pour apaiser un peu sa conscience.

— Vers où est-il allé, Lucien ? s'enquit-il juste avant d'entrer dans le logis.

— Vers l'est, messire. J'ai envoyé Stephen et Foulques à sa poursuite.

— Ce sont mes meilleurs pisteurs. Avec eux, je suis tranquille, il reviendra sain et sauf.

En le suivant à l'intérieur du logis, Fayth se rendit compte que Brice avait pris le chemin des terres de Huard de Vassey.

Brice fixa son écu et son épée à sa selle, afin d'avoir les mouvements plus libres, et mit son cheval au galop. Il avait pris la direction de l'est, vers le fief de Huard de Vassey, dans l'idée de chercher des réponses à des questions qu'il se posait, mais dont il ne s'était pas encore entretenu avec Giles. Pour le moment, il n'avait encore que des soupçons et il avait besoin de preuves avant de lui en parler. Mais après avoir surpris la conversation entre Fayth et le serf dans la chaumière, il était persuadé que d'autres atrocités avaient été commises et il voulait en avoir le cœur net, afin de pouvoir couvrir les arrières de son ami.

Il ralentit son cheval et continua au trot pendant plusieurs miles, presque jusqu'aux limites du fief de Giles, avant de bifurquer vers le nord, le long d'un ruisseau et d'une chaîne de collines boisées. Au bout d'un moment, il arrêta sa monture, la fit boire et se reposer un peu. Ce fut là que Stephen et Foulques le rejoignirent. Giles ne leur ayant donné aucun ordre particulier, il les emmena avec lui à travers les collines jusqu'à l'orée des terres de Huard.

Il lui fallut plusieurs heures pour découvrir ce qu'il

cherchait, mais, finalement, il put avoir la preuve des abominations commises par les hommes de Huard. Trois corps de paysans gisant en tas au bord d'un chemin. Visiblement, ils avaient été jetés là après avoir été battus à mort. Leur examen persuada Brice que les deux serfs qui s'étaient réfugiés à Taerford avaient subi un traitement similaire. C'était miracle s'ils avaient réussi à s'échapper.

En regardant aux alentours, ils trouvèrent également de nombreuses traces de sabots, laissées par des destriers ou des palefrois. Comme aucun paysan ne possédait des chevaux aussi puissants et coûteux, il ne pouvait y avoir aucun doute.

Ces atrocités avaient été commises par les hommes de Huard de Vassey.

Brice fit jurer à ses deux compagnons de ne parler à personne de leur découverte, avant qu'il ait eu le temps d'en informer Giles, puis ils enterrèrent les corps sous des tas de pierres et reprirent le chemin du château de Taerford.

Quand ils arrivèrent, la nuit était tombée et ils apprirent que Giles et Fayth s'étaient retirés dans leur chambre.

Après réflexion, Brice choisit de ne pas troubler les ébats amoureux de son ami. Sachant à quel point Fayth se souciait de la protection des gens de son peuple, il pouvait seulement espérer que ce ne seraient pas les derniers.

Chapitre 16

Depuis son retour du village, Fayth s'était montrée irritable. Sans doute en partie parce qu'elle avait dû subir la mauvaise humeur de Brice. Son ami avait fréquemment des accès d'humeur noire et, quand c'était le cas, le mieux était de le laisser chercher l'apaisement en allant galoper à travers champs à bride abattue. Il savait que ses jours de chevalier libre et sans souci touchaient à leur fin et que, bientôt, il allait devoir faire face lui aussi aux responsabilités d'un seigneur. Il en avait envie, tout autant que Giles avant lui, mais plus la concrétisation de ses rêves approchait, plus il se sentait nerveux et hésitant.

Si Giles avait fait face aux mêmes inquiétudes lors de sa marche vers Taerford, il n'avait eu qu'une poignée de jours pour maîtriser ses angoisses et se préparer à prendre le contrôle de son fief. Une tâche difficile, qui, lorsqu'on héritait d'un fief, s'effectuait progressivement, en plusieurs années et sans le handicap d'une population hostile et parlant une langue différente. A présent cependant, en voyant Brice aussi tendu, il se demandait si son expérience n'avait pas été la plus facile.

Enfin, les problèmes de son ami se régleraient en temps voulu.

Pour l'instant, il avait autre chose en tête.

Fayth. C'était cette nuit qu'elle allait devenir réellement sa femme.

Après le dîner, ils étaient montés ensemble dans leur chambre.

Il ne voulait pas la brusquer, mais maintenant que le moment était arrivé, il était nerveux et impatient. Il la regarda dire ses prières, faire rouler entre ses doigts les grains de son chapelet, ses lèvres remuant sans qu'aucun son n'en sorte. Et pendant tout ce temps-là, Dieu lui pardonne, il ne pensait qu'à une seule chose, son corps nu sous le sien.

Depuis un long moment déjà, son membre viril était tendu douloureusement. Cela avait commencé pendant le dîner, quand il lui avait demandé à voix basse si son flux menstruel était terminé. Elle avait rougi et opiné silencieusement. L'effet avait été immédiat et, depuis lors, il n'avait plus pensé à rien d'autre qu'à l'instant où ils seraient dans les bras l'un de l'autre.

Afin de se changer les idées, il avait entrepris d'affûter son épée. Cela faisait plus d'un quart d'heure qu'il la frottait avec sa pierre. Jamais le fil n'en avait été aussi acéré !

Il fallait qu'il trouve quelque chose d'autre à faire, n'importe quoi…

Quand elle regarda vers lui, il essaya de détourner les yeux, mais n'en eut pas la force. Après qu'il avait refermé la porte de leur chambre, elle avait enlevé son voile et fait tomber ses cheveux en cascade sur ses épaules. Maintenant, elle était assise sur la chaise à dossier, avec pour seuls vêtements sa chemise de nuit et une robe de chambre qu'elle avait trouvée dans un coffre de vieux vêtements. Le pire, c'était qu'il connaissait la beauté des formes féminines qui se dissimulaient derrière cette barrière de tissu et qu'il n'ignorait rien non plus du goût et de l'odeur de sa peau.

Finalement, elle rassembla les grains de son chapelet et les posa sur la table, mettant ainsi fin à ses prières du soir. Puis se levant, elle versa du vin dans un gobelet et le lui tendit. Il en but une gorgée et le lui rendit. Tandis qu'elle le portait à ses propres lèvres, il vit que sa main tremblait. La rejoignant, il lui prit la main et stabilisa le gobelet, afin qu'elle puisse boire sans en renverser le contenu sur sa chemise.

— Etes-vous nerveuse, madame ?

— Oui, admit-elle à voix basse.

Il lui versa un autre gobelet de vin et attendit qu'elle l'ait bu, en espérant que l'alcool l'aiderait à surmonter ses peurs. Quand elle eut fini la dernière gorgée, elle leva les yeux vers lui.

— On m'a dit que ça faisait mal la première fois, dit-elle en grimaçant.

— Je l'ai entendu dire aussi, mais je crains de n'avoir aucune expérience en la matière, car je n'ai jamais encore couché avec une pucelle.

Les pucelles n'étaient pas pour les hommes comme lui. Il en avait rêvé, parfois, mais elles étaient trop précieuses pour être données à des bâtards, des hommes qui n'avaient rien à offrir, ni terres, ni bijoux, ni beaux atours. Des hommes qui, jour après jour, gagnaient une maigre pitance à la pointe de leur épée, avec le risque, sans cesse, d'être blessés ou tués. Les pucelles étaient gardées pour les hommes bien nés, les fils de comtes et de barons qui, à la mort de leur père, hériteraient de leurs titres et de leurs biens.

Plongeant ses yeux dans les siens, il se jura de se montrer digne d'avoir une femme comme Fayth de Taerford.

La laissant un instant, il fit le tour de la chambre pour moucher les chandelles, en en laissant une seule allumée, à côté du lit. Cette fois, il voulait voir son visage quand elle crierait de plaisir. Afin de ne pas l'effrayer, il avait gardé exprès sa chemise et ses braies. En un tournemain, il acheva de se déshabiller, rabattit les couvertures et s'assit sur le bord du lit.

— Viens, Fayth, dit-il en lui tendant la main.

Avec ce geste, il savait qu'il lui demandait bien plus que son corps. Il la voulait tout entière. Il vit sa main frémir, signe qu'elle était consentante, mais elle n'avait pas encore vaincu toutes ses appréhensions.

— Plus de demi-mesures entre nous, Fayth. Viens dans mes bras et sois ma femme. Une femme prête à me soutenir dans mes entreprises, pour nos gens, pour assurer notre avenir et l'avenir de nos enfants.

— Il est trop tôt, murmura-t-elle, sans se résoudre à prendre sa main.

— Nous avons déjà trop tardé, répondit-il d'une voix douce, mais ferme.

— Es-tu prêt à m'offrir la même allégeance que celle que tu me demandes, Giles ? Simplement parce qu'en ayant mon flux menstruel, je t'ai prouvé que je n'avais pas menti ?

— Oui, si tu me donnes ta parole de ne pas me trahir, tu auras toute ma confiance. A jamais. J'aurais aimé pouvoir te l'accorder plus tôt, poursuivit-il en se levant, et sincèrement, j'avais envie de te croire. J'ai essayé. Mais cela n'a pas été possible. Pas par ta faute. C'était à cause de mon passé, de ma naissance illégitime. J'avais besoin d'avoir une preuve tangible, avant de m'engager.

Elle le regarda d'un air hésitant. Il savait que ce n'était

pas de leur union charnelle dont elle avait peur. C'était du reste, de ce qu'il lui demandait.

— Aie confiance en moi, Fayth, dit-il en lui tendant derechef la main. Viens.

Le fait qu'il le lui demande et ne cherche pas à la forcer, songea Fayth, était une preuve supplémentaire de son sens de l'honneur. Quelle qu'ait été sa naissance, ses actes témoignaient d'une noblesse innée. Il possédait des qualités qui faisaient défaut à de nombreux seigneurs, saxons ou normands.

Il lui demandait d'avoir confiance en lui, alors qu'aujourd'hui même, elle l'avait trahi en lui dissimulant la présence des deux serfs de Huard de Vassey.

— Giles, il y a tellement de choses dont nous devrions parler avant de…

Il l'empêcha de terminer sa phrase en venant poser un doigt sur ses lèvres.

— Peu importe le passé, Fayth, le mien ou le tien. Nous aurons tout le temps d'en parler plus tard. Pour l'heure, c'est de notre avenir qu'il s'agit. Tout ira bien, je te le promets.

Elle le regarda se rasseoir sur le bord du lit. Son corps l'attirait et ne lui inspirait plus la moindre peur. Elle voyait de façon tangible qu'il était prêt à consommer leur union, mais au lieu d'en être intimidée, elle sentait un désir irrésistible monter dans ses reins. Et elle savait aussi qu'elle avait envie de la vie qu'il voulait et pouvait lui offrir. Son arrivée à Taerford en conquérant avait été un choc terrible, mais à part une victoire fort improbable des rebelles, plus rien ni personne ne pouvait empêcher la mainmise de Guillaume sur le royaume d'Angleterre. Giles était ici. Il était son mari et il lui demandait de devenir sa femme. Il ne l'exigeait pas. Il le lui demandait.

Elle fit un pas en avant et prit la main qu'il lui tendait. Un jour, elle aurait des comptes à rendre, mais elle avait confiance en lui. Il saurait trouver un moyen pour la sortir du mauvais pas dans lequel elle s'était mise.

Faisant un pas de plus, elle attendit qu'il la prenne dans ses bras.

— Embrasse-moi, murmura-t-il en levant la tête vers elle.

Craignant que son manque d'expérience le déçoive, elle secoua la tête.

— Je ne sais pas faire.

Il écarta les jambes et l'attira contre lui.

— Ne t'inquiète pas, je te guiderai. Viens…

Elle pencha lentement son visage vers le sien. Au lieu de la prendre dans ses bras, il posa ses mains de part et d'autre de son corps sur le lit et attendit. C'était la première fois qu'elle se trouvait dans une telle position avec un homme, aussi elle choisit d'imiter ce qu'il avait fait quand leurs rôles étaient inversés. Elle enfouit ses doigts dans ses cheveux et effleura sa bouche de la sienne. Voyant qu'il la laissait faire sans intervenir, elle commença par déposer des baisers, par petites touches, sur ses joues, sur son menton et sur sa bouche, puis elle mordilla ses lèvres, l'une après l'autre.

Immédiatement, le corps de Giles réagit. Son membre viril se tendit contre sa jambe, mais il continua de la laisser faire, sans bouger. Avec le bout de sa langue, elle suivit alors le contour de sa bouche et quand elle s'ouvrit pour l'accueillir, elle plongea à l'intérieur. Sa bouche avait un goût fort, musqué. Plongeant plus profondément, elle enroula sa langue autour de la sienne. Une expérience qui lui fit éprouver des sensations étranges, mais ô combien délicieuses ! C'était elle qui menait le jeu, elle qui maîtrisait la situation…

Ce baiser dura un long moment. La langue de Giles luttait avec la sienne, sans chercher à s'imposer. Une lutte courtoise et sensuelle qui faisait monter une vague de chaleur au creux de ses reins.

Quand elle redressa la tête pour reprendre son souffle, elle s'avisa qu'il avait fait glisser sa robe de chambre sur ses épaules. Retirant ses doigts de ses cheveux, elle la laissa tomber à ses pieds. Avant qu'elle ait pu poursuivre ses baisers, il défit les attaches de sa chemise et découvrit son buste. Elle ferma les yeux et attendit, le cœur battant à se rompre.

Lorsqu'il enfouit son visage dans sa poitrine, ses jambes se mirent à trembler. Il embrassa ses seins, suçant et mordillant ses tétons l'un après l'autre, jusqu'à ce qu'ils deviennent durs et vibrants de désir. Enfouissant de nouveau ses doigts dans ses cheveux, elle se cambra et laissa échapper un soupir.

C'était trop bon…

Il continua ainsi un long moment, puis, alors que, submergée par les sensations qu'il faisait courir dans ses veines, elle sentait ses jambes se dérober sous elle, il la prit dans ses bras et la déposa sur le lit. Elle crut qu'il allait rabattre les couvertures, mais il n'en fit rien. Au lieu de cela, il la recouvra avec son corps et prit le contrôle de leurs ébats.

Après avoir ravagé sa bouche, ses lèvres glissèrent sur son cou et sur ses épaules. Quand elles revinrent vers ses seins, elle se cambra et gémit.

— Viens… Oh, viens… Maintenant…

Il poursuivit sa délicieuse torture, descendant sur son ventre et sur ses cuisses.

Elle avait trop envie de lui. Elle tendit la main pour toucher son membre viril, mais il l'en empêcha.

— Pas tout de suite, Fayth, dit-il d'une voix rauque.

Ses mains et sa bouche étaient partout sur son corps.

Elle avait de la peine à respirer maintenant et n'était plus en état de penser ou de faire quoi que ce soit, hormis se laisser envahir par les sensations qui embrasaient ses reins, vague après vague.

Des sensations presque douloureuses.

Si seulement il voulait bien la toucher à cet endroit entre ses jambes… insinuer ses doigts… apaiser ce feu qui la dévorait… Elle pourrait…

Rejetant sa tête en arrière, elle gémit et le supplia.

— Je t'en prie… Je t'en prie…

Ignorant ses supplications, il poursuivit ses caresses et ses baisers.

Quand il écarta ses jambes, elle résista instinctivement. La lueur dispensée par la chandelle était faible, mais il allait voir sa… sa…

— Ouvre-toi, murmura-t-il d'une voix cajoleuse, sa langue et ses lèvres sur ses cuisses.

N'étant plus sûre de rien, mais ayant besoin qu'il mette fin à cette torture, elle laissa ses jambes s'entrouvrir. Mais au lieu de pénétrer avec ses doigts dans le nid moite et douillet de sa féminité, il fit passer l'une de ses jambes au-dessus de son épaule et l'attira vers lui. Sa bouche glissa le long de sa cuisse, de plus en plus près…

Oh, il n'allait pas… ?

Si.

Avant même qu'elle eut pu protester contre une chose aussi indécente, il entrouvrit sa féminité avec ses doigts et s'en empara avec sa bouche. Elle essaya de résister, effrayée par l'intensité de la réaction de son corps, mais il la maintint solidement avec sa main sous sa fesse.

— N'aie pas peur, Fayth, détends-toi…

Quand sa langue se mit à aller et venir, elle cessa de résister et, les yeux fermés, elle se cambra pour mieux l'accueillir. Dénichant le petit bouton dissimulé dans le creux de sa féminité, il le lécha et le suça, tout en la pénétrant avec un doigt.

Quelque chose se serra en elle, de plus en plus fort. La tension était devenue presque insupportable, puis, tout d'un coup, son corps se mit à frémir et à vibrer, tandis que, implacablement, un plaisir inouï la submergeait.

Elle gémit et de petits cris inarticulés s'échappèrent de sa gorge.

— Oh… Oh… Oui…

Il se redressa alors et se positionna au-dessus d'elle, mais elle ne s'en rendit même pas compte, tant elle était absorbée par les sensations merveilleuses qui irradiaient dans le creux de ses reins.

— Regarde-moi, Fayth, ordonna-t-il d'une voix rauque. Elle ouvrit les yeux, des yeux doux et embrumés par le plaisir qu'il venait de lui donner. Il avait envie qu'elle soit pleinement consciente quand il la ferait sienne.

— Tu es ma femme.

Il pénétra en elle et, d'un coup de reins, franchit l'obstacle ténu de sa virginité.

Il sut qu'elle avait eu mal, car elle se raidit et son regard s'éclaircit brusquement. Il se figea, attendant que son corps s'adapte au sien. Quelques secondes seulement, car pendant trop longtemps il s'était refusé le plaisir ultime auquel il aspirait depuis le premier jour où ses yeux s'étaient posés sur Fayth. Glissant ses mains sous elle, il souleva ses fesses et plongea jusqu'à la garde.

Puis, lentement d'abord, il commença à aller et venir et, bientôt, de plus en plus vite, au fur et à mesure que sa moiteur rendait le passage plus facile. Les yeux fermés, elle s'accrochait à ses épaules, gémissant de plaisir et se cambrant, les jambes autour de ses hanches, afin qu'il puisse la pénétrer plus profondément. Très vite, il perdit contact avec la réalité. Il jouissait... Un dernier coup de boutoir, puis sa semence se répandit en elle, tandis qu'un cri rauque et primitif s'échappait de sa gorge.

Un instant, il resta ainsi, immobile, hors d'haleine, mais les sens apaisés. A chacune de ses contractions, lesquelles semblaient vouloir le retenir, son membre vibrait dans le fourreau tiède et soyeux de sa féminité. Il avait l'impression de voguer, d'être sur un nuage. Jamais, avec aucune femme, il n'avait connu un plaisir aussi indicible, une telle plénitude.

Puis, lentement, il redescendit sur terre. Il se retira et s'allongea à côté d'elle.

Plusieurs minutes s'écoulèrent avant qu'il ne parvienne à reprendre sa respiration. Et lorsqu'il y parvint, il n'osa pas tourner la tête vers elle, de peur de voir de la déception dans ses yeux ou, pis encore, le reflet de la souffrance qu'il lui avait infligée. Il aurait dû savoir que la réaction de Fayth ne ressemblerait en rien à tout ce qu'il avait pu imaginer.

— Est-ce toujours ainsi ? murmura-t-elle en se blottissant contre lui.

— Non, dit-il en la serrant impulsivement dans ses bras. Chaque fois c'est différent. Cela peut l'être, du moins...

Il se pencha vers elle et essuya une larme qui roulait sur sa joue.

— Je t'ai fait mal ?

Elle se frotta les yeux et grimaça un sourire.

— Un peu. Juste quand tu… quand tu as…

Il hocha la tête et lui rendit son sourire.

— Et ensuite ?

Elle rougit et se blottit un peu plus contre lui.

— Je n'ai pas eu mal. Au contraire… Aurai-je mal chaque fois ? s'enquit-elle en s'appuyant sur un coude.

— Non, bien sûr.

— Tu es si beau, si fort…, dit-elle en parcourant son corps des yeux.

Du bout des doigts, elle lui caressa le torse. Quand elle descendit plus bas, il frissonna et retint sa main.

— Non, Fayth…

— Pourquoi ? Tu as peur que je te fasse mal ?

Il rit.

— Non, ce n'est pas cela. Tu vas me redonner envie… C'est trop tôt. Tu as encore mal et…

Mais déjà son membre viril commençait à se redresser. Libérant sa main, elle s'en empara et enfouit son visage dans son torse.

— Je n'ai plus mal et tu es prêt, Giles. Viens…

Il n'en fallait pas plus pour le convaincre. Ils firent de nouveau l'amour, plus lentement, cette foi, en prenant leur temps.

Puis, comblés, ils s'assoupirent dans les bras l'un de l'autre.

Chapitre 17

Les semaines suivantes passèrent trop rapidement pour Giles, car il avait enfin tout ce dont il avait rêvé pendant si longtemps : une femme, des terres et un château bien à lui, sans personne pour lui donner des ordres ou pour le traiter avec mépris. Fayth travaillait de concert avec lui, et pendant ce laps de temps toutes les provisions purent être inventoriées et entreposées dans les greniers, granges et caves de Taerford. Cette tâche terminée, elle avait entrepris de rendre au logis seigneurial le lustre qu'il avait eu au temps où son père en était le seigneur. Comme Giles l'avait envisagé, le mur entre leur chambre et la chambre voisine avait été abattu et l'espace ainsi gagné avait permis l'installation d'une baignoire — dans laquelle il avait connu tous les plaisirs qu'une femme peut prodiguer à un homme dans un bain d'eau chaude et parfumée.

Les attaques de rebelles et de maraudeurs ayant cessé, les gens du village avaient pu regagner leurs chaumières, même les plus isolées. Chaque jour ou presque, rassurés par les patrouilles de ses hommes et par sa réputation de seigneur magnanime et soucieux de ses gens, des serfs ou des vilains sortaient de leurs refuges dans la forêt et reprenaient leur place au village ou dans les fermes.

Il acceptait leur retour sans poser trop de questions, se contentant de leur demander les corvées et les redevances en nature ou en espèces qu'ils donnaient auparavant à leur ancien maître. Il devrait se montrer plus sourcilleux, il le savait, mais il avait besoin de bras pour travailler ses terres et entretenir ses forêts. La main-d'œuvre était devenue rare après les ravages commis par l'ost de Guillaume et tous les brigands qui avaient profité du désordre pour mettre à feu et à sang les campagnes anglaises.

Par Brice, il savait que des serfs maltraités par ses voisins s'étaient réfugiés chez lui et il se creusait la tête pour régler le problème et échapper aux dangers qui le menaçaient. Donner asile à des serfs en fuite était contraire aux lois féodales et il pouvait être puni ou même se voir confisquer ses terres, si sa culpabilité venait à être établie. Il marchait sur un fil, hésitant entre les principes chevaleresques que lui avait inculqués son mentor, sire Gautier, et ses obligations à l'égard des lois édictées par son suzerain, le duc de Normandie et, maintenant, roi d'Angleterre.

Comme, désormais, Fayth avait toute sa confiance, Brice n'avait plus besoin de l'accompagner et de la surveiller. Une corvée qu'il avait accomplie à contrecœur, car il l'estimait indigne d'un chevalier et d'un futur baron. Futur baron... A ce propos, son ami était de plus en plus nerveux, car le parchemin établissant ses titres et ses droits de propriété n'était toujours pas arrivé, pas plus que les hommes qui devaient l'aider à prendre possession de son fief. Aussi, il passait le plus clair de son temps hors du château, galopant pour accomplir les missions que Giles lui confiait et, souvent aussi, simplement pour se changer les idées. Heureusement, le gibier était abondant dans la forêt et ses prises — sangliers, chevreuils — agrémentaient les repas du château.

Fayth, de son côté, continuait à se rendre régulièrement au village, pour s'assurer que la blessée était bien soignée et contrôler le travail de leurs tisserands et de leurs tanneurs. Des visites dont elle ne revenait plus aussi bouleversée, mais qui, néanmoins, ravivaient ses sentiments de culpabilité vis-à-vis de la mémoire de son père.

Elle répugnait toujours à faire montre de son affection grandissante pour son mari devant ses gens et ne prenait que rarement sa main en public, mais lorsqu'ils se retrouvaient dans leur chambre, toutes les barrières qui avaient pu exister entre eux disparaissaient. Elle se livrait tout entière dans leurs ébats amoureux et ils découvraient chaque jour des façons nouvelles de se donner du plaisir. Si l'affection qu'il éprouvait pour elle allait bien plus loin que le seul plaisir charnel ou la tendresse naturelle qu'un mari éprouve pour sa femme, cela ne le troublait en rien. Au contraire. Il attendait avec impatience les longues nuits d'hiver, quand il pourrait lui consacrer tout son temps et lui faire sentir qu'elle était pleinement en sécurité avec lui.

La seule ombre dans leur bonheur était la visite régulière des hommes de Huard de Vassey. Eudes ne venait jamais sans en avoir demandé l'autorisation, mais il rendait tous les Saxons nerveux et la plupart des hommes de Giles, Bretons ou Normands, ne l'aimaient guère non plus.

Chaque fois qu'il venait, c'était sous le prétexte de rechercher des serfs en fuite et pour demander à fouiller le village afin de les retrouver. Giles l'y avait autorisé une fois, mais, malgré la présence de ses hommes, ses gens avaient été traités brutalement et quelques-uns avaient même été blessés. Quand Eudes et Roger en étaient venus aux coups après un échange d'injures, Giles lui avait interdit l'entrée du village.

A la suite de cette altercation, Eudes et ses hommes s'étaient contentés de contrôler les gens qui allaient et venaient sur les chemins conduisant au village. Mais, là encore, il y avait eu plusieurs incidents et, finalement, Eudes et ses hommes avaient été priés de ne plus quitter les terres de Huard de Vassey, sauf pour une brève visite au château et à la condition expresse qu'ils n'importunent personne en chemin.

Etant donné les tensions grandissantes entre lui et son voisin normand, Giles n'aurait pas dû être surpris lorsqu'un groupe de cavaliers arborant la bannière du duc se présenta à Taerford.

Il était occupé à s'entraîner avec ses hommes quand on vint lui annoncer leur arrivée. Suivi par Roger, ce qui était son attribution depuis qu'il l'avait nommé capitaine de sa garde, il se rendit à la grande salle pour les accueillir.

Maintenant que Fayth exerçait pleinement son rôle de châtelaine et que Hallam avait été nommé bailli du château, Brice passait le plus clair de son temps à chasser dans la forêt et n'était donc pas là pour le seconder.

En entrant dans la grande salle, Giles découvrit avec surprise un évêque en habits sacerdotaux. Allant à lui, il s'agenouilla et embrassa sa bague en lui demandant sa bénédiction. Puis, se redressant, il l'accueillit avec respect, en se demandant pour quelle raison il avait pris le risque d'entreprendre un voyage aussi périlleux.

— Bienvenue à Taerford, Monseigneur, dit-il, et, se retournant vers Fayth qui se tenait à l'écart modestement, il lui fit signe d'approcher. Permettez-moi de vous présenter ma femme, lady Fayth.

— La fille de Bertram de Taerford ? s'enquit l'évêque.

— Oui, répondit Fayth en esquissant une révérence. Mes respects, Monseigneur.

Ce ne fut que lorsque l'évêque le regarda dans les yeux que Giles le reconnut.

— Père Obert ?

Le père Obert avait été le secrétaire du duc. C'était lui qui avait donné à Giles tous les détails et instructions dont il avait besoin quand il avait reçu le parchemin qui faisait de lui le baron de Taerford.

— Vous êtes évêque, maintenant ?

— Une récompense pour mes bons et loyaux services à Dieu et au roi, repartit Obert avec un clin d'œil. Je ne suis pas le seul à avoir été récompensé, n'est-ce pas, messire baron ?

Le titre dont Obert avait fait usage pour parler du duc de Normandie n'avait pas échappé à Giles.

— Le duc a donc été couronné ? s'enquit-il en le conduisant vers la table d'honneur.

— Non, mais cela ne saurait tarder. Il a passé les trois dernières semaines à Canterbury et devrait se rendre bientôt à Londres pour être sacré à Westminster.

Puis, ayant remarqué qu'il n'y avait pas que des Normands fidèles et loyaux dans la salle, il baissa la voix.

— Il faut que je vous parle. En privé.

Giles fit sortir toutes les personnes présentes dans la pièce, et demanda si Fayth pouvait assister à leur entretien.

— Comprend-elle notre langue ?

— Oui, Monseigneur. Elle la comprend et la parle… et la lit, également.

— Alors, renvoyez-la, messire. Je voudrais vous parler seul à seul.

Quand Fayth fut sortie, l'évêque ordonna à ses hommes d'aller monter la garde devant la porte, s'assit et invita Giles à prendre place en face de lui.

— Le duc a reçu des plaintes concernant votre conduite

ici, à Taerford, commença-t-il d'une voix douce, mais franche et directe. Des plaintes sérieuses, selon lesquelles vous donneriez refuge à des serfs en fuite et ne permettriez pas le libre passage sur vos terres aux hommes d'un seigneur voisin.

Giles l'écouta en s'efforçant de garder son calme. Visiblement, Huard de Vassey n'aimait pas la façon dont il refusait de l'aider à mater ses serfs et ses vilains et il avait fait appel au duc afin de l'obliger à accepter les incursions de ses hommes sur ses terres.

— Comme j'ai joué un rôle, minime, certes, quand le duc a décidé de vous donner ce fief, il a pensé que c'était à moi de régler ce contentieux. Il ne veut pas que ses barons aient des querelles entre eux tant que des bandes rebelles contestent encore son autorité dans le pays.

— Je n'apprécie guère messire Huard de Vassey et encore moins ses méthodes, concéda Giles. Néanmoins, j'ai fait mon devoir envers le duc et j'ai conquis et tenu ce château et ces terres, conformément à ses instructions.

Avant qu'il ait pu poursuivre sa défense ou même seulement s'expliquer sur les charges qui pesaient sur lui, la porte s'ouvrit brutalement et un groupe de soldats entra, sans se soucier des protestations des hommes du duc. Eudes les menait, la démarche conquérante.

— L'avez-vous déjà interrogé, Monseigneur ? fit Eudes. Et avez-vous interrogé également la garce saxonne qu'il a épousée ?

Il cracha par terre et jura grossièrement.

— Même s'il faudrait être stupide pour accorder la moindre confiance à ce qu'elle pourrait dire ! La bouche d'une pareille ribaude ne peut servir qu'à une seule chose. Et ce n'est sûrement pas parler ou prier, Monseigneur.

Giles jaillit de son siège. Une telle insulte ne pouvait

pas rester impunie, même s'il n'avait pas l'intention de tuer Eudes. Chaque fois que cette ordure ouvrait la bouche, c'était pour déverser des obscénités et il ne pouvait pas tolérer qu'il traite sa femme de cette façon.

Il lui asséna plusieurs coups de poing avant que les hommes du duc parviennent à les séparer. Le tirant en arrière, ils le forcèrent à se rasseoir. Les yeux étincelants de fureur, il s'essuya le visage avec sa manche et attendit que l'évêque parle.

— Il y a des allégations plus graves contre vous, messire.

En voyant une lueur mauvaise briller dans les yeux d'Eudes, Giles commença à s'inquiéter.

— Quelles allégations, Monseigneur ?

— Vous auriez fait prisonnier l'un des fils bâtards de Harold et l'auriez relâché.

En voyant que Giles ne trouvait rien à répondre, Eudes s'esclaffa bruyamment.

Giles avait soupçonné Edmund d'avoir été beaucoup plus que l'intendant ou le capitaine d'armes du père de Fayth, mais il n'avait pas même imaginé qu'il ait pu être un personnage aussi important.

Fayth… ?

Fayth le savait, bien sûr. Elle l'avait supplié de lui accorder la vie sauve et, comme un idiot, il lui avait rendu sa liberté, sans même avoir pris la précaution de l'interroger.

— Faites venir la dame ici, ordonna l'évêque.

Deux des hommes du duc firent un pas en avant. Roger consulta Giles du regard. Après une brève hésitation, Giles donna son consentement.

Quand les deux hommes furent sortis, accompagnés par Roger, un silence étouffant s'instaura dans la grande salle. Allait-elle admettre avoir connu l'identité Edmund et l'avoir sciemment trompé ? S'il avait su qui il était, il l'aurait fait tuer sans la moindre hésitation. Après la bataille d'Hastings, il y avait eu des rumeurs selon lesquelles plusieurs fils bâtards de Harold s'étaient enfuis vers l'ouest, dans l'intention de reconquérir le pays pour eux-mêmes ou pour soutenir les prétentions à la couronne d'Edgar l'Atheling.

Et l'un d'entre eux avait été ici, dans ses murs ! Et il l'avait relâché contre la promesse qui brillait dans les beaux yeux d'une femme.

Sa tête le lançait atrocement. Il alla à la table et se servit un gobelet de bière. Il le but d'un seul trait, mais, au lieu de l'apaiser, le breuvage lui souleva l'estomac. Peu après, un bruit de pas le fit se retourner.

Fayth entra dans la grande salle, précédée par Roger et encadrée par les deux hommes du duc.

— Messire, je vous prie de me laisser interroger cette dame sans intervenir, dit l'évêque en faisant signe à Giles de s'écarter. Quant à vous, sire Eudes, si jamais vous troublez mon interrogatoire, je vous ferai expulser immédiatement.

Les hommes du duc se placèrent derrière le chevalier, prêts à exécuter les ordres de l'évêque.

Lorsque Fayth passa à côté de lui pour se rendre à la place que lui avait désignée Obert, Giles n'osa pas lever les yeux vers elle. Il sentait sa peur et savait qu'elle avait des motifs d'avoir peur, car ses actes allaient être jugés selon les lois normandes, des lois pour lesquelles son statut de dame saxonne ne constituait en rien un avantage. Au contraire.

L'évêque s'adressa à Fayth, le visage et la voix graves.

— Fayth de Taerford, je vous demande de répondre à mes questions sincèrement, sans rien dissimuler de la vérité. Est-il vrai que l'homme que vous vous apprêtiez à épouser, lors de l'arrivée de messire Giles…

Fayth l'interrompit.

— Puis-je d'abord parler avec mon mari, Monseigneur ? Je voudrais…

Ne sachant quels autres secrets elle détenait et craignant ce qu'elle pourrait révéler, Giles l'arrêta d'un geste.

— Inutile. C'était Edmund Haroldson, n'est-ce pas ? Le comte de Wessex et l'un des héritiers de son père, Harold, le rival parjure du duc de Normandie ?

Fayth jeta un coup d'œil circulaire autour d'elle, avant de soutenir son regard.

— Oui, messire.

Il jura grossièrement entre ses dents.

— Cependant, messire, laissez-moi vous expliquer… poursuivit-elle en faisant un pas vers lui.

Giles fit un signe de tête à Roger qui saisit le bras de Fayth et la tira en arrière. Obert ordonna qu'on la ramène dans sa chambre, sous bonne garde.

— Vous ne pouvez pas en rester là, Monseigneur, protesta Eudes avec véhémence. Cette garce a menti et doit être punie. Elle a donné refuge à l'un des pires ennemis du duc. Et ce n'est pas sur cette ordure que vous pouvez compter. Il est trop occupé à besogner sa chienne en chaleur pour prendre les mesures qui s'imposent dans…

Eudes ne vit pas le coup de poing arriver. Giles fut certain de lui avoir brisé le nez et la mâchoire, car il avait senti les os craquer sous le métal de son gantelet. Une sensation merveilleusement satisfaisante.

— C'est une façon comme une autre de régler le problème, commenta Obert en regardant avec un sourire amusé l'homme qui gisait maintenant sur le sol, inconscient et le visage ensanglanté.

Giles ordonna qu'Eudes et ses hommes soient emmenés

hors du château, en attendant que l'évêque ait pris une décision à leur sujet.

Quand Roger eut débarrassé la grande salle de leur présence, il se retourna vers Obert.

— Que me conseillez-vous maintenant, Monseigneur ?

Obert réfléchit un instant avant de lui répondre.

— A mon avis, le mieux pour vous serait de capturer Edmund et de le livrer aux hommes du duc. Ensuite, plus personne ne pourra vous accuser, vous ou votre femme, d'avoir facilité sa fuite ou de ne pas avoir dénoncé au duc l'endroit où il se cache.

Le sang se retira du visage de Giles. Il n'avait même pas imaginé que Fayth puisse connaître l'endroit où se terrait le prince saxon. Jusqu'où était-elle allée dans son double jeu ?

Elle l'avait prise pour un idiot. Un idiot de première grandeur.

— Puis-je vous offrir l'hospitalité pour cette nuit, Monseigneur ? reprit-il.

— Volontiers, messire. Pour plusieurs jours, même. Jusqu'à présent j'ai eu confirmation des plaintes parvenues jusqu'au duc, mais j'aurai besoin de continuer mon enquête, avant de faire mon rapport. Il reste encore de nombreux points à éclaircir, notamment quant à la conduite de vos voisins à l'égard de leurs sujets saxons, serfs et vilains.

Obert se leva et tira sur les plis de sa soutane.

— Je crois avoir vu une chapelle à mon arrivée. Avez-vous un chapelain ou devrai-je envisager de dire la messe moi-même demain matin ?

Devant une requête aussi inhabituelle, Giles ne put s'empêcher de hausser les sourcils. Il avait connu de nombreux clercs au service des grands féodaux, mais il n'en avait jamais rencontré un seul qui fut réellement pieux.

— Le père Henry veille sur les âmes de Taerford, Monseigneur.

Devant sa surprise, Obert sourit.

— Cela vous étonnera peut-être, mais je me considère avant tout comme un serviteur de Notre-Seigneur et de notre Sainte Eglise. Même si, bien entendu, je dois également fidélité au duc… Si cela ne vous ennuie pas, j'aimerais aller rendre visite à votre chapelain. Réside-t-il ici, dans l'enceinte de ce château ?

— Oui, Monseigneur. Son logis jouxte la chapelle. Lucien va vous y conduire.

Tandis que l'évêque sortait, accompagné par Lucien et les hommes du duc, Giles se servit un nouveau gobelet de bière et le but lentement. Quelques instants plus tard, Roger revint lui rendre compte. Fayth était dans sa chambre et il avait posté un garde devant sa porte.

Qu'allait-il faire ? Il avait envie d'aller la retrouver et soit de la supplier de lui dire la vérité, soit de l'étrangler pour ne pas lui avoir dit qu'Edmund était un fils de Harold. Finalement, il se dit qu'il valait mieux temporiser. Attendre d'avoir plus d'éléments en sa possession, avant de provoquer une confrontation dont il redoutait l'issue. C'était son bonheur qui était en jeu. Un bonheur si récent et si fragile… Un bonheur qu'il ne se résolvait pas à détruire, malgré la colère qui le faisait bouillir intérieurement depuis qu'il connaissait la véritable identité de l'homme qu'elle avait tenté d'épouser avant son arrivée à Taerford.

Pendant le reste de la journée et la nuit suivante, Fayth ne vit personne, hormis Ardith qui lui apporta son dîner sur un plateau.

Seule et recluse dans sa chambre, elle ne pouvait que

s'en prendre à elle-même et regretter sa stupidité et son manque de confiance. Elle avait tout gâché.

Tout dans la chambre lui rappelait les instants de bonheur qu'elle avait vécus auprès de son mari.

Le lit qui avait été le théâtre de leurs ébats amoureux.

La chaise sur laquelle elle s'était si souvent assise pour lui faire la lecture.

La ceinture de soie brodée par sa mère et conservée précieusement pour la femme qu'il épouserait. Il la lui avait donnée au matin, après qu'elle… après qu'ils…

Non, vraiment, elle avait été trop stupide !

Pourtant, Brice l'avait mise en garde au village. Un jour ou l'autre, elle devrait rendre des comptes. Ce jour était arrivé. Tout cela parce qu'elle n'avait pas voulu se fier à son mari.

Il fallait qu'elle lui parle. Si elle pouvait lui expliquer les raisons pour lesquelles elle n'avait rien dit, il la comprendrait. Elle en était sûre. Las, malgré toutes les requêtes qu'elle lui avait fait transmettre par les domestiques qui passaient devant sa porte, il avait refusé obstinément de venir la voir.

Le fait qu'il ne soit pas venu passer la nuit avec elle ne l'avait pas surprise, mais elle en avait été blessée. Comment parviendraient-ils à régler ce différend, s'il ne venait pas lui parler ? Mais peut-être n'en avait-il pas l'intention ? Aussi bien, il avait déjà décidé de la répudier…

Elle se remit à marcher de long en large, s'arrêtant pour regarder à la fenêtre ou écouter à la porte. Elle s'était levée à l'aube et habillée seule, après avoir fait sa toilette. Dehors, le vent soufflait en rafales, apportant avec lui les premiers frimas de l'hiver. Un hiver tout proche, maintenant. Il n'y avait pas de feu dans la cheminée, mais elle ne se rendait même pas compte du froid, tant ses pensées l'accaparaient.

Alors que, pour la centième fois au moins, elle quittait la fenêtre en soupirant, la porte s'ouvrit et Roger apparut.

— Madame ?

— Oui, qu'y a-t-il ?

— Monseigneur l'évêque voudrait savoir si vous désirez venir ouïr la messe ce matin.

— Mon mari y assistera-t-il, Roger ?

— Oui, Madame. C'est le père Henry qui a suggéré à l'évêque de vous y convier. Je dois vous conduire à la chapelle, si vous le désirez.

Fayth prit son manteau et Roger l'aida courtoisement à le mettre sur ses épaules. Puis elle le suivit dans l'escalier, dans la grande salle et dans la cour. Tout en marchant, elle ajusta son voile et serra les pans de son manteau. Une fois dans la chapelle, il l'escorta jusqu'à sa place, devant l'autel, et resta à côté d'elle.

Elle regarda autour d'elle discrètement, sans voir Giles. L'évêque sortit de la sacristie et s'avança vers l'autel pour dire la messe, assisté par le père Henry. C'était un grand honneur pour une aussi petite église que la leur.

L'office terminé, elle fureta de nouveau autour d'elle. Giles n'était toujours pas là. Ce fut seulement lorsque tous les fidèles furent sortis qu'elle le vit, debout devant la porte.

Il s'avança vers elle.

Elle n'osa pas lever les yeux vers lui. Elle n'imaginait déjà que trop la fureur qui devait étinceler dans ses prunelles. Il s'écarta pour laisser passer Roger. La porte de la chapelle se referma. Ils étaient seuls, face à face.

— L'évêque et le père Henry m'ont conseillé de vous parler dans la chapelle. Ils pensent, l'un et l'autre, que je n'oserai pas vous frapper dans un lieu saint.

Elle aurait voulu croire qu'il avait dit cela en plaisantant, mais quand elle le dévisagea enfin, elle vit qu'il avait parlé sérieusement. Immobile, elle attendit que sa fureur se déchaîne. Or, quand il se décida à parler, ce fut d'une voix calme et posée.

— Pourquoi ? fit-il sans la regarder, comme si sa vue lui était insupportable.

Fayth s'interrogea sur le sens de sa question. Que pouvait-elle lui répondre ? Elle l'avait trahi en ne lui disant pas qui était réellement Edmund, mais il ignorait qu'elle l'avait rencontré au village. L'avouer ne pourrait que le mettre encore plus en fureur. Mais, si elle continuait ce double jeu, ce serait peut-être encore pire…

Il soutint son regard, mais ce fut de l'accablement et non de la colère qu'elle découvrit dans ses yeux.

Les bras le long du corps, il ouvrait et fermait ses poings nerveusement.

— Je comprends pour quelle raison vous ne m'avez pas révélé qui il était dans cette chapelle, le jour de mon arrivée à Taerford. Je l'aurais fait tuer sur-le-champ, sans la moindre hésitation. Mais ensuite… plus tard… quand nos relations se sont apaisées… Pourquoi ne m'avez-vous pas dit la vérité ?

— Je ne pensais pas que vous l'apprendriez, Giles. Il était parti et je croyais ne jamais le revoir. Les nouvelles que j'avais apprises m'avaient persuadée qu'une victoire saxonne était impossible et qu'il était parti très loin, en Ecosse ou au pays de Galles.

— Cependant, vous l'avez revu.

Elle battit des cils et resta un instant sans voix.

— Vous le saviez ?

— C'est seulement en réfléchissant à vos paroles et à votre comportement que je me suis rendu compte que vous aviez dû le revoir. Au village, n'est-ce pas ? Quand je croyais que vous étiez tourmentée par les souvenirs de votre père, c'était en réalité à Edmund que vous pensiez.

Elle n'eut pas la force de le nier. Elle se serait volontiers mise à genoux pour le supplier de lui pardonner, mais elle doutait qu'un tel acte de contrition suffise à le convaincre. Aussi se contenta-t-elle de hocher la tête brièvement.

— Ainsi, depuis que vous m'avez juré fidélité ici, dans cette chapelle, vous m'avez menti, trompé et trahi, sans parler des vols dont vous vous êtes rendue complice par votre silence…

Elle ouvrit la bouche pour protester, puis la referma en se souvenant des provisions et des fourrures qu'Edmund était venu chercher au village pour nourrir et habiller ses hommes. Des vols qu'elle s'était bien gardée de signaler.

— Des vols commis au détriment de nos gens, poursuivit-il d'une voix grave. Pourquoi, Fayth ? Qu'espériez-vous en laissant commettre de tels actes ?

Il s'éloigna d'un pas ou deux et la regarda.

— Une rébellion saxonne ? Elle ne se produira pas. Guillaume tient solidement l'Angleterre et ce ne sont pas des petits groupes de rebelles comme celui d'Edmund qui parviendront à le chasser de ce pays. L'armée de Harold et tous les grands féodaux qui le soutenaient ont été anéantis à Hastings. Les Saxons n'ont plus qu'une poignée de partisans capables de se battre et aucun chef digne de ce nom.

Il s'interrompit un instant avant de poursuivre.

— Ainsi, vous avez cru Edmund quand il prétendait avoir besoin d'une place forte solide d'où il pourrait partir à la reconquête du royaume de son père ?

— Comment avez-vous su cela ? demanda-t-elle, de plus en plus surprise.

C'était comme s'il savait tout ce qu'Edmund lui avait dit pour obtenir son adhésion à ses projets.

— Par l'un de vos hommes. Un homme qui m'a juré allégeance et qui a eu assez confiance en moi pour révéler ces choses. Edmund et ses partisans sont venus plusieurs fois se ravitailler au village. Hallam a pensé que je devais le savoir, afin de pouvoir vous protéger, vous et nos gens.

Le cœur de Fayth se brisa. Ses gens, ceux qu'elle pensait protéger en ne dénonçant pas la présence d'Edmund, avaient plus confiance qu'elle-même dans ce chevalier breton — son mari, qui l'avait respectée et dont elle avait pu apprécier la magnanimité et le sens de l'honneur.

— Si Edmund avait pu vous épouser, vous n'auriez été qu'un pion entre ses mains. Il se serait servi de vous pour fomenter sa rébellion, puis il vous aurait donnée à un autre, afin d'obtenir son allégeance. Je connais ce genre d'hommes. Ils sont légion à la cour de Guillaume. Ils n'ont aucun respect pour les femmes et méprisent tous ceux qu'ils pensent être leurs inférieurs. Seule compte leur ambition. A un moment ou à un autre, Edmund se serait débarrassé de vous, sans se préoccuper le moins du monde de votre bonheur et de votre sécurité. Et je ne parle pas du sort qu'il aurait réservé à vos serfs et à vos vilains…

Sa voix se brisa, comme si sa tirade l'avait épuisé. Mais, très vite, il se reprit et la regarda au fond des yeux.

— Pourquoi l'avez-vous aidé, alors que vous pensiez son combat voué à l'échec ? Pourquoi ? C'est trop absurde !

— J'espérais…

Un sanglot la secoua et des larmes envahirent ses yeux.

— Essayez de me comprendre, messire. J'avais tout perdu. Tous mes biens et tous ceux que j'aimais. J'ai cru qu'il serait capable de restaurer le monde que j'avais connu.

Des raisons qui lui parurent bien faibles, car elle

continuait de vivre dans la demeure qui l'avait vue naître, entourée par les terres qu'elle avait reçues en héritage de ses parents et de ses ancêtres. Une demeure et des terres dont ses enfants hériteraient après elle. Comment avait-elle pu se conduire d'une façon aussi sotte ?

Dès l'instant où elle avait su qu'il était un homme d'honneur, elle aurait dû lui faire pleinement confiance. Sans la moindre restriction. N'était-il pas son mari ? L'homme qui avait juré devant Dieu de la chérir et de la protéger ?

Elle se sentait encore plus coupable en voyant sa douleur. Elle aurait dû lui accorder sa confiance, en même temps qu'elle lui donnait son cœur. Car elle l'aimait… Un amour qui n'avait fait que grandir au fil des jours.

Elle était tombée amoureuse de lui dès la première nuit qu'ils avaient passée ensemble. Avant même qu'il lui fasse connaître les plaisirs de la chair. Elle n'avait pas cessé de l'aimer, même quand elle le trahissait. Même quand elle pensait qu'Edmund était la réponse à ses problèmes et aux maux dont son peuple était affligé.

C'était son mari.

Giles.

Il protégeait ses gens. Il veillait à leur sécurité et à leur bonheur. Il lui avait confié des responsabilités et lui avait prodigué sans compter ses caresses et son affection.

— Voyez-vous enfin ce que vous avez fait ? demanda-t-il. Etes-vous enfin prête à me dire où il se trouve ?

Elle secoua la tête. En dépit de tout l'amour qu'elle lui portait, elle ne pouvait pas se résoudre à livrer Edmund aux Normands.

— Je ne peux pas.

Il fit un pas vers elle, la prit aux épaules et la força à le regarder.

— Je dois le trouver et le livrer aux hommes du duc.

Sinon, je perdrai tous mes droits sur Taerford et le duc enverra son ost ici, afin de le pourchasser, et toute la région sera ravagée. Les fermes et les villages incendiés, les paysans massacrés… Il ne restera rien. Plus rien ! Est-ce cela que vous voulez ?

Elle essaya de détourner les yeux, mais il l'en empêcha.

— Le duc fera venir à ma place un seigneur normand cruel et inflexible qui n'aura pas le moindre égard pour vos gens. Il les traitera comme des chiens. Vous avez vu ce dont Huard de Vassey est capable…

Il la secouait.

— Si j'échoue, vous serez la dernière de votre lignée. Vous serez chassée de ce château comme une pestiférée ou, pis encore, jetée en pâture aux soldats, car, croyez-moi, Guillaume ne fera pas le moindre effort pour vous trouver un autre mari. Et, en outre, mes amis, Brice et Soren, ne recevront jamais les fiefs dont ils rêvent depuis si longtemps…

Il la lâcha et fit un pas en arrière.

— Tout ce que nous avons souffert, les mois et les années passées à nous entraîner, les combats, les compagnons que nous avons perdus n'auront servi à rien si j'échoue ici.

Il se frotta le visage. Il était épuisé. Tout comme elle, il n'avait pas dormi de la nuit.

Puis, il la regarda, comme si, brusquement, il venait de comprendre la vérité.

— L'aimez-vous donc autant pour être prête à tout lui sacrifier ?

— Non ! protesta-t-elle avec véhémence. Je ne l'aime pas de la façon que vous imaginez, Giles. Ne vous ai-je pas déjà dit que mon cœur ne lui appartenait pas et ne lui avait jamais appartenu ?

— Vous m'avez dit beaucoup de choses, madame,

répliqua-t-il sur un ton las, et je commence à douter de toutes les paroles qui sortent de votre bouche.

Il soupira et lui décocha un regard acéré.

— Pour l'amour du ciel, Fayth, dites-moi où il est. Aidez-moi, sinon nous sommes tous perdus.

Fayth détourna la tête.

— Ce n'est pas en trahissant Edmund que je me rachèterai à vos yeux, Giles.

— Vous m'avez dit que vous aviez confiance en moi. Vous me l'avez dit à maintes reprises, dans notre lit, et je vous ai crue. Je vous en prie, dites-moi où est Edmund. Il le faut.

Son cœur lui criait d'accéder à sa requête, mais son sens de l'honneur le lui interdisait. Finalement, elle ne dit rien. Le visage blême, elle vit les traits de Giles se contracter. Son mari disparut pour laisser la place de nouveau au chevalier violent et brutal qui s'était emparé de Taerford l'épée à la main et l'avait menacée de la tuer si elle ne renonçait pas à épouser Edmund.

— Soyez maudite, Fayth de Taerford, murmura-t-il en pivotant sur les talons et en sortant de la chapelle à grands pas rageurs.

Chapitre 18

Un peu plus tard dans la journée, Fayth eut l'autorisation de sortir de sa chambre, mais seulement parce que l'évêque voulait examiner les registres du château et qu'elle était la seule à pouvoir lui dire à quoi se rapportaient les chiffres et les noms qui y étaient inscrits. Ne sachant pas où il voulait en venir, ni s'il avait un préjugé favorable ou défavorable à son égard, elle se borna, pendant les premières heures, à répondre aux questions qu'il lui posait sur les terres, les récoltes, les forêts, le moulin, les tanneries et les différents métiers exercés par les villageois qui habitaient et travaillaient à Taerford.

Pendant que l'évêque l'interrogeait dans la grande salle, Giles entra et sortit à plusieurs reprises, mais pas une seule fois il ne s'arrêta ou ne regarda dans sa direction. Lorsque les ombres s'allongèrent, annonçant l'heure du dîner, elle demanda à se retirer dans sa chambre, car elle ne pouvait pas supporter de voir son mari dans une humeur aussi noire et de savoir qu'elle en était la cause.

Il lui suffirait d'un mot pour apaiser sa fureur, mais ce mot causerait la perte d'un ami d'enfance et lui ferait perdre son âme…

Après avoir dîné seule — un repas rapide et frugal —, elle décida de se coucher plus tôt que d'habitude. Ses prières du soir ne lui ayant apporté ni réconfort ni espoir, elle renonça à dire un second chapelet. Montant dans son grand lit vide et froid, elle glissa la main machinalement à l'endroit où Giles devrait être, puis posa sa tête sur son oreiller et s'endormit.

Elle ne se souvint pas de ce qui l'avait réveillée, mais, en ouvrant les yeux, la flamme vacillante d'une chandelle la fit se redresser en clignant des yeux. Ce fut d'abord le bruit de sa respiration qui attira son attention, puis elle distingua l'ombre de sa silhouette sur le mur en face d'elle. Elle n'aurait su dire depuis combien de temps il était là. Debout au milieu de la chambre, il l'observait, immobile et silencieux.

Il avait déjà fait cela auparavant, quand elle avait été blessée, juste après l'attaque de Taerford. Chaque nuit, il lui avait rendu visite, afin de voir comment elle allait. Emma le lui avait dit lorsqu'elle avait été guérie. Ce soir, cependant, sa visite n'avait rien de comparable et, en entendant le rythme rauque et saccadé de son souffle, elle put presque sentir sa fureur se déverser sur elle.

Il avait juré de ne jamais la prendre de force ou sous l'emprise de la colère, mais, par sa conduite, elle avait réussi à le rendre fou. La pensée qu'elle en aimait un autre assez profondément pour être prête à sacrifier tout ce qu'il y avait eu entre eux lui déchirait le cœur.

Il avait essayé de l'ignorer, mais cela n'avait en rien apaisé ses tourments.

Quant à la confrontation qu'ils avaient eue dans la chapelle, elle n'avait fait qu'empirer les choses.

Afin de le réconforter, Obert lui avait offert à boire de la liqueur forte qu'il avait apportée de son diocèse en

Normandie. L'alcool n'avait fait qu'intensifier les désirs qui lui tenaillaient le corps.

A présent, il était là, dans leur chambre, et, tout en la haïssant, il ne pouvait s'empêcher d'avoir envie d'elle, besoin de la sentir dans ses bras. Si elle avait continué de dormir ou seulement fait semblant, il aurait trouvé la force de ne pas la toucher…

Mais dès qu'elle le vit la regarder fixement dans la nuit, elle souleva ses couvertures et l'invita à la rejoindre. Il ne prit même pas la peine de se déshabiller complètement. Défaisant son ceinturon, il laissa tomber ses braies par terre et la recouvrit avec son corps.

Ses désirs exacerbés par la colère, il déchira le devant de sa chemise, exposant sa poitrine nue à ses regards. Puis, la tirant vers lui, il s'empara de sa bouche avec violence et y enfonça sa langue. Pas de quartier. Après avoir ravagé ses lèvres, il fit courir sa bouche sur son cou et sur ses épaules, mordillant et suçant la peau, afin d'y imprimer sa marque et lui laisser un souvenir tangible et cuisant de ses baisers.

Au lieu de protester et de chercher à le repousser, elle gémit de plaisir.

Il jura intérieurement.

Elle ne devrait pas le laisser la brutaliser ainsi, mais elle ne regimbait pas. Au contraire. Chaque fois qu'il essayait de reprendre sa maîtrise de soi, elle le caressait ou lui rendait ses baisers, ravivant sa fureur et les désirs primitifs qui embrasaient ses reins. Tandis qu'il dévastait son corps, elle murmurait des mots doux, se cambrait et poussait de petits cris de plaisir.

Au lieu de se débattre, elle acceptait sa violence, la cherchait même. Quand il lui écarta les jambes, elle s'ouvrit à lui et lui laissa le champ libre sans la moindre résistance. Voulant ignorer son plaisir et ne se préoccuper que du sien, il la pénétra brutalement, jusqu'à la garde. Jamais encore, il n'avait chevauché une femme de cette façon ! Son nid douillet se contracta autour de son membre et elle se cambra et cria son nom quand sa semence se déversa en elle.

Le corps en sueur, il retomba sur elle, toujours aussi furieux, mais contre lui-même cette fois. A cet instant il aurait voulu la supplier de lui pardonner pour l'avoir prise aussi rudement, mais il fut incapable de trouver les mots pour exprimer sa honte et ses remords. Lorsqu'il se retira de son corps, il vit que des larmes avaient tracé des sillons brillants sur ses joues.

Incapable d'en supporter plus, il descendit du lit, remonta ses braies et boucla son ceinturon, puis se dirigea vers la porte. Alors qu'il avait déjà la main posée sur le loquet, il se retourna brièvement et, en la voyant seule dans leur lit, il se rendit compte qu'elle avait subi sa colère docilement, sans le laisser lui faire vraiment mal.

— Je n'aime pas Edmund, murmura-t-elle d'une voix rauque.

Il savait ce qu'elle allait lui dire ensuite. Elle venait de le lui montrer en le laissant déverser sa fureur sur elle. Il aurait voulu se boucher les oreilles, mais il avait trop envie d'entendre les mots qui étaient déjà sur ses lèvres.

— C'est vous que j'aime, mon mari. Vous seul.

Il appuya son front sur la porte et ferma les yeux. A un autre moment, un tel aveu aurait fait battre son cœur et l'aurait rendu fou de bonheur. Mais maintenant ?

— Allez au diable, Fayth ! marmonna-t-il entre ses dents.

Puis il sortit et claqua la porte derrière lui, aussi furieux que lorsqu'il était entré.

***

Brice l'attendait dans la grande salle. La bouteille apportée par l'évêque était encore là, à demi pleine. Il remplit un gobelet et le but d'un seul trait.

Mea culpa, mea culpa, ea maxima culpa.

C'est ma faute, ma faute, ma très grande faute.

Pendant qu'il la prenait, elle avait prié silencieusement pour obtenir son pardon.

Il ferma les yeux et serra les poings nerveusement.

— Tu l'as prise ? s'enquit Brice.

— Oui, dit-il dans un souffle.

— Je suppose que cela n'a pas suffi à apaiser ta colère...

Si quelqu'un d'autre avait osé aborder avec lui un sujet aussi personnel, il lui aurait répondu avec ses poings. Mais ils avaient jeté leur gourme ensemble et il était la seule personne avec qui il pouvait parler de ses problèmes conjugaux.

— Elle m'a demandé pardon et m'a dit qu'elle m'aimait.

Brice ne dit rien. Visiblement, il était troublé, lui aussi. Il remplit leurs gobelets et ils burent en silence.

— Que vas-tu faire ?

— Après lui avoir demandé pardon pour ma brutalité ?

Son ami hocha la tête.

— D'abord, échafauder un plan pour capturer Edmund, ensuite faire en sorte que Eudes et Huard de Vassey ne mettent plus les pieds sur mes terres, enfin trouver un moyen pour me faire obéir de ma femme en toutes choses.

— Le dernier but que tu t'es fixé ne sera pas le plus facile à atteindre.

— Je le crains moi aussi, acquiesça Giles sombrement. Allons nous coucher, maintenant, car la nuit sera courte et nous aurons beaucoup à faire demain.

Brice se leva et rejoignit les autres soldats dans la grange, tandis que Giles montait à l'étage du logis seigneurial. Il ne doutait pas que Fayth le laisserait revenir dans leur chambre et même dans leur lit, mais il ne voulait pas le lui demander avant d'avoir mis au clair leurs relations.

Enveloppé dans une couverture, il s'allongea dans le couloir, contre le mur de leur chambre. Ce n'était guère confortable mais, ayant souvent dormi à la dure au cours de ses campagnes en France et en Angleterre, il n'eut aucune peine à trouver le sommeil.

Au matin, quand les domestiques commencèrent à remuer dans le château, il se leva, ouvrit la porte de leur chambre et se glissa sans bruit à l'intérieur.

C'était le matin, si elle en jugeait par les bruits qui parvenaient jusqu'à elle. Encore sous les couvertures, Fayth ouvrit les yeux et étira ses membres. Elle se sentait tout endolorie…

Giles.

Refermant les yeux, elle se souvint qu'il était venu la rejoindre dans son lit, au comble de la fureur, et lui avait fait l'amour brutalement. Comprenant la raison de sa colère et ne voulant pas aggraver encore le différend qui les opposait, elle s'était laissé faire sans résister. Quand il avait déchiré sa chemise, elle avait eu un peu peur, mais très vite elle s'était rendu compte qu'il était moins enragé contre elle que contre lui-même.

Ensuite, leurs ébats amoureux avaient été violents et passionnés, mais guère plus que les précédents.

Elle soupira. N'aurait-elle pas dû attendre que son ire soit apaisée pour lui avouer son amour ? De toute façon, il était trop tard. Plutôt que de nourrir de stériles regrets, mieux valait s'habiller et affronter la journée courageusement. Une journée qui pourrait bien s'avérer cruciale pour son avenir.

Repoussant ses couvertures, elle s'assit.

Et découvrit son mari en train de la regarder.

Les traits de son visage auraient pu être taillés dans la pierre, tant ils étaient durs et contractés. Mais ses yeux le trahirent, car ils étaient pleins de remords et de douleur.

— Pouvons-nous parler ? s'enquit-il calmement.

Il lui tendit une nouvelle chemise et elle l'enfila avec précipitation. Elle finirait de s'habiller plus tard.

— D'abord, je sais que vous pensez avoir mérité ce que j'ai fait, mais il n'en est rien. Je vous avais promis de ne jamais vous prendre de force et j'ai manqué à ma parole.

Il avait l'air coupable et embarrassé.

— Pardonnez-moi, Fayth. Je peux seulement vous la donner de nouveau et prier le ciel d'avoir la force de la tenir la prochaine fois.

— La prochaine fois ? Que voulez-vous dire, Giles ?

Dans la nuit, quand elle ne parvenait pas à trouver le sommeil, elle s'était convaincue qu'il avait l'intention de se débarrasser d'elle, soit en faisant annuler leur mariage, soit en la reléguant dans un coin du château. Il avait une bonne raison de le faire et, sachant ce qu'elle avait fait, l'évêque ne l'en blâmerait pas.

— Je n'ai jamais été marié auparavant, mais, au fil des années, j'ai été en contact avec de nombreux couples, nobles et vilains. Certains sont heureux et paisibles, d'autres malheureux et en proie à d'incessantes querelles. Le nôtre, j'en ai peur, ne sera peut-être jamais totalement paisible, mais j'espère que nous parviendrons à trouver au moins une part de bonheur ou, à défaut, un *modus vivendi*.

— Je croyais que vous aviez l'intention de vous débarrasser de moi, murmura-t-elle en baissant les yeux.

— J'y ai pensé, admit-il. Je vous avais demandé de me faire confiance et vous aviez accédé à ma requête. Je le croyais, du moins. Il faudra du temps pour rebâtir ce qui a été détruit entre nous.

— Que dois-je faire, Giles, pour vous montrer que je suis une femme obéissante ? Dois-je trahir Edmund pour regagner votre confiance ?

Allant à la fenêtre, il ouvrit les volets et laissa entrer les rayons du soleil et l'air frais du matin. Après avoir regardé dehors en silence pendant une minute ou deux, il inspira profondément et secoua la tête.

— Si je vous demandais cela, je ne serais pas meilleur que lui. Je vous ai dit pourquoi je devais l'empêcher de constituer une troupe nombreuse et susceptible de mettre en danger l'autorité de Guillaume dans cette région. C'est à vous de me faire confiance pour régler ce problème, en me donnant les informations que vous possédez.

Il soupira et se retourna vers elle.

— Je vais y réfléchir, Giles.

— Nous n'avons pas beaucoup de temps. Si je n'agis pas, Taerford sera donné à un autre seigneur et je retournerai à ma vie de chevalier errant, contraint de me mettre au service du plus offrant pour subsister. Quant à vous…

Il ne termina pas sa phrase, mais elle ne savait que trop ce qu'il voulait dire.

— Je vais vous envoyer Emma, poursuivit-il en gagnant la porte. Je désire que vous restiez ici aujourd'hui. Eudes est encore au château et je ne veux pas que vous risquiez de le rencontrer. Je vous ferai mander, si l'évêque souhaite vous parler.

Elle opina, sachant qu'il essayait de la protéger.

Il sortit et, quand la porte se fut refermée derrière lui, elle se laissa retomber sur le lit. Elle avait craint le pire. A présent, une lueur d'espoir se rallumait dans son cœur. Il ne l'avait pas forcée à trahir son plus cher ami.

Non, il lui avait simplement demandé de le faire… C'était peut-être plus dur encore.

Cela aurait été plus facile s'il l'y avait contrainte. Elle ne savait pas si elle serait assez forte pour prendre d'elle-même une pareille décision.

Quels que soient les doutes qui l'habitaient encore, lorsque le repas de midi arriva, elle dut faire face aux conséquences — horribles, insoutenables — du double jeu qu'elle avait cru pouvoir jouer avec son mari.

Chapitre 19

Quand les cris attirèrent l'attention de Fayth, ils étaient encore loin du château, mais, bientôt, ils se rapprochèrent et devinrent de plus en plus forts. Posant la tunique qu'elle ravaudait, elle alla à la fenêtre de sa chambre et essaya de voir d'où ils provenaient. Au milieu du tumulte, elle reconnut la voix d'Eudes et frémit malgré elle. Debout sur la pointe des pieds, elle se pencha autant qu'elle le put ; elle ne voyait toujours rien.

Giles lui avait demandé de ne pas quitter sa chambre, mais il ne lui en voudrait sûrement pas si elle allait seulement dans la pièce voisine, qui servait de lingerie pour tout l'étage du logis seigneurial. Sortant dans le couloir, elle y entra et alla regarder à la fenêtre. Là, elle découvrit une scène qui lui glaça le sang.

Eudes et ses hommes entouraient un homme attaché et bâillonné qui se tordait de douleur sur le sol. Chaque fois qu'il tentait de se relever, ils le repoussaient et le bourraient de coups de pied. A un moment, il retomba sur le dos et elle aperçut brièvement son visage.

Siward !

En le reconnaissant, elle faillit tomber à la renverse. Entre les mains des hommes de Huard de Vassey, il était condamné à une mort lente et douloureuse. Elle parcourut la cour du regard, en priant pour que Nissa n'ait pas été capturée aussi.

Il fallait qu'elle descende, qu'elle trouve un moyen d'empêcher cette tuerie. Giles devait… Il fallait… Elle s'arrêta un instant et réfléchit à ce qu'il pouvait faire.

Siward était un esclave, un serf attaché aux terres de son maître. Il avait été capturé sur les terres de Giles. Comme n'importe quel seigneur normand, Giles devait se plier aux lois féodales et le laisser retourner chez son propriétaire légitime. L'évêque étant à Taerford, observant et notant tous ses faits et gestes pour les rapporter à Guillaume, il n'avait pas le choix.

Son cœur chavira. Non, c'était trop horrible ! Elle ne pouvait pas abandonner ce pauvre Siward à ses bourreaux. Elle devait tenter quelque chose pour le sauver. Coûte que coûte.

Ouvrant la porte, elle courut vers l'escalier. La voix de Giles résonna alors dans sa tête, lui ordonnant de ne pas quitter sa chambre.

La vie d'un homme était en jeu. Elle n'avait pas le droit de se dérober à son devoir. Le moment venu, elle affronterait courageusement la colère de son mari.

Descendant vivement les marches, elle se rendit au cabinet de travail où elle rangeait ses registres et saisit l'un des rouleaux de parchemins sur lesquels étaient inscrits les noms des fermiers de son père. Avec un peu de chance, elle devrait trouver un nom ressemblant assez à Siward pour convaincre l'évêque que le malheureux n'était pas un serf de Huard.

Puis, se frayant un chemin à travers la foule qui s'était rassemblée autour des hommes d'Eudes, elle arriva devant la scène juste au moment où Giles y parvenait. Lorsqu'il la vit, ses yeux étincelèrent de colère.

— Messire ! l'appela-t-elle d'une voix suppliante.

— Vous n'avez rien à faire ici, madame, répondit-il sèchement. Retournez immédiatement à vos appartements.

En voyant qu'elle ne parviendrait pas à le faire soutenir sa cause, elle se retourna vers l'évêque.

— Monseigneur, j'ai ici les registres des fermiers de Taerford et…

Giles l'empêcha de continuer. La prenant par le bras, il la tira à l'écart sans ménagement.

— Allez-vous en ! ordonna-t-il, les mâchoires serrées. Tout de suite.

Elle tenta de protester.

— Je peux prouver que cet homme…

— S'il est là, c'est de votre faute. Rentrez au logis et laissez-moi m'occuper de cette affaire.

Elle s'apprêtait à lui obéir quand Eudes interpella l'évêque.

— Nous n'avons pas besoin des parchemins et des registres de cette garce, Monseigneur.

D'un geste brusque, il déchira la tunique et la chemise de Siward, mettant ainsi à nu ses épaules.

— Ce chien appartient légalement à messire Huard de Vassey. Vous n'avez qu'à regarder !

Un H avait été imprimé au fer rouge sur la peau.

Il n'avait pas été imprimé en une seule fois par un fer en forme de H mais par un fer droit appliqué à trois reprises, comme celui qu'elle avait vu sur la fesse de Nissa. Avant qu'elle eût pu faire quoi que ce soit, Giles lui murmura que tout irait bien, avant de la pousser vers Roger et d'ordonner à haute voix à ce dernier de l'emmener à l'intérieur. Puis il s'éloigna, sans un regard pour elle.

Si Roger n'avait pas été là pour la soutenir, elle aurait été incapable de remonter jusqu'à sa chambre. Une fois la porte refermée derrière elle, elle tomba à genoux, l'estomac retourné, et enfouit son visage dans ses mains. Quelques instants plus tard, Emma entra et l'aida à s'asseoir sur une chaise.

Elle aurait dû parler à Giles de Siward et de Nissa. Et elle aurait dû aussi lui dire qu'Edmund lui avait demandé de l'aider dans ses projets. Elle aurait dû ne rien lui cacher.

Giles était en proie aux mêmes tourments. Il aurait dû parler à Fayth de la part qu'il avait prise pour aider les malheureux serfs qui avaient réussi à échapper à Huard — mais, pour l'instant, il lui fallait trouver un moyen pour sortir de cette impasse.

Brice lui avait rapporté la façon dont Huard de Vassey traitait ses sujets saxons. Quand il lui avait parlé des corps mutilés, il avait été indigné. Mais maintenant, si Eudes parvenait à prouver qu'il avait accueilli et protégé des serfs fugitifs, il pourrait le faire comparaître devant la justice du duc et demander que ses terres soient confisquées. Et comme Huard de Vassey était son plus proche voisin, il était probable que le duc les lui attribuerait, avec les conséquences qu'il pouvait imaginer pour Fayth et les malheureux villageois de Taerford. Jusqu'à présent, Brice avait réussi à conduire les fugitifs en sécurité dans la forêt, hors des limites de son fief. Il savait aussi qu'une bande de rebelles, assez nombreuse, se cachait à proximité, car Brice avait repéré des traces de feu de camp.

Pourquoi Siward était-il revenu ? Comme il avait été capturé, cela n'avait plus beaucoup d'importance. L'aider à s'échapper de nouveau ? Giles ne voyait guère comment il pourrait y parvenir.

Pour le moment, Eudes triomphait.

— Monseigneur, avec cette marque comme preuve, il

ne sert à rien de consulter les registres de Taerford ou de reporter votre décision. Raoul, ramène ce chien au château de messire de Vassey, ordonna-t-il à l'un de ses hommes en donnant un coup de pied à Siward.

Même s'il parvenait à les faire prévenir, Giles savait que les rebelles ne pourraient rien faire contre huit chevaliers lourdement armés. Il fallait donc qu'il fasse en sorte de rendre le combat moins incertain. Si Siward n'était gardé que par deux chevaliers, ils auraient leur chance.

Il s'ouvrit discrètement de son idée à Brice, puis rejoignit l'évêque afin d'essayer d'obtenir son aide. Las, Eudes n'avait pas l'intention de lui faciliter la tâche.

— Maintenant que nous avons capturé celui-ci, *messire*, déclara Eudes en le regardant droit dans les yeux, je pense avoir le droit de fouiller le reste du village à la recherche d'autres fugitifs.

Giles jura intérieurement.

Connaissant les méthodes d'Eudes, il n'avait aucune envie d'accéder à sa requête, mais il ne pouvait pas faire autrement. Se penchant vers l'évêque, il lui fit part de ses soupçons au sujet des corps mutilés trouvés par Brice.

— Comme je crains de nouvelles exactions, Monseigneur, je vous demande instamment de ne pas autoriser les hommes d'Eudes à parcourir mes terres en bandes nombreuses et sans être accompagnés. S'ils vont par deux seulement, le danger sera moins grand.

Pour des raisons connues de lui seul, Obert lui fut complaisant et donna ses ordres en conséquence.

En jetant un coup d'œil par-dessus les têtes des gens qui assistaient à la scène, Giles rencontra le regard de Brice et, d'un geste du menton, lui fit comprendre qu'il pouvait mettre en œuvre le plan qu'il avait échafaudé. Lorsque, un peu plus tard, les deux hommes qu'Eudes avait désignés pour ramener Siward au château de Huard quittèrent Taerford, Brice avait déjà envoyé un message aux autres serfs fugitifs, afin qu'ils les interceptent.

Chacun étant retourné à ses occupations, Giles rentra dans le logis seigneurial, dans l'intention d'aller voir Fayth. Au pied de l'escalier, il rencontra Emma qui lui dit que sa maîtresse avait été en proie à de violentes nausées et avait besoin de se reposer. Ne voulant pas aggraver encore son état, il sortit du logis et alla rejoindre Brice afin de mettre au point un plan pour capturer Edmund.

Si seulement Fayth pouvait lui faire confiance…

Fayth passa le reste de l'après-midi couchée dans son lit. Peu à peu, ses nausées s'apaisèrent et elle réussit à manger un peu de bouillon, mais elle n'osa pas quitter sa chambre par crainte de devoir affronter de nouveau la colère de Giles.

Une fois de plus, elle lui avait désobéi. En public, il ne lui avait rien dit, mais elle devait s'attendre à une explication orageuse lorsqu'ils se retrouveraient tous les deux seuls.

Elle réfléchit à ce qu'elle avait fait et se rendit compte qu'elle s'était encore jetée la tête la première dans un guêpier. Avant l'arrivée de Giles, elle avait failli se compromettre irrémédiablement. En prétendant que Siward était l'un des vilains de son père, elle aurait avoué implicitement qu'elle cherchait à le protéger. De là à être accusée de l'avoir caché…

Quand son père était là, elle avait su rester à sa place et se conduire en châtelaine, responsable et maître de soi. Aujourd'hui, elle ne reconnaissait plus la fille qu'elle avait été. Sa vie avait été complètement bouleversée par l'arrivée de Giles. Un mari auquel elle devait rendre des comptes, alors qu'elle avait eu l'habitude d'agir librement et de ne demander conseil à personne lorsque son père, pour une raison ou pour une autre, était absent de Taerford.

Elle avait une excuse, cependant. Elle vivait une époque dangereuse, imprévisible. Jamais auparavant ses actes n'avaient provoqué la mort de quiconque — jusqu'au jour où Edmund l'avait entraînée dans ses funestes projets. A présent, outre les hommes qui étaient morts lors de l'assaut de Taerford, elle devait ajouter Siward à la liste de ceux qui avaient péri à cause de son aveuglement.

Elle devait arrêter de se conduire impulsivement. Elle était la femme de Giles, devant Dieu et devant les hommes, et elle devait tenir les promesses qu'elle lui avait faites. Dorénavant, elle lui ferait confiance et lui dirait la vérité, toute la vérité, afin qu'il puisse prendre les mesures nécessaires à leur sécurité et à la sécurité de ses gens.

Ce qui signifiait lui dire où se trouvait le camp nord des rebelles, le camp où il pourrait trouver Edmund et le capturer.

Elle n'avait pas le choix. Trop de choses étaient en jeu. Si Edmund avait écouté ses mises en garde, il serait loin à cette heure, auprès de ses cousins, au Northumberland ou au-delà.

Sa décision prise, elle attendit le retour de Giles, résolue à lui prouver son amour et sa confiance. Elle avait encore une fois failli ruiner leur amour, mais elle était certaine qu'il accepterait de lui donner une nouvelle chance. Ne lui avait-il pas murmuré à l'oreille que tout irait bien, qu'elle ne devait pas s'inquiéter ? Elle pouvait seulement espérer qu'il parviendrait à les sortir de la mauvaise passe où ils se trouvaient. Sinon…

Elle s'allongea sur son lit et ferma les yeux, épuisée

par ses nausées et encore hantée par la scène horrible à laquelle elle avait assisté. Quand elle les rouvrit, le soleil était bas sur l'horizon et la pénombre avait commencé à envahir la chambre.

Mais, cette fois-ci, l'homme qui la regardait, debout devant la cheminée, n'était pas son mari.

Les domestiques venaient de dresser les tables pour le repas du soir lorsque Giles rentra au logis seigneurial, résolu à aller retrouver Fayth et à lui exposer les mesures qu'il avait prises. La journée était allée de mal en pis, les catastrophes succédant aux catastrophes. Après une matinée désastreuse, marquée par l'arrivée triomphale d'Eudes, traînant derrière lui le pauvre Siward, il avait été appelé dans l'une des cours où une bagarre avait éclaté.

Une véritable bataille rangée !

Pour un prétexte ou un autre, les Bretons et les Saxons s'affrontaient à coups de poing et à coups de pied, sous le regard impavide des soldats qui montaient la garde le long des murs. Comme il ne pouvait pas intervenir avec des arcs et des flèches sur ses hommes, il avait dû attendre que la fatigue ait raison de leur humeur belliqueuse. Roger et Lucien enquêtaient pour connaître le mobile de cette rixe, mais il savait que lady Fayth y était impliquée d'une façon ou d'une autre, car des insultes avaient jailli de part et d'autre à propos du traitement odieux infligé à Siward.

Tout cela sous les regards acérés de l'évêque.

Pendant le reste de la journée, Obert s'était promené dans le château et au village, interrogeant les hommes de Giles, les paysans, le père Henry et tous ceux qui croisaient son chemin.

S'il était intervenu quand Giles lui avait demandé de ne pas laisser Eudes et ses hommes aller et venir à leur guise sur ses terres, il n'avait rien dévoilé de ses intentions.

Un silence qui accroissait encore les inquiétudes de Giles. Aurait-il une chance de défendre ses actes devant l'évêque avant qu'il retourne faire son rapport au duc ? Combien de temps lui restait-il pour le convaincre ?

Il fallait d'abord convaincre Fayth de descendre dîner dans la grande salle. Au fil des jours et des semaines, il s'était rendu compte que ses gens devenaient très nerveux quand ils ne la voyaient pas. Grâce à Dieu, Emma lui avait dit que ses nausées avaient cessé — des nausées bien naturelles, car lui aussi avait eu l'estomac retourné quand il avait vu les marques sanglantes sur le torse et sur le dos de Siward.

Il écouta à la porte, mais ne perçut aucun bruit. Elle s'était peut-être rendormie ? Il souleva le loquet et poussa le battant doucement. La chambre était plongée dans l'obscurité — et surtout, vide.

Allumant une chandelle aux quelques braises qui rougeoyaient dans l'âtre, il regarda de nouveau autour de lui.

Personne.

Il l'appela, puis se rendit dans la pièce voisine et dans les autres chambres de l'étage. Là non plus, il n'y avait personne.

Ne voulant pas déclencher une alarme, il fit le tour du logis seigneurial. Sans succès. Personne ne l'avait vue. Ni aux cuisines ni dans les communs. Maintenant que le soleil était couché, il était hors de question d'aller la chercher au village ou sur les chemins alentour.

Seigneur Dieu, pourvu qu'elle n'ait pas quitté le château !

Eudes était parti depuis une heure à peine pour

retourner au château de Huard de Vassey et il préférait ne pas imaginer ce qui arriverait s'il venait à la rencontrer seule dans la campagne.

Plus vraisemblablement, elle se trouvait dans la chapelle, occupée à parler avec le père Henry. Il ne serait pas content si elle lui avait encore désobéi, mais si c'était pour chercher conseil auprès du chapelain ou se confesser, il ne pourrait guère lui en vouloir.

Il alla chercher Brice et, à eux deux, ils firent le tour du château, mais ne trouvèrent personne se souvenant de lui avoir parlé ou de l'avoir vue. En revenant vers le logis seigneurial, ils interrogèrent les gardes ; ils ne l'avaient pas vue non plus. Elle n'était donc pas sortie de l'enceinte du château.

Apparemment.

Maintenant, Giles était réellement inquiet.

Il retourna dans leur chambre et, allumant d'autres chandelles, la fouilla avec l'aide de Brice. Quand il se rendit compte que le coffret ouvragé dans lequel elle gardait ses objets précieux n'était plus dans le coffre où elle entreposait ses vêtements, son cœur se serra. Puis il trouva les alliances de ses parents. Par terre, à côté du lit. Une trouvaille qui porta son angoisse à son paroxysme.

L'avait-elle quitté ? Edmund était-il venu la chercher ? L'avait-elle suivi en croyant qu'il était un seigneur normand cruel et sans cœur et qu'il ne ferait rien pour sauver Siward ?

Dans ce cas, elle n'aurait pas laissé ces alliances. Elle les aurait emportées avec elle.

Si elle était partie, ce n'était pas volontairement.

Elle lui avait dit qu'elle l'aimait et le lui avait prouvé à maintes reprises. Quelques mois plus tôt, il avait été persuadé que jamais une dame de son rang ne pourrait tomber amoureuse d'un simple chevalier, bâtard qui plus est, mais maintenant il savait que c'était possible.

Il fallait qu'il la retrouve.

Au plus vite.

Chapitre 20

Fayth était fatiguée. Elle avait faim, elle avait mal.

Et, pour ne rien arranger, son nez la démangeait.

Ils chevauchaient depuis qu'Edmund l'avait enlevée de Taerford, profitant de chaque heure de jour pour mettre le plus de distance possible entre elle et Giles. Maintenant, au moins, elle avait les mains attachées devant elle et était assise à califourchon devant l'un de ses hommes, au lieu d'être allongée en travers de l'encolure, à l'instar d'un sac de blé.

Quand elle s'était réveillée et avait trouvé Edmund dans sa chambre, elle n'avait pas su quoi faire. Comment avait-il pu… ? Presque aussitôt les cris et les vociférations qui résonnaient dans la cour avaient attiré son attention et elle avait compris de quelle manière il était parvenu jusqu'à elle sans être vu. Tous les hommes du château avaient l'air impliqués dans la bagarre et ceux qui n'y participaient pas s'évertuaient à l'arrêter. A l'évidence, Edmund avait chargé ses espions de créer cette diversion, afin de permettre son entrée dans le château et leur sortie.

Comme elle restait muette et ne montrait aucun empressement à le suivre, Edmund lui avait dit qu'il était venu lui apporter la preuve que Giles était le meurtrier de son père. Il avait fait alors entrer l'un de ses hommes, qui avait affirmé avoir combattu à Hastings auprès de son père et avoir vu Giles attaquer Bertram de Taerford par-derrière et le transpercer avec son épée. Ensuite, Giles ne s'était pas contenté d'arracher la bague, mais s'en était emparé après avoir coupé les doigts de son père d'un coup de hache.

Elle se souvenait que la bague de son père portait la marque d'un coup violent, mais cela ne prouvait en rien que c'était Giles qui l'avait porté. Ses doutes quant à la véracité de son histoire avaient dû transparaître sur son visage, car l'homme s'était mis à rajouter des détails pour appuyer ses allégations, un détail, notamment, qui l'avait rendue encore plus sceptique — la position de son père pendant la bataille.

Etant un vassal direct de Harold, Bertram de Taerford avait dû combattre avec l'ost de Wessex, tout près de Harold et de sa garde personnelle. Et l'ost de Wessex combattait toujours à la gauche du souverain.

Chevalier breton, Giles s'était battu sur l'aile gauche du duc, donc contre l'aile droite de Harold, et très loin du centre de la bataille.

Voyant qu'ils la soupçonnaient de ne pas croire leur histoire, elle avait fait semblant de rassembler des affaires, tout en cherchant un moyen pour alerter les hommes de Giles. Elle avait sorti de son coffre à vêtements le coffret que lui avait offert Edmund et l'avait mis dans un sac en toile. Mais, au passage, elle l'avait ouvert subrepticement et avait laissé tombé les alliances de ses parents par terre, à côté du lit, afin que Giles puisse les trouver facilement.

Ensuite, elle avait continué à gagner du temps. Mais, très vite, Edmund s'était rendu compte de son manège. Avant qu'elle ait eu le temps de comprendre ses intentions, elle s'était retrouvée bâillonnée, ficelée, enveloppée dans une couverture et jetée sur l'épaule de l'homme qui l'accompagnait. La descente dans l'escalier, la traversée de la cour... Même si elle avait pu crier, personne ne l'aurait entendue au milieu des cris des hommes qui s'affrontaient à coups de pied et à coups de poing.

Ils avaient fait une brève halte au camp qu'elle avait eu l'intention de signaler à Giles, avant de continuer vers l'ouest. Lors de cette halte, elle n'avait vu aucun visage familier ; Edmund avait dû éloigner tous les hommes qui la connaissaient, afin que personne ne puisse interférer dans ses projets. Juste avant qu'ils se remettent en route, elle avait aperçu brièvement un homme qui ressemblait à Siward, mais ce n'était pas possible. Le malheureux n'avait probablement pas survécu aux blessures infligées par Eudes et ses hommes.

A la tombée de la nuit, ils s'arrêtèrent devant une chaumière, et l'homme devant qui elle chevauchait la fit descendre de cheval sans ménagement. N'ayant pas été sur ses pieds depuis longtemps, elle vacilla et faillit perdre l'équilibre.

Dès qu'elle eut les mains détachées, elle commença par se gratter le nez. Au fil des heures, les démangeaisons étaient devenues par trop insupportables.

Puis, elle songea à s'enfuir.

Mais au bout de trois pas, ses jambes raides et endolories la trahirent et elle tomba à genoux. Edmund l'aida à se relever et l'entraîna à l'intérieur de la chaumière — une masure de paysan, au sol en terre battue. Après l'avoir fait asseoir sur une paillasse dans un coin de la pièce, il lui tendit une outre de bière, tandis que l'un de ses hommes fixait une torche allumée dans une anfractuosité de l'un des murs.

— Pourquoi m'avez-vous amenée ici, Edmund ? s'enquit-elle en essayant de deviner l'endroit où ils se trouvaient.

Elle savait seulement qu'ils avaient parcouru plusieurs lieues au-delà des limites des terres de Taerford.

Repoussant ses cheveux en arrière, elle attendit ses explications.

Avant de lui répondre, il but une longue gorgée de bière, puis il s'accroupit devant elle.

— Vous êtes une pièce maîtresse dans mon jeu, Fayth. Grâce à vous, j'espère pouvoir reconquérir un vaste fief et peut-être, même, bouter les Normands hors du royaume de mon père.

— Je ne peux plus vous épouser, Edmund, fit-elle observer en secouant la tête.

Elle était mariée avec Giles, et plus rien ni personne ne pourraient briser les liens sacrés qui les unissaient.

— Je n'ai aucunement l'intention de vous épouser, ma jolie. Je l'avais envisagé quand j'ai réussi à parvenir sain et sauf à Taerford. Je croyais alors que votre château serait un point d'appui solide pour organiser notre résistance à l'envahisseur. Mais la situation a évolué. Taerford ne m'intéresse plus et je vous ai promis à un seigneur gallois qui, en échange, s'est engagé à me fournir les chevaliers et les archers dont j'ai besoin pour repousser les Normands.

Les mots qu'il avait utilisés étaient presque les mêmes que ceux dont Giles s'était servi pour lui expliquer à quel point elle se fourvoyait en voulant continuer à soutenir Edmund. Elle n'était qu'un pion entre ses mains. Une vulgaire monnaie d'échange dont il comptait se servir pour parvenir à ses fins.

— Giles ne le permettra pas, dit-elle, persuadée que lui, au moins, ne l'avait pas épousée seulement pour se rendre maître de son fief.

Elle ne se faisait pas d'illusions, certes. A son arrivée Giles n'avait eu qu'une idée en tête : conquérir Taerford et le tenir solidement. Mais maintenant, il l'aimait. Il le lui avait dit et elle le croyait, car il le lui avait prouvé à maintes reprises. Même après qu'elle avait trahi sa confiance.

Edmund s'esclaffa.

— J'espère bien qu'il nous poursuivra, car, ainsi, ce sera une excellente occasion de mettre un terme définitif à votre mariage, au cas où le Gallois dont je vous ai parlé y verrait un inconvénient. Néanmoins, ne croyez pas que ce serait un obstacle impossible à surmonter. Les Gallois, comme les Saxons, ne s'embarrassent guère de ce genre de sacrements. Vous seriez sa maîtresse au lieu d'être sa femme, voilà tout. C'est seulement votre statut qui en pâtirait. Et encore… Souvent, une maîtresse est mieux traitée qu'une femme légitime.

Elle le suivit des yeux en silence, pendant qu'il allait et venait dans la pièce. Sortant des provisions d'un sac en cuir, il l'invita à partager son repas. Du pain, du fromage et de la bière. Elle n'avait pas faim, mais elle accepta, car elle avait besoin de garder toutes ses forces si elle voulait échapper au sort qu'il lui avait réservé.

Pour l'heure, néanmoins, une fuite n'était guère envisageable.

Ses hommes avaient bloqué les volets des deux petites fenêtres et montaient la garde devant la porte.

Elle commença à manger, en mâchant lentement.

— Vous n'allez pas me faire cela, Edmund, dit-elle d'une voix blanche quand elle eut avalé la première bouchée. Mon père vous a aimé comme son propre fils et vous croyait digne de sa confiance.

Edmund soupira.

— C'est vrai, il a été un père pour moi, Fayth, et je garderai toujours un bon souvenir des années que j'ai passées auprès de lui. Mais les temps ont changé. Je suis un rebelle, un fugitif dans mon propre pays. Pourquoi devrais-je refuser une occasion de recouvrer ce que ma famille a perdu, ce que l'Angleterre a perdu ? Je n'ai plus qu'une seule ambition : restaurer le nom et le prestige de Harold Godwinson.

Il leva les yeux vers elle et, pour la première fois, soutint son regard.

— Le combat que je mène est plus important que votre destin et le mien, Fayth. Je ne trahirai pas mon père et l'héritage qu'il m'a laissé en laissant cette opportunité glisser entre mes doigts.

Elle fut la première à détourner la tête. Des larmes avaient envahi ses yeux.

Quand ils eurent fini de manger, il rangea les restes de leur maigre repas, ferma le sac et le posa à côté de la porte. Puis il lui tendit une couverture et attendit qu'elle se soit installée pour la nuit avant d'ouvrir la porte pour donner la torche à ses hommes.

L'obscurité envahit la chaumière, et Fayth l'entendit se préparer pour la nuit et s'allonger sur une paillasse, à l'autre bout de la pièce. Quelques instants plus tard, un grand silence s'abattit sur l'endroit et elle ferma les yeux, en espérant qu'elle allait pouvoir dormir.

— Vous êtes la carte maîtresse dont nous avons besoin pour combattre ce maudit bâtard normand et le chasser hors de l'Angleterre, murmura Edmund, alors qu'elle commençait à dire ses prières en silence. Même si j'ai sincèrement envie de pouvoir faire autrement, il ne m'est pas possible de vous relâcher ou de laisser la vie sauve à Fitzhenry.

Un frisson glacé parcourut le dos de Fayth. Elle ne savait plus si elle devait prier pour que Giles vienne à son secours. Il serait peut-être préférable qu'il ne la trouve pas…

*
* *

Brice pensa que Giles avait perdu la tête lorsqu'il lui annonça son intention de partir avant l'aube, mais ce dernier refusa d'écouter ses objections. Si la disparition de Fayth n'avait pas eu d'autre effet, elle avait renforcé sa détermination à trouver Edmund et à le mettre hors d'état de nuire. Dès qu'il eut donné ses instructions pour assurer la défense du château au cas où une bande de rebelles ou les hommes de Huard de Vassey chercheraient à s'en emparer pendant son absence, il se mit en selle en laissant Brice au commandement de la garnison, avec Roger pour le seconder.

Il avait choisi d'emmener seulement Foulques et Stephen avec lui. Au cas où il échouerait, il avait fait promettre à Brice de tout faire pour retrouver Fayth et veiller à sa sécurité.

Il parvint au camp nord des rebelles à la tombée de la nuit, pour découvrir que Edmund était reparti, avec trois heures d'avance sur lui. Plusieurs hommes se proposèrent de l'aider dans ses recherches, des Saxons qui avaient servi le père de Fayth ou qui, comme Siward, avaient bénéficié de sa bonté. D'après eux, Edmund et sa bande avaient fait route vers l'ouest en direction de Gloucester.

Après s'être arrêtés pendant une heure pour faire reposer leurs chevaux et leur permettre de boire et de manger, ils se remirent en selle. Si, comme Giles le suspectait, Edmund se dirigeait vers le pays de Galles et les vieux ennemis de son père, afin de faire alliance avec eux pour tenter de reprendre le contrôle de l'Angleterre, il allait devoir s'aventurer dans une région au relief accidenté et semé d'embûches.

Néanmoins, il savait qu'Edmund ne prendrait jamais

le risque d'emmener Fayth dans la montagne avant le lever du jour.

Il avait donc encore du temps devant lui.

Ils trouvèrent la chaumière juste au moment où les premières lueurs de l'aube apparaissaient à l'horizon. Parti en reconnaissance, Stephen revint dire à Giles que quatre hommes montaient la garde à l'extérieur. Edmund devait être à l'intérieur avec Fayth.

Ils poursuivirent leur approche, aussi silencieusement que possible.

Mais pas assez silencieusement pour une bande de rebelles habitués à être toujours sur le qui-vive.

Alors qu'ils traversaient un petit bois, les hommes d'Edmund, perchés dans les arbres ou accroupis derrière les buissons, les assaillirent et les maîtrisèrent avant qu'ils aient eu le temps de réagir.

Obnubilé par son désir de retrouver Fayth, Giles n'avait pas pensé à couvrir ses arrières et, à trois contre trente, la partie était perdue d'avance.

Assommé par un coup de gourdin, Giles perdit connaissance. Quand il recouvra ses esprits, il avait les mains et les pieds attachés et ses compagnons avaient subi le même traitement.

Il ne lui restait plus qu'à attendre qu'Edmund décide de leur sort. Une décision sur laquelle il ne se faisait guère d'illusions.

Edmund dormait encore quand Fayth fut réveillée par les rires et les cris de triomphe des rebelles à l'extérieur de la chaumière, mais, sur le moment, elle n'osa pas bouger de sa paillasse. Jusqu'à présent, Edmund ne l'avait pas traitée cruellement, mais elle savait qu'un homme aussi désespéré pouvait avoir des réactions imprévisibles. Elle devait rester en vie et être aux aguets, prête à saisir la moindre chance de s'échapper.

Quelques instants plus tard, Edmund se réveilla également. Il se leva, boucla son ceinturon et ouvrit la porte. Alors, il éclata de rire.

Intriguée, Fayth se leva de sa paillasse et alla voir quelle était la cause de cette gaieté.

En découvrant Giles et deux de ses hommes allongés par terre, pieds et poings liés, elle resta muette de stupeur. Elle fit un pas en avant, mais Edmund lui prit le bras et la força à rentrer dans la chaumière. Puis il sortit, fermant la porte derrière lui.

Blême d'angoisse, elle tenta de l'ouvrir. En vain. Il l'avait bloquée. Elle se mit alors à crier et à tambouriner sur le battant, mais, très vite, elle se rendit compte que cela ne servait à rien et elle se laissa tomber sur la paillasse, en larmes et découragée.

Au bout d'un moment, elle reprit ses esprits. Edmund n'avait pas l'intention de la laisser mourir de faim. A un moment ou à un autre, quelqu'un lui apporterait à manger et à boire. Il lui suffisait d'attendre.

Mais qu'allait-il advenir de Giles ?

Se relevant, elle alla écouter à la porte. Aucun bruit. Ce silence ne fit rien pour apaiser son angoisse.

Une heure environ passa avant que la barre soit enlevée et que la porte s'ouvre. L'homme qui avait accompagné Edmund à Taerford entra et l'invita à sortir. Elle se précipita au-dehors, s'attendant à trouver Giles et ses compagnons toujours allongés par terre. Or ils n'étaient plus là.

— Où sont-ils ? fit-elle, tandis que l'homme l'entraînait d'un pas rapide sur un sentier, le long d'une prairie en friche.

Tout autour de la masure, les rebelles fourbissaient leurs

armes ou préparaient leur déjeuner sur des feux de camp. Des hommes qu'elle n'avait jamais vus, sans doute des recrues enrôlées depuis peu par Edmund.

Comme son gardien ne lui répondait pas, elle lui tira le bras.

— Edmund les a-t-il fait tuer ? insista-t-elle.

— Faites votre toilette et vaquez à vos besoins, madame, ordonna-t-il en la lâchant et en s'écartant de quelques pas. Je ne vous regarde pas.

Fayth baissa les yeux. Elle était au bord d'un ruisseau.

Elle s'accroupit et fit une toilette rapide, puis vaqua encore plus rapidement à ses autres besoins, en jetant de temps à autre un coup d'œil inquiet par-dessus son épaule pour s'assurer que son gardien avait bien le dos tourné.

Sur le chemin du retour, elle les vit enfin.

Son mari et ses compagnons étaient attachés à des arbres, à une certaine distance, derrière la chaumière. Excepté quelques bleus, ils ne semblaient pas avoir trop souffert.

Elle essaya d'aller vers eux, mais immédiatement son gardien lui saisit le bras brutalement et la força à rentrer dans la chaumière.

Quelques minutes plus tard, Edmund vint la rejoindre, tout excité à l'idée qu'il allait pouvoir tirer une bonne rançon de ses prisonniers.

— Le duc de Normandie, ce maudit bâtard, paiera cher pour obtenir leur liberté ! s'exclama-t-il en se frottant les mains. Votre cher Giles contribuera ainsi à entretenir mon ost.

Fayth se retint juste à temps de le contredire. Il valait mieux qu'il ne sache pas que Giles était un bâtard breton et que Guillaume lui avait donné Taerford car il savait que la tâche serait dangereuse et qu'il ne voulait pas risquer inutilement la vie de l'un de ses précieux vassaux normands.

Avant de ressortir, Edmund lui révéla qu'ils resteraient encore un jour ou deux : il attendait l'arrivée d'une autre bande de rebelles qu'il avait convaincue de se rallier à sa bannière. Ensuite, ils se rendraient au pays de Galles, auprès du prince gallois qui lui avait promis de l'accueillir et de l'aider dans son combat contre les envahisseurs normands.

N'ayant rien à faire, sinon attendre et prier, Fayth entreprit d'explorer sa prison. Tout comme la porte, les deux fenêtres étaient solidement barricadées. Elle désespérait de pouvoir s'échapper quand elle remarqua qu'un rayon de lumière filtrait à travers la maçonnerie de l'un des murs à colombages, juste derrière sa paillasse. Les poutres étaient assez espacées les unes des autres et, par chance, c'était l'arrière de la chaumière, où aucun garde n'était posté. Si elle pouvait parvenir à percer un trou assez large…

Mais pour cela, il lui fallait un outil.

Elle chercha autour d'elle, mais ne put trouver qu'un vieux tabouret branlant. Elle le brisa en morceaux. Alerté par le bruit, le garde entra, et elle lui expliqua en grimaçant qu'il s'était effondré quand elle avait voulu s'asseoir dessus.

Quand il fut ressorti, elle se servit de l'un des pieds pour gratter le mauvais torchis à travers lequel passait le rayon de lumière. En voyant que le matériau se délitait facilement, elle sentit renaître en elle une lueur d'espoir. Il lui suffirait de quelques minutes pour creuser un trou assez grand pour qu'elle puisse se glisser à l'extérieur. Mais, pour le moment, elle devait attendre. Jamais elle ne parviendrait à s'échapper en plein jour.

Dissimulant le trou avec son manteau, elle s'assit sur sa paillasse et patienta en priant pour la réussite de son entreprise.

La journée s'écoula lentement, ponctuée par les brèves visites d'Edmund. Il était toujours aussi content de lui et se réjouissait d'être bientôt au pays de Galles, hors d'atteinte des troupes du duc de Normandie. Là-bas, il préparerait sa revanche et reviendrait en vainqueur dans le royaume de son père.

Quand le soir arriva, il lui apporta son repas et lui annonça qu'il allait dîner avec ses hommes et fêter la capture de Giles.

Jamais elle n'aurait une meilleure opportunité. Il lui fallait agir vite, avant qu'il ne revienne se coucher.

Dès que la porte se fut refermée, elle retira son manteau et se mit à creuser fébrilement.

Les uns après les autres, les morceaux de torchis se désagrégèrent. Dès que le trou fut assez grand, elle se glissa dans le passage. Grâce à Dieu, les rires et les cris de joie des hommes d'Edmund couvraient les bruits qu'elle pouvait faire.

Une fois dehors, elle commença d'abord par ramper, puis elle se redressa à demi et continua à progresser en direction de l'endroit où étaient attachés Giles et ses hommes, en se dissimulant derrière les arbres et les buissons.

S'accroupissant derrière Giles, elle s'avisa qu'elle n'avait rien pour couper ses liens. Elle essaya de défaire les nœuds, mais ils étaient très serrés et malgré tous ses efforts, elle ne parvint pas à les dénouer.

— Il me faudrait un couteau ou un outil tranchant, murmura-t-elle en regardant vers le camp et en se demandant si elle parviendrait à en trouver un sans se faire remarquer.

Giles marmonna quelque chose à travers son bâillon.

Elle se redressa et le lui enleva. En voyant qu'il ouvrait la bouche, elle eut peur qu'il ne parle trop fort et elle l'en empêcha en le bâillonnant avec ses lèvres. Malgré le danger qui les entourait, elle prit le temps de savourer ce baiser.

— Je t'aime, dit-elle dans un souffle. Quoi qu'il arrive, ne l'oublie jamais.

— Il y a une dague dans ma botte, dit Giles à voix basse en déplaçant sa jambe, afin qu'elle puisse y accéder sans qu'elle ait besoin de sortir de l'ombre de l'arbre auquel il était attaché.

Les hommes d'Edmund lui avaient enlevé ses armes et sa cotte de mailles, mais ils n'avaient pas pensé à fouiller dans ses bottes. Il resta immobile pendant qu'elle glissait la main le long de sa jambe. Le contact de ses doigts, même à un moment aussi crucial, fit monter une vague de chaleur dans ses reins, mais, pour le moment, il y avait des choses plus urgentes.

Soudain, un bruit de pas retentit dans la forêt, derrière eux. Fayth eut un haut-le-corps et s'écarta, mais comme elle avait presque fini de couper ses liens, il réussit à se libérer et à se retourner… pour découvrir sa femme, la dague à la main, prête à bondir sur Brice.

— On dirait que tu as trouvé quelqu'un d'autre pour couvrir tes arrières, fit observer Brice tout bas.

— On dirait, acquiesça Giles.

Attirant Fayth dans ses bras, il l'embrassa, pendant que Brice et Lucien libéraient les deux autres prisonniers.

— M'obéiras-tu jamais, femme ? la taquina-t-il. Ne t'avais-je pas ordonné de rester dans ta chambre ?

En voyant ses yeux s'emplir de larmes, il la serra plus fort contre lui.

— Nous réglerons cela à notre retour à Taerford… sur l'oreiller. Au fait, je t'ai rapporté ceci… un oubli volontaire, je suppose ?

Il mit sa main dans la poche de ses braies et en tira les alliances des parents de Fayth.

Elle les prit et sourit au milieu de ses larmes.

— J'ai beaucoup à me faire pardonner, Giles. Beaucoup. Mais sache que je ne suis pas partie de mon plein gré avec Edmund.

Brice les rejoignit et tendit à Giles une cotte de mailles, une épée et un heaume. Fayth fit un pas en arrière pendant qu'il enfilait la cotte de mailles et mettait le heaume sur sa tête.

Quand il se retourna pour lui dire d'aller se mettre à l'abri, elle lui tendit la main, la paume ouverte. Les alliances de ses parents y étaient posées, détachées de leur ruban.

— Prends celle de mon père, Giles, murmura-t-elle, en gage de ma loyauté.

Au début, il fut étonné par son geste, puis, sachant tout ce que cette alliance signifiait pour elle, il en comprit la portée. Il hocha la tête et mit l'alliance à son doigt.

Puis il prit l'autre alliance et la lui mit à l'annulaire.

— En gage de mon amour et de ma fidélité, dit-il en la prenant dans ses bras et en déposant un baiser plein de passion et de tendresse sur ses lèvres.

Le reste devrait attendre.

— Maintenant, va te mettre à l'abri et, surtout, n'essaie pas de me suivre.

Il la regarda s'éloigner comme il le lui avait ordonné, sans avoir protesté, ni posé de questions.

— Elle commence à apprendre, on dirait, commenta Brice en lui tendant une autre dague.

— Peut-être…

Giles fureta autour de lui. Une troupe nombreuse et solidement armée se dissimulait dans l'ombre de la forêt.

— Combien d'hommes as-tu amenés avec toi ?

— Une bonne centaine, Giles. Mais, rassure-toi, je n'ai pas dégarni Taerford. Ce sont pour la plupart des Saxons, les vassaux et les vilains de ta femme.

Giles hocha la tête, impressionné par la vue de tous ces hommes prêts à combattre pour défendre leur châtelaine.

— Bien, dit-il. Allons-y et finissons-en avec Edmund.

Chapitre 21

Le visage levé vers le ciel, Fayth fit le serment de passer le reste de sa vie à être la femme obéissante et docile dont Giles rêvait, si le Tout-Puissant lui permettait de vivre. Puis elle tomba à genoux et se mit à prier avec toute la ferveur dont elle était capable.

A l'écart, dissimulée derrière un bosquet, comme Giles le lui avait ordonné, elle vit les hommes de son père sortir des bois et s'aligner derrière Giles et ses chevaliers bretons. Ensemble, ils marchèrent vers le camp d'Edmund, sans se préoccuper de dissimuler leur approche.

A sa grande surprise, d'autres encore les suivirent et certains d'entre eux lui adressèrent un signe de tête au passage. Elle ne l'aurait pas cru possible, mais il y avait parmi eux des serfs qui avaient échappé à Huard de Vassey et d'autres qu'elle n'avait jamais vus. Et tous suivaient son mari breton, prêts à se battre pour lui… et pour elle.

Giles marchait en tête, l'épée à la main.

En apercevant Edmund, il se jeta vers lui en poussant son cri de bataille.

— Taerford !

Leurs deux épées s'entrechoquèrent.

Les yeux écarquillés de stupeur, Fayth vit que les autres combattants reculaient. Qu'attendaient-ils ? Des ordres ou la fin du combat ? Elle n'aurait su le dire, mais, d'évidence, la bataille s'était transformée tacitement en un combat singulier entre les deux seigneurs.

Hantée par le souvenir des blessés et des morts lors de l'assaut de Taerford par les hommes de Giles, elle ferma les yeux et se boucha les oreilles pour ne pas entendre les cris des combattants et les grincements métalliques des lames. Il valait mieux ne pas penser, ne pas imaginer que dans quelques secondes, quelques minutes tout au plus, son cher mari ou son ami d'enfance serait mort. C'était trop horrible.

Subitement, un profond silence succéda aux ahanements des duellistes et à l'entrechoquement des épées. Craignant de découvrir l'issue du combat, elle attendit d'entendre les cris du camp victorieux. Mais, comme il ne se passait rien, elle fut forcée d'ouvrir les yeux et de regarder.

Giles était debout au-dessus d'Edmund, la pointe de son épée sur sa gorge. Un mouvement, une petite pression et ce serait terminé. Edmund aurait cessé de vivre.

Le combat était terminé. Il ne lui restait plus qu'à donner le coup de grâce. Giles était hors d'haleine, épuisé par deux jours sans sommeil, rien ou presque à manger — sans parler de son angoisse à l'idée qu'il avait peut-être perdu Fayth à jamais, une angoisse qui ne l'avait pas quitté depuis son départ de Taerford. Désormais il n'aurait plus à craindre d'autres machinations pour lui arracher sa femme et son fief. Guillaume serait débarrassé d'un autre fils de Harold qui, bien que bâtard, était susceptible de lui disputer la couronne d'Angleterre.

Une seule petite poussée du poignet et Edmund rejoindrait ses aïeux.

Il regarda Fayth. Les yeux fermés, elle priait. Mais pour qui ? Pour lui ou pour son ami d'enfance ?

Puis elle ouvrit les yeux et il la dévisagea en sachant que cette fois elle ne le supplierait pas de laisser la vie sauve à Edmund. En y pensant, Giles se dit qu'il aurait préféré tuer Edmund pendant le combat, car il n'en aurait pas éprouvé la même culpabilité.

Il grimaça un sourire en songeant qu'il avait mis Fayth devant le même dilemme. Etre forcé de faire quelque chose était plus facile que d'en prendre la décision soi-même.

Non, il ne pouvait pas donner le coup de grâce à Edmund. Elle ne l'avait pas supplié, mais il l'épargnerait. Pour leur avenir. Afin que sa mort ne ternisse pas leur amour.

— Prenez vos hommes et allez-vous en, Edmund.

Levant son épée, il laissa Edmund se remettre sur ses pieds. Brice protesta avec véhémence, ainsi que ses hommes. Les Saxons qui se tenaient derrière eux restèrent silencieux.

— Giles, le duc exige sa mort, insista Brice.

— Moi aussi, je préférerais le tuer, répondit son ami gravement, mais il y a maintes raison pour le laisser en vie.

— Si tu n'obéis pas au duc, tu risques de perdre tes terres et tes titres. As-tu vraiment réfléchi aux conséquences ? Es-tu certain d'être prêt à prendre un tel risque ?

Brice posa la main sur l'épaule de son ami et le secoua, en le regardant fixement, comme s'il voulait s'assurer qu'il l'avait entendu.

Giles hocha la tête. S'il agissait ainsi, c'était en connaissance de cause. Comme lorsqu'il avait décidé de protéger les serfs qui étaient venus se réfugier sur ses terres.

Se tournant vers les hommes d'Edmund, il s'adressa à eux à haute voix et en saxon.

— Ceux qui désirent continuer de combattre avec

Edmund, prenez vos armes et suivez-le. Ceux qui veulent la paix seront les bienvenus sur mes terres.

Puis il s'adressa à Edmund, tandis que Brice continuait de grommeler derrière lui.

— Jamais vous ne pourrez gagner cette guerre, Edmund. Votre frère, le roi enfant lui-même, est en train de chercher un accommodement avec Guillaume. Morcar et Edwin ont abandonné sa cause, votre cause, afin de conserver leurs fiefs au Northumberland. Avant Noël, Guillaume sera couronné roi d'Angleterre.

Avant son départ de Taerford, Obert l'avait mis au courant des derniers événements à Londres et dans le royaume. La plupart des grands seigneurs saxons avaient fait leur soumission et ceux qui avaient refusé étaient morts.

— Est-ce pour elle que vous m'avez laissé la vie sauve ? demanda Edmund avec un geste du menton vers Fayth.

— Oui.

— Vous l'a-t-elle demandé ?

— Pas cette fois. Mais je sais que je lui aurais brisé le cœur en tuant un homme qui a été son ami et que son père a considéré presque comme son fils. Je l'aime et j'ai envie de mener une vie heureuse et apaisée auprès d'elle.

— Ce n'est par terminé, Normand, répliqua Edmund d'une voix menaçante. Je connais de nombreux seigneurs saxons qui se rallieront à moi lorsqu'ils sauront que je suis prêt à me mettre à leur tête.

Brice grommela un avertissement, mais Giles l'écarta d'un geste de la main.

— Continuez ainsi et vous irez tout droit à votre perte, Edmund. La vie de vos hommes n'a-t-elle donc aucune importance ? Acceptez l'autorité de Guillaume, je vous en conjure. C'est un homme magnanime et, tant qu'il régnera, vous pourrez vivre libre et en paix.

Mais avant même d'avoir terminé sa harangue, il sut, à l'expression d'Edmund, qu'il ne suivrait pas son conseil.

Edmund secoua la tête, puis il regarda Fayth et lui sourit, avant d'ordonner à ses hommes de le suivre.

Giles attendit qu'ils se soient éloignés pour rejoindre sa femme.

Fayth n'avait pas bougé et n'avait pas cherché à intervenir !

— Tu penses qu'elle va se montrer plus obéissante, maintenant ? s'enquit Brice, comme s'il avait lu dans ses pensées.

— On peut l'espérer, répondit-il en lui tapant sur l'épaule. On peut l'espérer.

En le voyant approcher, Fayth courut vers lui et se jeta dans ses bras. Il la serra contre son torse et, tout en la couvrant de baiser, il sut que le dernier obstacle avait été franchi et que plus rien ne s'opposait à leur bonheur.

Epilogue

Château de Taerford, Wessex, Angleterre
Janvier 1067

A leur retour à Taerford, l'explication avait été rude avec Obert, mais, finalement, l'évêque s'était laissé convaincre par les arguments de Giles. Le duc n'avait-il pas besoin d'être en paix avec ses sujets saxons ? S'ils étaient trop maltraités, ils rejoindraient en masse la rébellion et l'insécurité finirait par gagner tout le royaume. Naturellement, l'offre de Giles de fonder un monastère sur l'emplacement du château dès qu'il aurait bâti la nouvelle forteresse qu'il projetait en aval de la rivière avait eu une influence non négligeable sur la décision de l'évêque.

Comme il l'avait subodoré, Obert était un homme pieux et il faisait passer le service de Dieu avant celui de Guillaume. Il avait donc accueilli avec enthousiasme la proposition de Giles. La présence des moines serait une bénédiction pour Taerford et, de toute façon, la nouvelle forteresse serait mieux située pour surveiller et protéger des terres beaucoup plus vastes que celles dont Fayth avait hérité.

Après le départ d'Obert, les courtes journées d'hiver avaient été consacrées à ce grand projet. Dessiner des plans, trouver une carrière de pierre près du futur chantier, abattre des arbres dans la forêt pour les charpentes…

Giles avait promis à Fayth un appartement séparé, avec plusieurs chambres pour ses suivantes. La femme de son ami lui avait écrit fort aimablement et lui avait proposé les noms de deux jeunes femmes qui, pensait-elle, lui seraient d'une compagnie agréable.

Malgré les protestations d'Eudes et de Huard de Vassey, Obert n'avait pas retenu leurs plaintes contre Giles et leur avait rappelé qu'ils devaient se conduire humainement avec leurs serfs et leurs vilains. Les lois féodales autorisaient un seigneur à punir un serf indocile, mais pas à le tuer ou à le mutiler sans raison. Or, des cadavres atrocement mutilés avaient été retrouvés sur les terres de Giles et cela alors que les malheureux n'avaient commis aucune faute grave. L'enquête qu'il avait menée auprès des villageois le prouvait amplement.

Avant son départ, l'évêque avait donné à Brice les parchemins attestant de ses titres et de ses droits sur le fief de Thaxted, à une vingtaine de miles au nord de Taerford. Il y avait eu des troubles là-bas également, fomentés par le fils de l'ancien seigneur qui refusait d'avoir été dépossédé de ses biens par Guillaume. Brice se voyait accorder la main de Gillian de Thaxted, la demi-sœur du rebelle, dans la mesure où il pourrait la retrouver et s'il parvenait à arracher Thaxted à son frère. Comme, avec la neige et le froid, les routes étaient impraticables, il avait été convenu qu'il resterait à Taerford jusqu'à la fin de l'hiver.

Une autre bonne nouvelle arriva après le retour d'Obert à Londres. La vie de leur ami n'était plus en danger et il se remettait lentement de sa blessure. Giles et Brice parlaient souvent de Soren à Fayth, évoquant leur jeunesse turbulente et racontant des histoires paillardes qu'elle préférait ne pas entendre, même si, désormais, elle n'avait plus rien d'une jeune fille modeste et timide.

Si les longues nuits d'hiver étaient consacrées à ses ébats amoureux avec Giles, dans la journée, elle prenant le temps de lui apprendre à lire et à écrire. Sa requête l'avait surprise, mais grâce à son assiduité et sa détermination, il avait progressé en quelques semaines au-delà de toutes ses espérances.

Les nausées qu'elle avait éprouvées le jour de son enlèvement étaient revenues régulièrement et bien qu'elle n'eut aucune expérience en la matière, il ne lui avait pas fallu longtemps pour comprendre ce qui lui arrivait. Etant donné les nuits torrides qu'elle avait passées avec son mari, cela n'avait rien de surprenant, mais elle préférait attendre d'être certaine avant de lui annoncer la nouvelle.

Un jour de janvier froid et neigeux, alors que le vent du nord hurlait à travers les meurtrières du château et que tout le monde restait frileusement à l'intérieur, Giles, en la voyant pâle et les traits tirés, lui ordonna de rester au lit. Un ordre qui n'avait rien d'une punition, car il l'y rejoignit ; et quand il se mit à la caresser et à explorer son corps avec ses mains et sa bouche, elle se sentit beaucoup mieux qu'elle ne le pensait. Ses seins étaient d'une sensibilité inhabituelle et elle se demanda si la cause en était le bébé qu'elle portait dans son ventre.

Lorsqu'il roula sur le côté et qu'ils eurent repris leur souffle, elle lui prit la main et la posa sur son ventre. Il n'y avait encore aucun signe de son état, mais Emma lui avait dit qu'à la fin de l'hiver cela commencerait à se voir.

— Nous allons avoir un printemps très occupé, dit-elle en scrutant son visage afin de savourer le moment où il comprendrait.

— Certes. Les travaux de notre nouveau château

devraient pouvoir commencer avec les premiers beaux jours. Sans parler des travaux des champs. La paix étant revenue, nos vilains et nos serfs vont pouvoir labourer et ensemencer sans craindre les attaques des pillards et des maraudeurs.

— Je pense que l'été et l'automne seront tout aussi occupés, mon mari. Les moissons, les préparatifs pour l'hiver, l'entraînement de vos hommes, un bébé à soigner et à chérir, un…

Elle s'apprêtait à poursuivre la liste de toutes les tâches qui les attendaient, mais, à l'expression de son visage et à la façon dont sa main lui caressait le ventre, elle sut qu'il avait compris.

— Vraiment ? murmura-t-il en plongeant ses yeux dans les siens.

— Oui, mon mari. Emma pense que ce sera pour la fin du mois d'août.

— A l'époque des moissons ? Juste au moment où il y aura le plus de travail ? Voilà bien les femmes ! la taquina-t-il. Elles choisissent toujours le meilleur moment pour échapper aux corvées les plus pénibles !

— Si tu accordes autant de soin à nos champs que tu en accordes à ta femme, je crois que les moissons seront généreuses cette année à Taerford, répondit-elle en souriant.

Il se pencha vers elle et déposa un baiser plein de tendresse sur ses lèvres.

— Aucune nouvelle n'aurait pu me rendre plus heureux, ma chère femme. As-tu déjà réfléchi au prénom que nous allons donner au futur seigneur ou à la future châtelaine de Taerford ?

— Pas encore, Giles. Nous avons bien le temps d'y songer…

— Si nous avons le bonheur d'avoir un garçon, nous

choisirons son prénom ensemble, mais si c'est une fille, je sais déjà comment nous l'appellerons.

— Vraiment ? fit-elle, bien qu'elle eût déjà une idée du prénom auquel il pensait.

Il lui avait dit maintes et maintes fois qu'il n'avait jamais espéré pouvoir être un jour autre chose qu'un chevalier bâtard, au service d'un seigneur ou d'un autre. Mais son ami Simon l'avait encouragé dans ses rêves les plus fous et…

— Hope, dirent-ils en même temps.

Il l'embrassa de nouveau, un baiser plein d'amour, d'espoir et de confiance dans l'avenir.

Et s'ils restaient au lit quelques heures de plus, qui s'en soucierait au plus sombre de l'hiver, quand le froid et la bise figeaient la campagne et obligeaient hommes et bêtes à rester confinés à l'intérieur ?

Ainsi, au sixième jour du mois d'août de l'an de grâce 1067, lady Hope naquit au château de Taerford. Mais si vous le demandiez à tous ceux qui habitaient alors dans ce fief du Wessex, ils vous diraient que l'espoir était arrivé à Taerford un an auparavant, sous les traits d'un conquérant normand — ou, plutôt, breton.

À découvrir ce mois-ci

6 nouveaux romans dans la collection

Les Historiques

UNE AUDACIEUSE INGÉNUE
de Carole Mortimer - n°546

Angleterre, 1816. Jamais Jane n'aurait imaginé que sa tutrice pousserait la cruauté si loin : non contente de l'avoir humiliée en public lors de la réception annuelle de Markham Park, l'odieuse femme l'accuse à présent de chercher à séduire le duc de Stourbridge pour se faire épouser. Bouleversée, Jane n'a désormais qu'un objectif : fuir — le plus vite et le plus loin possible. Et qui mieux que le duc pourrait l'y aider ? Après tout, c'est lui, le responsable de son malheur ! Alors quand il lui oppose un refus catégorique, elle relève la tête : avec ou sans son accord, elle va faire en sorte de fuir grâce à lui…

PROMISE PAR LE ROI
de Terri Brisbin - n°547

Angleterre, 1066. Promise par le roi à un chevalier normand ! Même si cette pensée la révolte, lady Fayth de Taerford n'a pas le choix : pour rester maîtresse de ses terres et protéger son peuple, elle doit se plier à l'ordre royal. En apparence du moins car, si elle feint la soumission devant son nouvel époux au pénétrant regard azur, elle n'a pas renoncé à nourrir le rêve secret de se libérer de lui : ce troublant Normand peut bien s'emparer de ses terres et son château, jamais elle ne le laissera conquérir son cœur …

LA FAUSSE COMTESSE
de Margaret Moore - n°548

Londres, février 1817. Esme ferait tout pour Jamie, son frère adoré : infiltrer la haute société d'Edimbourg sous une fausse identité, subtiliser des documents confidentiels...Mais se faire passer pour l'épouse de Quin MacLachlann, ce débauché qui sert d'associé à Jamie ? Elle ne peut s'y résoudre. D'ailleurs, Quin et elle ne seraient pas crédibles dans leurs rôles : ils se méprisent bien trop pour faire illusion. Seulement, comment refuser son aide à son frère, lui qui l'a toujours soutenue depuis son enfance ? D'autant que le provocant Quin, loin d'être réticent à l'absurde projet des fausses noces, accepte sans hésiter...

LE SECRET DE RUBY
de Elizabeth Lane - n°549

Colorado, 1920. Sombre, élégant, infiniment séduisant... Malgré elle, Ruby ne peut détacher ses pensées d'Ethan Beaudry, le mystérieux étranger qui vient de s'installer dans sa pension. Ethan l'a envoûtée dès le premier regard. Pourtant, une liaison avec un inconnu pourrait causer sa perte, Ruby ne l'ignore pas. Qui sait si le passé qu'elle fuit ne resurgirait pas ? D'autant qu'elle soupçonne Ethan de ne pas lui avoir tout dit sur les raisons de sa présence à Dutchman's Creek. Aussi intriguée qu'inquiète, Ruby décide donc de tout faire pour cerner Ethan et résister au désir qu'il éveille en elle...

LA MYSTERIEUSE NAUFRAGEE

de Anne Herries - n°550

France et Angleterre, 15ème siècle. Lorsqu'elle ouvre les yeux, Anne est bouleversée. Qui est ce séduisant inconnu penché à son chevet ? Que fait-elle dans ce château dont elle n'a aucun souvenir ? Autant de questions auxquelles, étrangement, elle est incapable de répondre. A croire l'inconnu — qui dit s'appeler Stefan de Montfort, elle aurait été repêchée par ses hommes après une terrible tempête... mais peut-elle vraiment faire confiance à ce regard aussi sombre que troublant ? Après tout, comme elle le découvre très vite, Stefan est un exilé, un seigneur banni qui vit selon ses propres règles. Un seigneur tout à fait capable de l'avoir, en fait, enlevée dans l'espoir d'obtenir une rançon...

LA FIANCEE VIKING

de Debra Lee Brown - n°551

Îles Shetland, 1206. Prise au piège d'un mariage que son oncle veut lui imposer, Ulrika, princesse viking, ne songe qu'à conquérir son indépendance. Aussi, lorsqu'elle découvre un homme échoué sur la grève, elle voit en lui un cadeau des dieux. Car cet homme-là est un Ecossais, un ennemi de son peuple, une monnaie d'échange qui pourrait lui être très utile... Alors, sitôt l'homme rétabli, Ulrika passe un marché avec lui : s'il l'épouse, et la délivre ainsi de l'emprise de son oncle, elle s'engagera à ne pas le livrer aux Vikings, et même à organiser sa fuite. Ce sera sa liberté à lui contre sa liberté à elle...

www.harlequin.fr

A paraître le 1er juin 2012

PACTE AVEC UN SÉDUCTEUR

de Mary Brendan - n°552

Londres, Régence. Hélène Kingston ne décolère pas : non seulement son frère refuse de lui rendre l'argent de sa dot – que son extravagante épouse dilapide sans scrupules —, mais il vient également de mettre en vente Westlea House, la demeure familiale dans laquelle elle vit avec sa sœur cadette. D'ailleurs, il a déjà trouvé un acheteur : Jason Hunter, richissime gentleman à la réputation sulfureuse. Acculée, et désespérée à l'idée de se retrouver à la rue, Hélène décide alors de tenter le tout pour le tout : si Jason Hunter est bien le libertin que l'on prétend, elle ne devrait avoir aucun mal à lui faire accepter sa scandaleuse proposition…

SOUS LE SCEAU DE LA PASSION

de Terri Brisbin - n°553

Angleterre, 1067. Héritière du domaine de Thaxted, Gillian a toujours su que son rang lui imposait une union de raison plutôt que d'amour. Pourtant, au lendemain de la défaite des siens contre l'armée normande, elle répugne au sort qui l'attend : car la voilà désormais promise à l'un des barbares, chevalier du nouveau roi... Déterminée à ne pas céder, Gillian prend la fuite au beau milieu de la nuit. Une aventure téméraire mais qui tourne court en pleine forêt, où Gillian est cueillie par une troupe de soldats normands. Coup de théâtre : à leur tête se trouve Brice Fitzwilliam, l'homme auquel Gillian a été donnée…

LA FIANCÉE DES HIGHLANDS

de Margaret Moore - n°554

Ecosse, 1817. Sauvée d'une terrible chute par un séduisant inconnu, Moira est tellement troublée qu'elle le remercie par un baiser brûlant ! Soudain, dans les bras de ce beau ténébreux, elle se prend à rêver d'une liaison passionnée.... Pourtant, ce n'est vraiment pas le moment de se laisser aller aux folies : ne vient-elle pas de rompre ses fiançailles avec l'insupportable Robert McStuart ? Certes, leur mariage était voué à l'échec, mais est-ce une raison pour ajouter au scandale en flirtant avec un parfait étranger ? Vite, Moira s'éclipse. Mais, quelques jours plus tard, son audace la rattrape : elle découvre que son ange gardien n'est autre que Gordon McHeath, l'avocat que son ex-fiancé a engagé pour la poursuivre en justice…

LA ROSE DE L'OUEST

de Jenna Kernan - n°555

Californie, 1864. Alors qu'elle s'apprête à affronter Tom West après quatorze ans de silence, Sarah s'efforce de contenir les émotions qui menacent de la submerger. Toutes ces années n'ont pas suffi à effacer le souvenir de leur unique nuit d'amour, au lendemain de laquelle Tom l'a abandonnée sans un mot d'explication. Mais pour retrouver son enfant disparu, Sarah se sent tous les courages, même celui de se tourner vers l'homme auquel elle n'a jamais pu pardonner. Car aujourd'hui, elle n'espère plus ni promesses ni tendres paroles de Tom, elle n'attend qu'une seule chose: qu'il retrouve sa fille… *Leur* fille.

CAPTIVE ET REBELLE

de Ann Lethbridge - n°556

Au large de l'Angleterre, 1814. A bord de son navire, face au capitaine qui la retient prisonnière, Alice Fulton s'efforce de tenir tête. Impossible, en effet, de céder à la panique : son jeune frère est avec elle, et elle fera tout pour le protéger du troublant forban et de son équipage.. Qu'ils pillent son navire s'ils le veulent ! Elle ne demande que la vie sauve! Hélas, elle comprend vite que le piège dans lequel ils viennent de tomber ne doit rien à la valeur de leur cargaison. Ni d'ailleurs, au hasard. La vérité, c'est que ce capitaine dont elle est désormais la captive voue une haine farouche aux Fulton. Et qu'il n'est pas du tout dans ses intentions d'en relâcher si facilement l'héritière ...

LA MAÎTRESSE DU VIKING

de Julia Byrne - n°557

Angleterre, 904. Enlevée par un Viking lors d'une violente invasion, lady Yvaine ignore si elle doit se plaindre ou se réjouir de son sort. Certes, les Vikings sont les ennemis de son peuple, des barbares dont on lui a toujours dit de se méfier. Pourtant cet homme, au regard brûlant et à la voix sensuelle, semble différent des autres. Après tout, n'a-t-il pas pris sa défense contre son cruel époux qui menaçait de la tuer ?

Aussi Yvaine ne s'inquiète-t-elle pas : si le Viking l'a faite prisonnière, c'est uniquement pour obtenir une rançon. C'est du moins ce qu'elle croit jusqu'à ce qu'elle découvre la vérité : en prenant une vie pour sauver la sienne, le Viking a fait d'elle sa propriété...

LA RANÇON DU DÉSIR

deMerline Lovelace - n°558

Angleterre, 1188. Lady Madeline de Courcey ne peut croire à son malheur : pupille du roi quelques heures plus tôt, voilà qu'elle se retrouve assujettie au comte Ian de Canmore, qui ne fait pas mystère du mépris qu'elle lui inspire. Ian, qui n'hésite pas à l'humilier par ses insinuations, l'accusant à demi-mots de jouer de ses charmes pour servir ses intérêts. Furieuse, et désespérée à l'idée de dépendre de cet être aussi troublant qu'arrogant, Madeline refuse de se soumettre. Si le comte la croit capable de manipuler les hommes, elle compte bien lui prouver qu'il ne fait pas exception à la règle !

www.harlequin.fr

A paraître le 1er mars

Best-Sellers n°508 • historique

La princesse celte - Helen Kirkman

Angleterre, Royaume de Northumbrie, 716

Après avoir échappé au mariage que son père, le roi des celtes, voulait lui imposer, Alina s'est réfugiée dans un couvent isolé où elle mène une existence simple, au mépris de son titre de princesse. Mais sa vie est bouleversée lorsqu'un matin, un sombre guerrier fait irruption dans le couvent, l'épée à la main et l'éclat de la vengeance dans les yeux. Car cet homme, cet être d'ombre et de lumière, n'est autre qu'Athelbrand le saxon avec lequel elle s'est enfuie la veille de son mariage et qu'elle a ensuite quitté sans explications, le condamnant au déshonneur et à l'exil. Brand, qu'elle a aimé de tout son cœur et de toute son âme mais qu'elle a trahi malgré elle…

Best-Sellers n°509 • historique

Le secret de lady Scarlet - Nicola Cornick

Fortune Folly, Yorkshire, 1810

Pour empêcher Nat Waterhouse, son ami d'enfance, de faire un mariage d'intérêt avec une riche héritière, lady Elizabeth Scarlet est prête à tout. Y compris à élaborer un plan aussi audacieux que scandaleux pour y parvenir : kidnapper et enfermer Nat dans un manoir désert la veille de la cérémonie.

Et tout se déroule comme prévu jusqu'au moment où Nat comprend qu'il a été piégé. Furieux, il l'accuse de se comporter en petite fille gâtée et capricieuse. Pis encore ! il sous-entend qu'elle est amoureuse de lui depuis toujours et qu'elle jalouse sa fiancée. Blessée dans son orgueil, profondément gênée par les insinuations de Nat, Lizzie décide de lui prouver qu'elle ne le laisse pas aussi indifférent qu'il veut le faire croire…

www.harlequin.fr

GRATUITS !

1 roman

et 2 cadeaux surprise !

Pour vous remercier de votre fidélité, nous vous offrons 1 merveilleux roman **Les Historiques** entièrement GRATUIT et 2 cadeaux surprise ! Bénéficiez également de tous les avantages du Service Lectrices :

- **Vos romans en avant-première**
- **5% de réduction**
- **Livraison à domicile**
- **Cadeaux gratuits**

En acceptant cette offre GRATUITE, vous n'avez aucune obligation d'achat et vous pouvez retourner les romans, frais de port à votre charge, sans rien nous devoir, ou annuler tout envoi futur, à tout moment. Complétez le bulletin et retournez-le nous rapidement !

☐ **OUI !** Envoyez-moi mon roman Les Historiques et mes 2 cadeaux surprise gratuitement. Les frais de port me sont offerts. Sauf contrordre de ma part, j'accepte ensuite de recevoir chaque mois 2 livres Les Historiques inédits au prix exceptionnel de 6,27€ le volume (au lieu de 6,60€), auxquels viennent s'ajouter 2,95€ de participation aux frais de port. Dans tous les cas, je conserverai mes cadeaux.

N° d'abonnée (si vous en avez un) ☐☐☐☐☐☐☐☐ HZ2F09

Nom : .... Prénom : ....

Adresse : ....

CP : ☐☐☐☐☐ Ville : ....

Téléphone : ☐☐☐☐☐☐☐☐☐☐

E-mail : ....

☐ Oui, je souhaite être tenue informée par e-mail de l'actualité des éditions Harlequin.

☐ Oui, je souhaite bénéficier par e-mail des offres promotionnelles des partenaires des éditions Harlequin.

Renvoyez cette page à : Service Lectrices Harlequin – BP 20008 – 59718 Lille Cedex 9

Date limite : **30 novembre 2012**. Vous recevrez votre colis environ 20 jours après réception de ce bon. Offre soumise à acceptation et réservée aux personnes majeures, résidant en France métropolitaine. Offre limitée à 2 collections par foyer. Prix susceptibles de modification en cours d'année. Conformément à la loi Informatique et libertés du 6 janvier 1978, vous disposez d'un droit d'accès et de rectification aux données personnelles vous concernant. Il vous suffit de nous écrire en nous indiquant vos nom, prénom et adresse à : Service Lectrices Harlequin - BP 20008 - 59718 LILLE Cedex 9. Harlequin® est une marque déposée du groupe Harlequin. Harlequin SA – 83/85, Bd Vincent Auriol – 75646 Paris cedex 13. SA au capital de 1 120 000€ - R.C. Paris. Siret 31867159100069/APE5811Z

Sentimental, passion, glamour, suspense…

Les fans du genre ont désormais leur page !

Retrouve-nous sur **Facebook**

http://www.facebook.com/LesEditionsHarlequin

Infos en avant première, promos, codes remises exclusifs, partage…

Et bien plus encore

éditions HARLEQUIN

Composé et édité par les
éditions HARLEQUIN

Achevé d'imprimer en France (Malesherbes)
par Maury-Imprimeur
en mars 2012

Dépôt légal en avril 2012
N° d'imprimeur : 170772